SAFEWORD

Für Wido G. und Lars E.

Nala Martin

SAFEWORD

SM-Roman

ANAIS

1.

DAVES PROLOG

Dave saß in seinem Hotelzimmer und versuchte, sich auf eine Mappe zu konzentrieren, die er bis zum nächsten Tag durcharbeiten wollte. Doch seine Gedanken zogen ihn immer wieder und wieder fort, weg zu ihr, zu seiner, ja was war sie eigentlich?

Domina? Bizarre Freundin? Prostituierte?

Er klappte sein Laptop auf und stellte eine Verbindung zum Internet her. Der Browser öffnete sich und er suchte in seinen Favoriten nach ihrer Website. Immer wieder hatte er sie geöffnet.

Sie war ihm damals empfohlen worden, als er nach Hamburg kam, um hier zu arbeiten. Er hatte im Internet nach einer Domina gesucht und war dabei auf einige Foren gestoßen, in denen ihr Name immer wieder positiv erwähnt wurde. Dort hatte er auch den Link zu ihrer Website gefunden.

Natürlich hatte er sich ihre Bilder angesehen. Und sie war ihm sofort in die Augen gestochen, mit ihren feuerroten langen Haaren und den stahlblauen Augen. Und diese weiße Haut, eine vornehme Blässe, ein schöner Kontrast zu seiner eigenen, olivfarbenen Haut.

Nein, sie sah nicht aus wie die üblichen anderen Dominas. Sie lächelte auf ihren Bildern freundlich in die Kamera und die Augen blitzten keck.

Er hatte nicht widerstehen können und ihr eine E-Mail geschickt, die sie sehr höflich beantwortet hatte und in der sie Dave unverbindlich eingeladen hatte, sie zu besuchen, während ihrer Geschäftszeiten in einem bekannten Dominastudio in der Innenstadt.

Er wusste noch genau, wie sie damals ausgesehen hatte: Ihr Haar hatte sie hochgesteckt. Durch ihre Lederstiefel war sie so groß wie er. Sie trug ein Lackkorsett und betonte damit ihre weibliche Figur. Sie war weder dick noch dürr. Sie war das, was er als »Frau« bezeichnete, und faszinierte ihn auf Anhieb.

Nach einem langen Gespräch, sie redete wirklich sehr viel und ging offensiv mit dem Thema »Sadomasochismus« um, hatte er sich zum Bleiben entschieden und sie genossen eine schöne gemeinsame Stunde.

Er hätte gerne mehr Zeit gebucht, aber sie hatte erklärt, dass es besser wäre, vorerst nur eine Stunde oder gar weniger zusammen zu verbringen, falls die Chemie nicht stimmen würde. Doch ihm war von Anfang an klar gewesen: Sie würde stimmen!

Nach dem ersten Erlebnis gab sie ihm ihre Visitenkarte und umarmte ihn herzlich, als er das Studio verließ. Er drehte die Karte in der Hand, während er zu seinem Auto ging.

»Lady Sharon« war in schwungvoller Schrift darauf gedruckt. Darunter standen ihre Handynummer und die Adresse ihrer Website, die er längst auswendig kannte. Stammgäste würde sie auch im Hotel besuchen, hatte sie ihm gesagt.

Ihre Website öffnete sich schnell.

»Herzlich willkommen«, wurde er dort mit derselben schwungvollen Schrift wie auf ihren Visitenkarten begrüßt. Er las ihre Texte immer wieder, in denen sie von wichtigen Dingen wie »Sicherheit« und »Einvernehmen« schrieb.

»Frag mich nicht nach Geschlechtsverkehr«, las er und lächelte. Sie hatte ihm bereits im ersten Vorgespräch erklärt, dass es Sex bei ihr nicht zu kaufen gab, sie aber bei Lust und Laune gerne auch einen ihrer Gäste vernaschte. Und er war erstaunt gewesen, als er nackt, gefesselt und mit verbundenen Augen auf der Streckbank gelegen hatte und spürte, wie sie ihm ein Kondom überstreifte, ehe sie sich auf ihn setzte. Sie hatte kaum hörbar und sehr verhalten gestöhnt.

Er hätte sie gerne einmal dabei beobachtet, aber sie verband ihm jedes Mal die Augen, ehe sie sich holte, was sie begehrte. Er hätte sie gerne berührt, aber auch das wurde ihm verwehrt, denn sie hatte ihn zuvor gefesselt. Und er hätte ihr ebenfalls gerne geholfen, selbstlos natürlich, einen Höhepunkt zu erlangen.

Aber sie wehrte seine Bitten ab. Seine Bitten, sie berühren zu dürfen, ihr zu helfen, ihren Spaß auf die Spitze zu treiben. Und seine Bitte, sie küssen zu dürfen. Sie hatte alles abgelehnt, mit einem charmanten, aber dennoch bestimmenden Lächeln. Und er hatte es nicht gewagt, sie mit mehr Geld zu ködern, um zu bekommen, was er begehrte.

Er hatte sie irgendwann gefragt, ob sie denn dabei auch einen Höhepunkt erlangen würde.

»Selbstverständlich«, hatte sie geantwortet.

Und er hatte sofort gewusst, dass es eine Lüge war.

»Beim Gentleman werde ich schwach«, las er.

Einige Passagen kannte er bereits auswendig, so oft hatte er sie gelesen. Er wusste, dass sie es schätzte, wenn ihr der Mantel abgenommen wurde oder er ihr ein Getränk servierte. Sie hatte dann einen arroganten Zug der Selbstverständlichkeit um ihren Mund und ihre Augen schimmerten herausfordernd.

»Spiele ohne Safeword sind bei mir nicht möglich. Sicherheit und Einvernehmen sind meine Grundsätze.«

Sie schien wirklich verantwortungsvoll zu handeln, das war ihm häufiger aufgefallen. Sie war sehr gewissenhaft, egal was sie tat.

»SM ist Teil meiner sexuellen Neigung«, stand da. Auch das hatte sie im ersten Gespräch erzählt. Dass sie es nicht nur beruflich, sondern auch privat auslebte. Das hatte ihn beeindruckt, denn bisher war er davon ausgegangen, dass die Peitschenladys SM lediglich als Geschäft betrachteten.

Und irgendwann hatte sie auch erwähnt, dass sie manches Mal die Seiten wechselte. Und sie hatte erzählt, dass sie privat die härtere Gangart bevorzugte und dass sie selten passiv spielte, da sie damit Probleme hätte, loszulassen und zu vertrauen.

Er war immer wieder zu ihr gegangen. Nur wegen ihr, nur um in ihrer Nähe zu sein. SM war ihm dabei unwichtig, es war nett mit ihr, aber nicht erfüllend.

Aber die Gespräche mit ihr, die sie direkt nach den Sessions zu pflegen führten, wurden von Mal zu Mal länger. Hin und wieder brachte er eine Flasche Wein mit, die sie dann gemeinsam tranken. Er bemerkte, dass sie Alkohol nicht vertrug, bereits nach einem Glas war sie wie ein kleiner plappernder Wasserfall, aus dem alles heraussprudelte. Sie erzählte viele Dinge, die nicht zusammenpassen wollten, aber doch irgendwie zusammenpassten. Die Ambivalenz in ihr war spürbar. Er mochte dieses Kontrastprogramm.

Sie hasste Klischees. Sie hatte nie darauf bestanden, dass er vor ihr auf dem Boden kniete und ihr die Schuhspitzen küsste. Sie hatte auch nie darauf bestanden, dass er bestimmte Positionen einnahm, um eine Bestrafung entgegenzunehmen. Für sie war es ein Spiel, ein spannendes und aufregendes kleines Spiel.Und beim letzten Treffen hatte sie dann etwas erwähnt, was ihm seither nicht mehr aus dem Kopf gehen wollte. Etwas, was ihn faszinierte und reizte. Eine Herausforderung für ihn?

Sie hatte bereits zwei Gläser des Portweins getrunken, den er mitgebracht hatte. Es war schon spät gewesen, draußen war es stockdunkel und im Studio leise. Er war davon ausgegangen, dass niemand mehr da war, nur noch sie beide. Er wusste, welche Frauen Zuhälter hatten. Er spürte es. Sie hatte keinen, da war er sich sicher. Deshalb blieb er auch entspannt mit ihr sitzen. Sie hatte gelächelt und ihm von einem Spiel erzählt aus einem Studio, in dem sie früher mal gearbeitet hatte. Ein Spiel mit einem ihrer Gäste.

»Er war ein Leckerstück, so wie du«, hatte sie ihm gesagt. Dann hatte sie gelacht und sich verschwörerisch nach vorn gebeugt, sodass er ihren Ausschnitt betrachten konnte, in den er am liebsten hineingegriffen hätte. Dabei hatte sie ihn mit großen Augen angesehen. Sie erzählte, wie sie den Gast gefesselt hatte. Im Stehen, in einem Stahlrahmen. Fest und unnachgiebig. Sie erzählte, dass sie sich dann einen Barhocker geholt und sich vor ihn hingesetzt hatte. Zuvor hatte sie ihren Rock hochgezogen, sie trug keine Unterwäsche.

Sie hatte wieder gelacht, unsicher, als würde sie überlegen, ob sie die Geschichte weitererzählen sollte. Aber nach einem weiteren Schluck von ihrem Wein hatte sie genug Mut gefasst.

»Ich habe ihn richtig heiß gemacht.«

Er hatte fragen wollen wie, aber nahm sich zurück und ließ sie reden.

Sie erzählte weiter. Dass sie bei dem Gast alle Register gezogen hatte, einschließlich eines Vibrators, mit dem sie sich selbst befriedigte, direkt vor seinen Augen.

Er sei fast ausgeflippt, erzählte sie. Hatte an den Fesseln gezerrt und immer wieder gerufen, dass er sie ficken wolle.

Sie sagte, dass sie Angst gehabt hatte, die Fesseln könnten nicht halten. Dass sie genau gewusst hatte, was passieren würde, wenn er sich befreite, aber dass sie den Machtkampf genossen und ihn aufgefordert hatte, sich doch zu holen, was er begehrte.

»Du spielst gerne mit dem Feuer, oder?«, hatte Dave sie gefragt.

Sie hatte gelacht und genickt und ihr Weinglas ausgetrunken.

»Was passiert, wenn du verlierst?«

Sie hatte ihn angesehen, fast, als sei sie entrüstet über eine derartige Frage.

»Ich verliere nie!«, hatte sie selbstgefällig gesagt und das Weinglas auf dem Glastisch abgestellt.

»Gegen mich würdest du nicht gewinnen«, hatte er erklärt.

Sie hatte erst die Augenbrauen gehoben und ihn dann durch schmale, gefährliche Augen angesehen.

»Jede Wette, du hast keine Chance gegen mich. Du kannst es ja mal versuchen.«

»Was wäre denn gewesen, wenn er sich befreit hätte?«

Sie hatte mit den Schultern gezuckt und die Hände gehoben.

»Dann hätte ich die Zähne zusammengebissen und durchgehalten. Ich wusste ja, was ich riskiere. Aber da ich nie verliere, ist es auch nicht so weit gekommen.«

Dann hatte sie ihm zugezwinkert.

Und nachdem er gegangen war, hatte er noch lange über ihre Worte nachgedacht. Sie waren immer wieder durch seinen Kopf geschwirrt.

Das Licht des Laptops erhellte die Suite und seine rechte Hand lag auf der Computermaus, mit der er auf ihrer Website nach unten scrollte.

»Erzähle oder schreibe mir deine Fantasie und gemeinsam werden wir sie in ein wundervolles, reales Erlebnis verwandeln. Ich freue mich auf dich«, las er stumm.

Er griff zum Telefon.

Ich freue mich auch auf dich, dachte er, während er ihre Telefonnummer eintippte.

2.
SHARON

Unbekannter Teilnehmer« stand auf meinem Geschäfts-handy. Ich ließ es ein paar Mal klingeln, ehe ich mit einem möglichst charmantem »Hallo?!« dranging.

»Ich bin's«, meldete sich die Stimme am anderen Ende und anhand seines Akzents wusste ich, wer er war: der Namenlose Ausländer.

Ich hatte mir angewöhnt, meine Stammgäste mit Beinamen zu versehen, da sie irgendwie doch immer alle relativ gleich hießen. Und bevor ich zehn Heikos und zwanzig Wolfgangs, hundert Stefans oder auch Stephans (unbedingt mit ph) an der Strippe und im Kopf völlig durcheinanderbrachte, bekamen sie hilfreiche Zusätze. So entstanden teilweise recht belustigende Kombinationen wie Rohrstock-Kai, Natursekt-Heiko oder Falter-Wolfgang oder auch Wolleschaf-Stephan mit ph.

Natürlich gab es auch einige wenige, die ihren Namen gar nicht erwähnten, aus Angst, man könnte sie identifizieren. Das waren die Kerle, die aus der Laufkundschaft kamen; namenlose Klingler wie der Ausflipper oder der Ausweis-Jüngling, der so jung aussah, dass er bei jedem Besuch nach seinem Personalausweis gefragt wurde.

Bei manchen, jenen, die mir mit blühender Begeisterung von ihrem Beruf erzählten, rutschte der Name selbst in den Hintergrund und sie erhielten Namen wie Fachanwalt oder Mr. Busy. Letzterer zeichnete sich insbesondere dadurch aus, dass er es ständig eilig hatte, keine Zeit für nichts, und es sich zwar finanziell, nicht aber zeitlich leisten konnte, zu mir zu kommen. Wenn er dann da war, hatte seine Stunde ausnahmsweise nur 45 Minuten und ab Minute 35 verfiel er in eine derartige Nervosität, dass er sich nicht mehr entspannen konnte, um überhaupt einen Höhepunkt zu erreichen.

Andere erhielten besondere Namen, wenn sie mich an berühmte Persönlichkeiten erinnerten, wie zum Beispiel der Gummi-Mooshammer.

Der Namenlose Ausländer rief in regelmäßigen Abständen bei mir an und orderte mich üblicherweise in ein relativ schönes Hamburger Hotel.

Seit ich Haus- und Hotelbesuche für meine Stammgäste anbot, hatte ich nahezu die ganze Bandbreite an Hotels innerhalb und außerhalb Hamburgs gesehen. Sogar jene Absteigen auf dem Steindamm, in die ich hin und wieder mit einem Gast ausweichen musste, wenn der geplante Outdoor-Termin aufgrund des Wetters oder anderer Gegebenheiten zu scheitern drohte.

»Wie geht es dir?«, fragte ich. Höflichkeitshalber. Nicht interessehalber.

»Danke, gut. Und selbst?«

Auch das war reines Geplänkel. Geplänkel, das ich nutzte, um mein heiliges Büchlein hervorzuholen und unter »N« für »Namenloser Ausländer« nach seinen Eckdaten zu wühlen.

Alle meine Gäste wurden so von mir erfasst. Auf einen Blick konnte ich die Vorlieben, Tabus und körperlichen Einschränkungen sehen, konnte feststellen, wann die letzte Session gewesen war und was wir da erlebt hatten. Ja ich machte sogar Notizen über ihr Privatleben und punktete so immer wieder, vor allem in den Nachgesprächen, wenn ich nachhakte, wie es denn, bei Wechsel des Jobs, in der neuen Firma liefe, oder ob die neue Wohnung den Erwartungen entspräche. Mit manchen war ich so vertraut, dass ich mich nach deren Familien erkundigen konnte.

»Fesseln, Knebeln, Cock-Ball-Torture, leichte Schläge ohne Spuren, leichte Stromspiele, fickt gut«, las ich durch. Er hatte noch nie durch Extravaganz geglänzt, allerdings wusste ich, dass er den SM-Weg erst kürzlich eingeschlagen hatte. Er gehörte zu jenen, die klein anfingen. Und da er verheiratet war, durften keine Spuren sichtbar sein, wahrscheinlich damit sein Frauchen ihm zu Hause nicht die Hölle heiß machte.

»Sharon, ich habe darüber nachgedacht, was du das letzte Mal erzählt hast!«, sagte er. Sein Deutsch war wirklich gut geworden und man hörte nur anhand seines angenehmen Akzents, dass er eben kein Muttersprachler war.

Mir wurde siedend heiß und meine Augen flogen über die Einträge.

Verdammt! Was hatte ich denn das letzte Mal erzählt?

Ich erzählte viel, wenn der Tag lang war. Reden gehörte zu meinen großen Hobbys und natürlich auch zum Geschäft.

Das letzte Treffen lag schon eine Weile zurück, sodass ich mich nicht mehr genau daran erinnern konnte. Nur noch die Notizen zeigten mir, was ich mit ihm veranstaltet hatte: Langweiliger SM und ein netter Fick, danach hatten wir Wein getrunken.

Ja, ich gebe zu, manche Gäste sind so langweilig, dass ich direkt danach aufschreiben muss, was ich gemacht habe. Andernfalls würde ich es nämlich wieder vergessen.

Ich las den Stundensatz, den er mir immer bezahlte und der mir automatisch ein Lächeln ins Gesicht zauberte und meine Motivation anhob.

Ich versuchte, meinen Charme auszupacken.

»Soso. Und zu welchem Schluss bist du gekommen?«

Nur nicht zugeben, dass mein Elefantenhirn Lücken hatte und schwächelte. Immerhin wollte ich jedem meiner Gäste das Gefühl geben, er wäre etwas Besonderes. Das war eine meiner Eigenschaften, die mich als professionelle Domina ausmachten: Ich interessierte mich für mein Gegenüber. Gut, mal mehr, mal weniger, aber das Interesse war da!

»Ich möchte es gerne ausprobieren!«

Na super! Das half mir nun so gar nicht weiter, ich musste wissen, was er ausprobieren wollte und was genau ich offenbar recht vollmundig versprochen hatte.

»Was möchtest du denn davon gerne ausprobieren?«, fragte ich und hielt mich für besonders listig.

»Das besprechen wir dann hier«, antwortete er. »Hast du morgen Abend Zeit?«

Was für eine Frage? Für einen Gast, der mir solch einen Stundenlohn plus sattem Trinkgeld bezahlte, hatte ich nahezu immer Zeit.

»Klar. Wann denn?«

»Komm doch um 19 Uhr zu mir. Nimm dir mehr Zeit.«

Das war das Codewort.

»Mehr Zeit« bedeutete, dass ich den Abend komplett vergessen konnte. Ich wusste aber auch, dass der Verdienst mich dafür entschädigen würde.

Er gab mir noch durch, in welchem Hotel und Zimmer er diesmal wohnte, und ich verabschiedete mich freudig.

Als ich auflegte, fiel mir auf, dass er keine Wünsche, weder zu meiner Kleidung noch zu meinem Equipment, durchgegeben hatte.

Ich beschloss, das Basisequipment einzupacken, quasi die Grundausstattung einer Domina: ein paar kleine leichte Peitschen, ein paar Bondageseile, ein paar Klammern, ein paar Kondome und Latexhandschuhe.

Als meine Babysitterin, die auf meine Tochter aufpassen sollte, tags darauf Punkt 18 Uhr klingelte, verabschiedete ich mich schnell und fuhr mit meinem Auto Richtung Innenstadt.

Ich hatte mich für eine elegante schwarze Hose entschieden, dazu eine schwarze Bluse und ein enges Taillen-Korsett. Ein Push-up betonte meinen Ausschnitt, von dem ich wusste, dass er viele Männer nervös machte. Außerdem hatte ich noch Wechselkleidung mitgebracht, falls er es doch »fetischlastiger« haben wollte. Wobei speziell er niemals nach besonderer Kleidung gefragt hatte.

Einige Minuten nach 19 Uhr kam ich endlich an und zwängte mein Auto in eine freie Parklücke. Ich nahm mein Köfferchen, warf noch einen Blick in den Seitenspiegel und zog mir die Lippen nach. Dann betrat ich das Hotel und fuhr mit dem Fahrstuhl in die oberste Etage. Schließlich klopfte ich an der Tür und der Namenlose Ausländer öffnete.

Südländischer Typ: dunkles Haar, dunkle Augen und olivfarbene Haut. Durch meine High Heels überragte ich ihn minimal. Er war sportlich, etwas, das mir durchaus gefiel. Ich mochte durchtrainierte Männerkörper.

Aber er war insgesamt nicht sonderlich auffallend. Seine Zähne waren weiß, einer davon leicht schief, und wenn er lächelte, hatte er Falten im Gesicht. Letzteres störte mich nicht. Ich mochte Männer, die älter waren als ich. Gut, er war nicht älter als ich, aber er wirkte älter. Ich hatte erfahren, dass er anstatt meiner geschätzten Mitte-Ende-30 gerade mal 29 Jahre alt war und damit erschreckenderweise sogar jünger als ich. Aber solange ich jünger aussah als er, war die Welt völlig in Ordnung für mich. Mein Alter wusste er nicht und er war Gentleman genug, nicht danach zu fragen.

Sein Gesicht war interessant, kantig und wirkte manchmal hart, was wahrscheinlich durch die Bartstoppeln kam. Nein, kein Dreitagebart, sondern eher das Ergebnis von dunklem, starrem Haar. Außerdem trug er einige kleine Härchen auf seinem Kinn, die einen Bart imitieren sollten. Seine Augenbrauen waren buschig und das ein oder andere Haar beugte sich nicht der üblichen Haarwuchsrichtung.

Mir fiel auf, dass er einen kleinen Ohrring trug. Das wiederum gefiel mir überhaupt nicht.

Seine Haare waren kurz und standen gewollt struppig vom Kopf ab. Gel oder Haarwachs sorgten dafür, dass sie sich nicht in Reih und Glied legen konnten, sondern so blieben, wie sie waren.

Er hatte eine typische Charakternase, und wäre er eine Frau und mit mir befreundet, würde ich wahrscheinlich zu einer Korrektur raten. Aber er war ein Mann und seine Nase passte zu ihm.

Doch ja, kein Modelltyp, aber insgesamt ein attraktiver Mann.

Er trug eine schwarze Hose und ein weißes Hemd, bei dem er die oberen beiden Knöpfe geöffnet hatte. Die Ärmel hatte er hochgekrempelt.

Er bat mich in den Raum, der typisch nach Hotelzimmer der oberen Preiskategorie aussah. Eine kleine Suite, mit allem Drum und Dran.

Der Fernseher lief.

Ich kannte das schon, die meisten meiner Stammgäste hatten n-tv permanent, ähnlich wie ein Radio, im Hintergrund an. Was gesagt wurde, verstand ich nicht, denn er hatte den Ton leise gestellt.

Er nahm mir meinen Mantel ab und hängte ihn in seine Garderobe. Er roch nach »frisch gemacht«. Nach Aftershave, nach Parfüm, nach Duschgel, nach Mundwasser. Die meisten meiner Gäste bestanden darauf, sich vor unseren Spielen frisch zu machen und zu duschen. Und ich bestand ebenfalls darauf.

Er bat mich auf das Sofa, das mit einem Brokatstoff bezogen war, gestreift, in den Farben Grün und Gold. Ein kleiner Tisch aus Echtholz stand davor, eine Glasplatte in der Mitte eingelassen. Daneben stand ein Sessel, ebenfalls bezogen mit feinstem Brokat, und gegenüber befand sich ein Sideboard aus Holz, mit Türen und Schubladen. Darauf stand eine Vase, in der eine einzelne Blume steckte. Darüber war in die Wand ein riesiger Flachbildschirm eingelassen.

Meine Absätze klackerten leise und vornehm auf dem Parkettboden.

»Schön, dich zu sehen«, sagte er, als ich mich gesetzt hatte, und ich hatte den Eindruck, dass er es ernst meinte.

»Danke. Ich freue mich auch sehr, dich zu sehen«, erwiderte ich und nahm dankbar das Glas Mineralwasser an, welches er mir anbot.

Vor mir auf dem Tisch lagen zwei Blätter, offenbar frisch ausgedruckt, eingeschlagen in eine Klarsichthülle.

Daneben lag ein Kugelschreiber.

Etwas weiter rechts lag ein Holzbrett, darauf ein Santoku, ein japanisches Küchenmesser.

»So. Was wollen wir beide heute machen?«, fragte ich und lächelte ihn entwaffnend an, nachdem ich meinen Blick von der Klinge reißen konnte.

Das war meine Taktik und den meisten Gästen half diese Frage, über ihre Wünsche zu sprechen. Gerade Neulinge oder Anfänger waren immer ganz besonders nervös, selbst wenn sie schon einige Male bei mir gewesen waren.

»Du hast letztes Mal darüber gesprochen, dass du Switcher bist«, erklärte er.

Sämtliche Alarmglocken schrillten und ich legte mir alle möglichen Ausreden parat, warum ich ausgerechnet mit ihm die Rollen nicht tauschen wollte. Gelogen hatte ich natürlich nicht, ich war das, was man als »Switcherin« bezeichnete, und damit sexuell gesehen sowohl aktiv als auch passiv. Im Profi-Bereich bot ich dies allerdings so selten an, dass man es als »nie« bezeichnen konnte.

Früher ja, da hatte ich als aktive/passive Dame gearbeitet. Aber ich stellte schnell fest, dass sich meine passiven Präferenzen gravierend von denen meiner Kundschaft unterschieden. Und im passiven Bereich konnte ich einfach nicht so gut schauspielern und ehe ich daran kaputtgegangen wäre, hatte ich lieber die Notbremse gezogen und meine geschäftlichen Angebote verändert.

Dennoch köderte ich gerne damit, dass es hier oder da, oder auch wenn die Hölle zufriert, die Möglichkeit gäbe, mich auch mal passiv zu erleben.

»Ja«, antwortete ich vorsichtig.

Abwarten, Sharon, dachte ich.

»Ich würde gerne eine kleine Wette mit dir eingehen. Der Verlierer übernimmt in den weiteren Spielen die passive Rolle. Was hältst du davon?«

Ich atmete tief ein und musterte ihn.

»Um welche Wette handelt es sich?«, fragte ich ihn, denn Wetten machten mich generell immer sehr neugierig.

Er lächelte mich an.

»Um eine kleine Mutprobe. Kennst du das Spiel *Five Finger Fillet*?«

Ich nickte. Natürlich kannte ich als Messerfetischistin dieses durchaus reizvolle Spiel und hatte es in meiner aktiven Rolle schon bei einigen meiner Spielpartner ausprobiert. Dabei legte einer seine Hand mit gespreizten Fingern auf den Tisch, der andere führte das Messer und tippte mit der Spitze zwischen die Finger. Mit der Zeit wurde das Tempo erhöht und damit stieg das Risiko, dass man verletzt wurde.

»Gut«, sagte er. »Jeder von uns wird sich der Herausforderung stellen. Wer den Mut hat, länger durchzuhalten, gewinnt.«

Ich hob die Augenbrauen und versuchte abzuschätzen, wie lange ich in etwa durchhalten würde. Und ob er länger durchhalten könnte? Seine Hände waren geschmeidig und weich.

Außerdem wusste ich, dass Schmerzen nicht seine Welt waren.

»Kannst du denn Blut sehen? Nicht dass du mir hier zusammenklappst«, unkte ich und versuchte damit, meine eigene Unsicherheit zu überspielen.

»Mach dir da keine Gedanken«, antwortete er.

Dann griff er nach der Klarsichthülle und zog beide Blätter heraus. Ich erkannte, dass ein Blatt bereits ausgefüllt war. Das andere Blatt reichte er mir und ich sah, dass auf beiden Seiten sämtliche möglichen Praktiken aufgelistet waren. Allerdings stand auf einer Seite »Vorlieben« als Überschrift, auf der anderen Seite »Tabus«.

»Der Zettel des Gewinners wird nach dem Spiel zerrissen«, erklärte er.

Ich überflog die Praktiken.

»Aber eine Bedingung gäbe es da noch«, sagte er sanft und schaute mir direkt in die Augen. Sehr charmantes Kerlchen, in diesen braunen Augen könnte ich versinken.

»Welche?«

»Wenn du das hier ausfüllst und unterschreibst, dann gibt es kein Zurück mehr.«

Ich blickte ihn starr an und war baff. Absolut sprachlos. Eine Seltenheit bei mir.

»Ich meine damit, dass die Spiele ohne Safeword statt-finden. Deshalb: Füll es ordentlich aus. Ich gebe dir dafür so viel Zeit, wie du brauchst«, erklärte er mir und sein Ton wurde dominanter. Er schien sich seines Sieges offenbar sicher zu sein.

Ich kniff meine Augen zusammen und musterte ihn.

Sei dir da mal nicht zu sicher, Bürschchen, dachte ich.

Er wandte sich dem Fernseher zu und ignorierte mich. Ich überlegte, ob ich gehen sollte. Es war eine Wette – aber SM war immerhin auch ein Spiel. Und ich liebte Machtkämpfe. Und ich schätzte mich als Gewinnerin ein.

Es könnte gefährlich sein; wenn er wegzucken würde, könnte ich ihn mit dem Messer verletzen.

Aber ich war zu neugierig. Und hieß es nicht so schön, dass nicht die Neugierde der Katze das Leben kostete, sondern ihr Starrsinn? Und war es nicht eine Herausforderung? Eine Kampfansage direkt an mich gerichtet? Ich war zu stolz, um einen Rückzieher zu machen. Ich würde nicht klein beigeben, auf keinen Fall.

Also beugte ich mich über das Blatt, las es gewissenhaft durch und kreuzte hier und da einige Vorlieben an.

»Schläge mit:« Hier fügte ich »Rohrstock« und »Peitschen« ein.

»Verkehr: ja«; ich schrieb in Klammern noch »mit Gummi«. Mit ihm zu ficken hatte immer Spaß gemacht. Ich ließ mir die Option des Verkehrs bei jedem Gast offen und manche nahm ich dann eben mit, so auch ihn. Es hatte mich gereizt und er fühlte sich gut an in mir.

»Französisch: ja«; auch hier kam ein »mit Gummi« in Klammern.

»Fesselungen mit: Seilen/Manschetten/Handschellen.«

»Verbale Erniedrigung:« Ich setzte hier »gehobenes Niveau« dahinter und überlegte, ob er wusste, was das bedeutete. Ich war kein Fan von plumpen Beschimpfungen, die man an jeder Straßenecke von dahergelaufenen Jugendlichen hören konnte. Nein, ich wollte die erniedrigenden und erregenden Spitzfindigkeiten.

So füllte ich die Liste weiter aus.

Nachdem ich mit der ersten Seite fertig war, las ich sie nochmals durch und ergänzte hier und da noch Kleinigkeiten. Ich erlaubte ihm auch, mir Spuren zuzufügen, und dachte dabei an eine meiner Lieblingspraktiken: Monotones Rohrstocken; immer schön mit gleichbleibendem Tempo und eintöniger Härte drauf auf den Hintern, direkt zum Endorphinkick. Danach selbstverständlich ordentlich harter Sex.

Dann wandte ich das Blatt um und beschäftigte mich mit der Liste der Tabus. Hier kreuzte ich einige Praktiken an, wie Cutting, Nadelungen, Fisting, Stromspiele, Schlagadern abdrücken.

Auf die freien Linien schrieb ich noch, dass ich nicht lange knien könne und aufgrund meines Herzfehlers gerne mal Probleme mit meinem Kreislauf bekäme.

Wieder las ich alles gewissenhaft durch.

Dann setzte ich schwungvoll meinen Namen darunter – dieser Akt trieb meinen Puls in die Höhe.

Ob das so eine gute Idee war? Ohne Safeword? Ohne Möglichkeit des Abbruchs? Ein Safeword war quasi ein Anker, ein Strohhalm, ein Wort, welches man schnell herausbrüllen und sich sicher sein konnte, dass alles sofort beendet werden würde. Zumindest signalisierte ein Safeword, dass das Einvernehmen von einer Seite aufgehoben wurde. Jegliche Notsituation, ob körperlich oder seelisch, konnte man mit einem Safeword kurz und knapp formulieren.

›Er ist kein neuer Gast, du kennst ihn. Riskier es, es könnte geil sein. Außerdem bist du eine gute Domina und kannst auch ohne Safeword spielen!‹, rief mein inneres Teufelchen.

›Tu es nicht. Was ist, wenn er gewinnt und dann durchdreht?‹, rief sein Gegenspieler – mein inneres Engelchen.

›Er wird nicht gewinnen!‹, rief mein Teufelchen.

›Das weißt du doch gar nicht!‹, konterte mein Engelchen.

Und ehe ich mich recht versah, hatte mein Teufelchen mein Engelchen gefesselt, geknebelt und vögelte es gerade fröhlich auf meiner inneren Streckbank.

Und so hörte ich mich »Fertig!« rufen.

Der Namenlose Ausländer drehte sich um und sah mich an. Ich wedelte lächelnd mit dem Schrieb, den er sich sofort holte. Außerdem drückte er mir seinen in die Hand, den ich kurz überflog. Es stand nichts Neues darauf, nichts, was ich nicht schon vorher gewusst hatte.

Nun saß er grübelnd auf seinem Sessel und verinnerlichte, was ich geschrieben hatte. Ich saß daneben, mit einem Pulsschlag von 180, und versuchte, meine Coolness mit Mineralwasser wiederzuerlangen. Ich versuchte, so zu tun, als wäre ich völlig gelassen und hätte keine Angst, komme was wolle.

Hin und wieder öffnete er den Mund, als ob er etwas fragen wollte, schloss ihn dann aber wieder, da er die Antworten darauf offenbar selbst fand.

Betont gelassen lehnte ich mich zurück, während Adrenalin durch meine Adern strömte. Offenbar hatte mein Teufelchen meinem Engelchen den Knebel abgemacht, denn es rief immer mal wieder: ›Tu es nicht!‹, ehe es abgewürgt wurde.

Ich musste warten, denn er ließ sich Zeit.

Ich hasste es zu warten und vor allen Dingen hasste ich es, wenn ich nicht wusste, was passieren würde. Ich war nicht der Typ, der das Steuer aus der Hand gab. Selbst in der passiven Rolle war ich es gewohnt, den Ton anzugeben. Das Prinzip meiner Unterwerfung war einfach: Unterwerfung nur zu meinen Bedingungen.

Jene Männer, denen ich mich unterwarf, nannte ich liebevoll Servicetops und ich besprach vorher, was sie wie mit mir machen sollten. Im Prinzip war ich, was diesen Teil meiner Neigung betraf, wie meine eigenen Gäste. Ich legte alles fest. Wer mit mir spielen wollte, der spielte nach meinen Regeln. Und mein Gast hier würde nun lernen müssen, mit wem er sich anlegte.

Schließlich hob er den Kopf und sah mich an. Seine Augen blitzten. Jede Wette, dass auch sein Schwanz stand? Mir zumindest ging der Gedanke durch und durch, dass er bald mir gehören würde, ohne Safeword.

»Gut«, sagte er und schob beide Blätter in die Klarsichthülle zurück. Mahnend lag diese nun vor mir.

»Du bist dir sicher, dass das alles so stimmig ist?«

Ich nickte und wusste, dass dies nun meine letzte Chance war, Einwände vorzubringen.

Welcher Teufel mich da wohl gerade ritt? Ausgerechnet ich, Miss Sicherheitsfanatikerin! Bisher hatte ich alle Angebote, ohne Safeword zu spielen, ausgeschlagen. Egal, wie viel Geld mir geboten wurde.

»Sehr gut«, sagte er und setzte sich neben mich.

Er reichte mir seine Hand, um die Wette zu besiegeln. Ich griff danach, schnell, damit keiner von uns sah, dass ich zitterte. Er drückte meine Hand, einen Moment länger als notwendig.

»Rechts oder links?«, fragte er und ließ mich los.

»Nein, du fängst an!«, rief ich.

Er griff in seine Hosentasche und zog eine Münze hervor.

»Kopf oder Zahl?«, fragte er.

»Kopf.«

Er warf die Münze, fing sie auf und klatschte sie auf seinen Handrücken. Dann hob er seine Finger ab und ich konnte sehen, dass Zahl gewonnen hatte. Ich würde also die Erste sein.

»Rechts oder links?«, fragte er erneut und diesmal sehr eindringlich.

Ich überlegte kurz.

»Links«, sagte ich schließlich.

Er drapierte das Brett direkt vor mir auf dem Tisch und ich legte meine Hand darauf und spreizte die Finger ab. Er nahm seine Uhr von seinem Handgelenk und legte sie neben das Brett. Dann griff er zu dem Messer und ich schluckte.

Was machst du hier?, fragte ich mich. Mein Herz pochte.

Er blickte mich kurz an, drückte dann auf einen Knopf an seiner Uhr und begann langsam, mit der Spitze des Messers zwischen meine Finger zu tippen, immer reihum. Ich gab mir alle Mühe, meine Hand ruhig liegen zu lassen, bemerkte aber, dass es mir schwerer fiel, als ich gedacht hätte. Er erhöhte das Tempo.

Mir wurde wärmer und ich fürchtete, er könnte meine Finger verletzen. Mit einem solchen Messer konnte man problemlos ein Fingergelenk durchtrennen. Hochkonzentriert agierte er und als er sein Tempo erneut beschleunigte, brach ich ab. Ich zog meine Hand blitzschnell weg.

Er drückte wieder auf die Uhr und sah sich die Zeit an.

»Eine Minute und 20 Sekunden. Das ist ja nicht viel«, meinte er. Sein Blick war durchdringlich.

»Abwarten«, gab ich arrogant zurück und versuchte, mich zu beruhigen. Ich musste gleich eine ruhige Hand beweisen.

Er legte die Uhr wieder bereit und erklärte mir, wo ich drücken musste, um die Zeit zu messen. Dann legte er seine Hand auf das Holzbrett und lächelte.

Ich atmete tief ein, als ich das Messer in die Hand nahm.

Seine Hände waren sauber und er hatte lange, knochige Finger. Seine Nägel waren ordentlich gefeilt und ich fragte mich kurz, ob er seine Maniküre selbst erledigte. Ein kleiner weißer Halbmond zierte den Nagel am Nagelbett.

Ich spürte, dass er wartete, und ich spürte, dass ich nervös war. Er musterte mich, ich fühlte seinen Blick auf mir.

»Angst?«, fragte er mich mit einem süffisanten Lächeln.

Ich schüttelte den Kopf.

»Ich doch nicht«, bestritt ich.

Ich nahm meinen ganzen Mut zusammen und setzte an. Ich drückte auf den Knopf der Uhr und begann langsam, mit dem Messer zwischen seine Finger zu tippen. Ich arbeitete hochkonzentriert, aber mir fiel auf, dass seine Hand wesentlich ruhiger lag als meine.

Er beobachtete mich, während ich agierte. Ich hatte hingegen nur ängstlich auf meine Hand gestarrt.

Ich erhöhte mein Tempo und es schien ihn nicht zu beeindrucken. Also erhöhte ich erneut und kam zu dem Punkt, bei dem die meisten meiner Gäste das Spiel abbrachen.

Er schaute nun auf seine Hand und ich bemerkte, dass er Bedenken bekam.

Na komm schon, zieh sie weg und gut, dachte ich.

Doch den Gefallen tat er mir nicht.

Ich machte weiter. Seine Hand zuckte hier und da, aber er zog sie nicht weg.

Komm schon, verdammt. Gib auf!, dachte ich.

Ich beschleunigte erneut und wusste, dass ich ihn eventuell treffen würde. In diesem Tempo hatte ich wesentlich weniger Kontrolle über das Messer.

Er zuckte erneut und seufzte. Ich spürte seine Anspannung. Oder war es meine?

Und dann passierte es. Ich traf ihn am kleinen Finger. Er zog seine Hand weg und ich drückte den Knopf auf seiner Uhr. Instinktiv führte er seinen Finger zum Mund, um das Blut aufzusaugen. Es war nur ein kleiner Schnitt, nichts Gravierendes.

Ich nahm seine Uhr und starrte darauf.

»Wie war meine Zeit gleich noch mal?«, fragte ich ihn, um Zeit zu schinden.

»Eine Minute und 20 Sekunden«, antwortete er und wartete gespannt auf sein Ergebnis.

Ich seufzte, ich wagte es nicht, das Ergebnis auszusprechen. Sanft nahm er mir die Uhr aus der Hand. Dann sah er auf das Display, ehe er mir in die Augen schaute. Ein Hauch von Mitleid stand darin, doch der Großteil war Triumph.

»Ich fürchte, du hast verloren«, sagte er.

Ich nickte.

»Das fürchte ich auch«, gab ich zurück.

Ich ärgerte mich, ein derartiges Spiel mitgemacht zu haben. Ich ärgerte mich, dass ich verloren hatte. Und dass er gewonnen hatte, ärgerte mich noch mehr. Ja, ich war ein schlechter Verlierer.

Er stand auf, nahm seinen Zettel aus der Klarsichtfolie und zerriss ihn vor meinen Augen.

»Gut«, sagte er. »Dann ist es nun an der Zeit, dass du deine Wettschulden einlöst, was?«

Er setzte sich in den Brokatsessel und starrte mich an.

Die Luft war geladen und er spürte das ganz genau.

»Brauchst du etwas Ausrüstung?«, fragte ich. Ich wollte keine Schulden haben und meine verlorenen Wetten löste ich immer ein. Das war Ehrensache.

»Nein, ich hab alles da, was ich brauche.« Sein Blick ruhte prüfend auf meinem Gesicht.

»Okay, dann kann es ja losgehen.« Bei diesem Satz versagte meine Stimme.

Er lehnte sich in seinem Sessel zurück.

»Zieh dich aus.«

Oh mein Gott, das war das erste Mal, dass er mich nackt sehen würde. Klar hatten wir schon Sex miteinander gehabt, aber dabei hatte er jedes Mal eine Augenbinde getragen und war gefesselt gewesen. In der Suite jedoch herrschte Festtagsbeleuchtung vom Feinsten und er würde alles sehen können.

Hilflos blickte ich an die Decke. Das konnte ich gar nicht leiden. Selbst meine Partner mussten ewig warten, bis sie mich im Eva-Kostüm betrachten durften.

»Kannst du das Licht dimmen?«, bat ich.

Oder wie wär's mit 'nem Inge-Meysel-Licht, also einem rosa Filter über der Lampe, der meine Haut jung und schön wirken lässt?, dachte ich.

Hand aufs Herz! Ich war eine 30-jährige Frau, die bereits eine Schwangerschaft hinter sich gebracht hatte. Ich hatte ein mieses Bindegewebe und trotz Sport wollte sich der straffe Körper nicht mehr ganz so zeigen, wie ich das mit 20 noch gewohnt gewesen war. Bei der Vergabe von Cellulite hatte ich laut und deutlich hier gerufen, mir auf demselben Weg noch ein paar Besenreiser geholt – und angezogen sah ich sowieso wesentlich besser aus als nackt, fand ich.

»Nein, kann ich nicht«, erwiderte er arrogant.

Ich verlagerte mein Gewicht von einem Bein aufs andere.

»Bitte!«, bat ich.

»Nein!«

›Geh raus. Lass ihn stehen, wenn er nicht nach deinen Regeln spielt!‹, rief mein gequältes Engelchen heiser.

›Wettschulden sind Ehrenschulden! Und sicher wird er dich danach ficken. Willst du dir einen guten Fick entgehen lassen?‹, fragte mein Teufelchen und wusste, dass es damit gewann. Verdammte Fickerei aber auch!

Ganz cool, Sharon, beruhigte ich mich und schnürte langsam mein Korsett auf. Ich hakte es auf und legte es auf die Couch.

Er ließ mich keinen Moment aus den Augen.

Ich knöpfte meine Bluse auf. Noch war alles gut. In Hose und BH sah ich immer noch super aus. Sattes D-Körbchen, das passte. Der BH war so freundlich und hob meine Brüste hoch, sodass sie problemlos der Schwerkraft trotzten, und die Größe meiner Brüste hatte ich nun mal meiner Schwangerschaft zu verdanken. Von B auf D. Das wiederum fand ich eine tolle Sache.

Schließlich öffnete ich meine Hose und zog sie hinunter. Da fiel mein Blick auf meine Pumps.

Seiner offenbar auch.

»Alles ausziehen.«

Ich schlüpfte aus meinen Schuhen, hakte meine Finger in meine Strümpfe und streifte sie gemeinsam mit meiner Hose ab. Auch diese warf ich auf die Couch, die Schuhe schob ich mit meinen Füßen zur Seite.

Unterhose und BH klebten nun noch an mir.

Ich versuchte nun, ihn mithilfe meines Dackelblicks dazu zu bringen, das Licht zu dimmen.

»Weiter. Ich warte.« Er ignorierte mein visuelles Betteln.

Ich drehte mich um und zog meinen BH und mein Höschen aus. Dann drehte ich mich wieder zu ihm und versuchte, mit Hilfe meiner Haare und Hände die wichtigsten Partien zu verdecken. Ich hielt mich gerade für ganz besonders schlau, obwohl ich wusste, dass ich selbst so ein Verhalten im umgekehrten Fall niemals dulden würde.

»Nimm die Hände da weg«, motzte er mich an.

Unbehaglich tat ich brav, was er von mir verlangte.

»Hübsche Tattoos!«, rief er. Ich wusste, dass auch er welche hatte. Aber meine hatte er noch nie gesehen.

»Danke.«

»Dreh dich. Langsam! Setz dich meinem Blick aus.«

Langsam gewöhnte ich mich an die Festtagsbeleuchtung und drehte mich brav um meine eigene Achse. Dennoch war mir unwohl bei dem Gedanken, dass er alles sehen konnte. Und er verstärkte mein Unbehagen gnadenlos.

»Du hast schon Kinder?«

Es war mehr eine Feststellung als eine Frage und sie kam, als er gerade meine Rückseite betrachtete. Keine gute Werbung für meinen Hintern. Ich nickte.

»Machst du Sport?«, fragte er weiter.

»Ja. Ballett, Reiten und Joggen.«

»Nicht oft genug, was?«

Was für ein Arsch. Ich ärgerte mich über diesen Satz.

»Ist das eine Krampfader auf deiner Wade?«

Dem entging auch nichts.

»Ja. Ein Erbstück mütterlicherseits«, erwiderte ich zynisch.

Er stand auf und kam auf mich zu. Er strich meine Haare aus meinem Gesicht und entdeckte meine große Narbe auf meiner Stirn.

»Woher ist die?«, fragte er und fuhr mit seinem Finger daran entlang.

»Ein schwerer Unfall in der Kindheit«, erwiderte ich trotzig.

Ich konnte dem Ganzen keinen Reiz abgewinnen. Im Gegenteil, ich fühlte mich, als wäre ich bei einer Fleischbeschau und er deckte alle meine körperlichen Mängel auf. Ähnlich einem Marktschreier auf dem Sklavenmarkt.

Hier haben wir eine Dame mittleren Alters. Nicht mehr ganz taufrisch, auch schon benutzt, mit Cellulite, aber ohne Silikon. Also nichts, was ein guter Chirurg nicht in den Griff kriegen könnte. Wir starten bei läppischen 20 Euro, fantasierte ich in meinen Gedanken.

»Du färbst deine Haare?« Wieder diese, als Frage getarnte, Feststellung. Ich hasste das, obwohl ich es selbst als verbales Stilmittel nutzte.

»Ja.«

»Musst wohl bald wieder färben. Du hast einen Ansatz.«

Ich grummelte in mich hinein. Klugscheißeralarm, dachte ich.

Seine Hand glitt über mein Brustbein und berührte meine Brust. Er knetete sie.

Pack mich doch einfach und fick mich und alles ist gut, dachte ich.

»Deine Brustwarzen sind sehr groß«, sagte er und sah mir herausfordernd in die Augen.

Ja was sollte ich darauf sagen? Also nickte ich.

»Du hast gestillt, nicht wahr?«

Ich schaffte es nur schwer, meine Beherrschung nicht zu verlieren. Der Kerl stand gerade ziemlich sicher vor einer Ohrfeige. Okay, zumindest vor einer verbalen Ohrfeige.

»Ja hab ich.«

»Wie lange?«

»Das geht jetzt aber zu weit!«, rief ich empört.

Sein Blick wurde kälter.

»Ich entscheide, wann es zu weit geht, verstanden?«

Ich funkelte ihn wütend an.

»Das geht dich gar nichts an.«

Im nächsten Moment dachte ich, mir fliegt mein Kopf davon. Er hatte mir eine satte Ohrfeige verpasst.

Na super. Es reichte also nicht, mich wie ein Stück Fleisch zu betrachten, nein, er musste auch noch die zweite Variante der schlimmsten Erniedrigung für mich auspacken. Jeder meiner privaten Spielpartner wusste, dass ich ab einer gewissen Härte bereits nach wenigen Ohrfeigen anfing zu heulen. Er wusste dies zwar nicht, aber er war auf dem besten Weg, das herauszufinden.

»Ich warte auf eine Antwort!«

Die zweite Ohrfeige kam genauso unerwartet wie die erste. Und sie übertraf die erste um ein Vielfaches.

Schön, dass ich Ohrfeigen als Vorliebe angegeben habe, dachte ich ironisch.

Ehe mir nun die Tränen in die Augen stiegen, gab ich nach.

»Etwa ein Jahr«, winselte ich.

Sofort entspannte er sich und fuhr mit seinen Fingern meinen Bauchnabel entlang.

»Was hast du hier gemacht?«, fragte er.

»Ich hatte ein Piercing, welches leider an einem Gürtel hängen geblieben und dann abgerissen ist.«

Er verzog das Gesicht.

»Gut.«

Gut? Hallo? Ich hab noch Beine und das Wichtigste: einen Schritt. Irgendwie war ich frustriert, hatte er doch die Kurve nicht ganz so geschnitten, wie ich es gerne gesehen hätte. Verdammte Machtlosigkeit!

Er ließ sich wieder in seinen Sessel fallen.

»Bring mir ein Glas Mineralwasser.«

Ich drehte mich um und ging zur Minibar, die in das Sideboard integriert war. Dort fand ich Mineralwasser, fein säuberlich eingeräumt. Er schien offenbar nur Mineralwasser zu trinken, denn es gab keine anderen Getränke.

Ich nahm ein Glas aus dem Schrank daneben, da waren alle Minibars dieser Welt anscheinend gleich, und füllte das Wasser ein. Dann ging ich zu ihm zurück und drückte ihm das Glas in die Hand.

Er nahm es, starrte mich an und ehe ich mich versah, hatte er mir den Inhalt des Glases entgegengekippt. Ich schrie leise auf vor Schreck und weil es auch noch so kalt war. Die Tropfen rannen über meinen Bauch.

»Noch mal.«

Ich drehte mich um und ging erneut zurück und füllte wieder Mineralwasser in sein Glas. Dann ging ich abermals zu ihm, begab mich auf die Knie und drückte ihm das Glas wieder in die Hand.

Und noch mal dasselbe Spiel. Wieder landete alles auf mir.

»Noch mal!«

»Wie lange?«

»So lange, bis du es richtig machst.«

Blöde Tussi, dachte ich. Ich ärgerte mich darüber, dass ich nicht dazu fähig war, über meinen Schatten zu springen und meine Unzulänglichkeiten einzugestehen und ihn zu fragen, wie es denn »richtig« sei. Mein Ego hatte durch die »Fleischbeschau« schon einen ordentlichen Knacks bekommen, noch mehr schaffte mein Stolz gerade nicht.

Und so ging ich wieder und wieder zur Minibar und füllte Wasser ein, nur damit es dann wahlweise auf meiner Brust, in meinem Gesicht oder auf meinen Schenkeln landete. Ich war mittlerweile völlig nass, als es mir schließlich gelang, ihm das Wasser so zu bringen, wie er es gerne hatte. Ob es nun die Tatsache war, dass ich devoter kniete als die vielen Male zuvor, oder daran lag, dass ich kurz vor einem Verzweiflungsheulkrampf stand, weiß ich bis heute nicht.

Er trank genussvoll ein paar Schlucke.

»Trockne den Boden ab.«

Ich nahm eins der Geschirrtücher aus dem Schrank mit den Gläsern und trocknete den Boden möglichst ordentlich ab. Ich selbst tropfte, meine Haare waren nass und wahrscheinlich war auch mein Make-up nicht mehr da, wo es sitzen sollte.

»Jetzt kannst du dich auch abtrocknen.«

Als ich Anstalten machte aufzustehen, fragte er mich, wo ich hin wollte.

»Ins Badezimmer«, erwiderte ich patzig.

Er schüttelte langsam den Kopf.

»Wie soll ich mich denn sonst abtrocknen?«, fragte ich.

Sein Blick verharrte erst auf dem Geschirrtuch und dann auf mir. Ich verstand und es widerte mich an.

Während ich mit dem Geschirrtuch versuchte, meinen Körper zu trocknen, dachte ich mir, was er doch für ein Arsch sei. Ich hoffte inständig, dass es bald vorbei sein würde.

Just, als ich den Gedanken zu Ende gedacht hatte, stand er auf und kam auf mich zu. Ich kniete nach wie vor auf dem Boden und blickte zu ihm hoch. Trotzig sah ich ihm in die Augen.

Komm bloß nicht auf die Idee, aus mir eine O-Sklavin oder so was zu machen, dachte ich.

Im nächsten Moment hoffte ich, dass ich das nicht laut gesagt hatte, denn so ab und an passierte es mir, dass der ein oder andere Gedanke den Weg über den Mund nach draußen in die Welt fand.

Er öffnete seinen Gürtel und zog ihn aus den Laschen.

Wie ich diese Geste liebte. Das war eines dieser Dinge, die direkt durch mein Hirn über meinen Rücken zwischen meine Beine schossen. Ich lächelte und hoffte, dass er mich über die Knie legen würde.

»Mach meine Hose auf.«

Verdammt, warum kannst du nicht einmal das machen, was ich mir von dir wünsche?

Ich öffnete seine Hose und zog an seinen Shorts und schon stand sein Schwanz und deutete direkt in mein Gesicht. Er drückte mir ein Kondom in die Hand und ich fummelte es vorsichtig darüber.

›Immer schön vorne aufs Reservoir drücken‹, verhöhnte mich mein inneres Teufelchen, als ich zweimal sicherheitshalber drauf drückte, um die Wahrscheinlichkeit eines Platzens zu verringern.

Dann hatte ich keine Möglichkeit mehr, etwas zu sagen, denn er schob seinen Schwanz direkt und tief in meinen Mund. Seine Hände umklammerten meinen Kopf und hielten mich an meinen Haaren fest. Immer wieder stieß er in mich.

»Ich werde dir mehr geben, als du dir wünschst zu bekommen«, sagte er, während er mich würgen ließ.

»Du wirst immer mehr bekommen, als du dir wünschst!« Seine Stimme war rau und belegt und innerhalb kürzester Zeit war er fertig mit mir und hatte abgespritzt.

Ich fühlte mich benutzt und wischte trotzig mit dem Handrücken über meinen Mund.

Na super. Danke für den geilen Fick, dachte ich mir.

Ich war ganz froh, dass es vorbei war. Immerhin war es noch nicht so spät und ich könnte mich zu Hause noch schön in meine Badewanne legen und meine neueste literarische Errungenschaft zu Ende lesen.

»Jetzt kannst du ins Badezimmer gehen«, sagte er, nachdem er sich ein Taschentuch geholt und das Kondom entsorgt hatte.

Durchatmen, Sharon, dachte ich.

Ich blickte in den Spiegel. Meine Haare saßen ganz und gar nicht mehr und ich versuchte, einen Teil meines Make-ups zu retten, um nicht wie ein lebendig gewordenes Picasso-Kunstwerk durch die Gegend zu laufen.

›Wenn du jetzt rausgehst, sag ihm, wie toll es war!‹, flötete mein Engelchen.

›Komm, der Arsch hat dich nicht mal gefickt!‹, rief mein Teufelchen.

›Er hat gut dafür bezahlt‹, konterte mein Engelchen und mein Teufelchen wusste darauf keine Antwort.

Ich stieg unter die Dusche und genoss das warme Wasser. Dann schnappte ich mir ein Handtuch und wickelte es um meinen Körper. Ein kurzer Blick zurück, ob auch alles ordentlich hinterlassen war, und ab nach draußen.

Meine Sachen lagen fein säuberlich zusammengelegt auf dem Sideboard. Daneben lagen einige Geldscheine, die wohl für mich bestimmt waren. Was mich allerdings stutzig machte, war der Holzstuhl, der mitten im Raum stand.

»Fertig?«, fragte er mich.

»Äh ja.«

Ich war irritiert und wahrscheinlich konnte jeder, der mich gerade ansah, ein riesiges Fragezeichen in meinem Gesicht ausmachen.

»Nein, ich bin noch nicht fertig mit dir.« Er betonte den Satz arrogant und hob sich selbst darin hervor. So arrogant, dass ich ihm am liebsten entgegengeschleudert hätte, dass ich aber fertig mit ihm sei ... Und ich war so blöd und tat es.

Ich wusste auch nicht, warum mich die Situation gerade so aggressiv machte. Immerhin liebte ich es, meine eigene Arroganz innerhalb eines Spiels hervorzuholen. Aber ich war im Moment unbefriedigt, fühlte mich benutzt, erniedrigt und behandelt wie ein Stück Fleisch. Ja natürlich war ich wütend. So ging man doch nicht mit einer Frau um! Mit einem Mann, ja okay, da ging das! Aber doch nicht mit einer Frau. Oder zumindest nicht mit *mir*!

»Wie bitte?«, fragte er und kam auf mich zu. Und obwohl er gerade mal ein paar Zentimeter größer war als ich, auch er war barfuß, wirkte er unglaublich bedrohlich auf mich.

»Schon gut«, lenkte ich ein und wich seinem Blick aus.

Er riss mir das Handtuch von meinem Körper und gab nun wieder den Charmeur:

»Nimm Platz, junge Dame.«

Ich stieß ein süffisantes Lachen hervor und nahm auf dem Stuhl Platz.

Er hatte ein paar Seile bereitgelegt.

Na toll. Tüdelstunde. Bloß nicht atmen, damit die Takelage nicht runterfällt, schoss es mir durch den Kopf.

Ich beobachtete ihn dabei, wie er meine Beine an den Stuhlbeinen festband. Eine kleine Ader an seiner Schläfe pulsierte. Er zog die Seile ziemlich fest. Gut, ein Bondageprofi wie Matthias T. J. Grimme war er nicht, aber an Befreien war auch nicht zu denken.

Schließlich drückte er mir eine Zeitung in die Hand. Eine Tageszeitung.

»Soll ich jetzt hier Zeitung lesen?«, fragte ich und musste lachen, denn der Gedanke daran, nackt und gefesselt auf einem Stuhl in einer Zeitung zu blättern, kam mir sehr albern vor.

»Ja. Du liest mir diesen Artikel vor«, sagte er und tippte auf einen kleinen Text.

Ich starrte darauf.

»Was zum Geier …? Welche Sprache ist das?«

Er drehte sich um und zog einen Rohrstock hervor. Einen dieser fiesen dünnen Dinger, die ich immer gerne nutzte, um meine Gegenspieler fertigzumachen.

»Lies es vor.«

»Ich kann die Sprache nicht!«, rief ich.

»Und das ist … mein Problem?«, höhnte er arrogant.

Blöder Sprücheklauer! Den hast du von mir!, dachte ich.

»Das ist unfair. Ich weiß nicht mal, wie ich die Worte aussprechen soll.«

Er berührte mein Gesicht, strich mir zärtlich die Haare zurück, packte sie im Nacken zu einem Zopf und zog meinen Kopf mit einem Ruck nach hinten. Er war ganz nah bei mir und mein Herz raste. Ich konnte ihn riechen und ich wünschte mir, dass er mich ficken würde.

»Herzchen! Nirgendwo steht, dass das Leben fair ist.«

Und damit donnerte der erste Schlag auf meine Oberschenkel. Ich quiekte auf und er ließ mich los.

»Also los. Lies!«

Ich legte los. Es gab nicht ein Wort, das ich verstand.

Es war also nicht Türkisch. Es war auch keine spanische, italienische oder französische Zeitung, denn mit diesen Sprachen kam ich super zurecht. Englisch war es schon mal gar nicht.

Ich holperte und stolperte durch den Wortdschungel. Da sauste der nächste Schlag herab. Ich schrie auf, während er mich verbesserte.

Ich las weiter, da traf mich der nächste Schlag.

Nahezu Wort für Wort setzte es einen Schlag. Ich stand kurz davor zu verzweifeln. Meine Stimme versagte immer öfter, ich wagte es kaum, ein Wort vorzulesen, aus Angst, den Stock zu spüren. Ich ließ die Zeitung auf meine Schenkel sinken.

»Was ist? Du bist noch nicht fertig!«, sagte er.

»Hör auf damit, bitte.« Meine Stimme klang trotzig und meine Schenkel glühten.

»Erst, wenn du den Artikel zu Ende gelesen hast. Sei froh, dass ich dir nicht den Sportteil gegeben habe.«

»Bitte keine Schläge mehr«, jammerte ich.

Er legte den Rohrstock weg. Hatte ich tatsächlich gewonnen?

›Jetzt löst er gleich die Fesseln und nimmt dich in den Arm‹, prophezeite mein Engelchen.

Mein Teufelchen schwieg.

Er nahm mir die Zeitung sanft aus den Händen. Ich atmete tief ein, fühlte mich irgendwie, als hätte ich versagt.

Mein Engelchen jubelte und freute sich über die bald folgende Zärtlichkeit.

In dem Moment, als er stattdessen ein Seil in die Hand nahm, fing mein Teufelchen an zu lachen.

Und so fesselte er meine Arme auf dem Rücken. Und es nutzte alles nichts, selbst mit wilden Bewegungen konnte ich mich nicht befreien. Und das, obwohl ich doch den Beinamen Houdini trug. Dumm von mir, dass ich ihm irgendwann von meinen Talenten erzählt hatte, als wir uns über Fesselungen unterhalten hatten.

Memo an mich selbst: Weniger quatschen!

Er nahm wieder den Rohrstock in die Hand und wandte sich zu mir.

»Ich werde auch das letzte Quäntchen Widerstand aus dir prügeln. Lies weiter!«

»Bitte keine Schläge mehr«, winselte ich.

Der Rohrstock sauste wieder auf meine Oberschenkel.

»Falsche Antwort, Schätzchen!«

Ich begann, heftig zu schwitzen.

»Ich lese weiter!«

»Braves Mädchen.«

Er hielt mir die Zeitung hin und ich las.

Der nächste Schlag war härter als der vorangegangene. Mittlerweile waren meine Schenkel empfindlich, so empfindlich, dass selbst leichte Schläge zur Qual wurden. Tränen schossen mir unkontrolliert in die Augen und die Buchstaben verschwammen. Schweiß tropfte von meiner Stirn.

Ich versuchte mein Bestes und las weiter und gnadenlos donnerte ein Schlag nach dem anderen auf meine Schenkel.

Schließlich resignierte ich und heulte wie ein Schlosshund.

»Lies weiter!«

»Ich kann nicht!«, schluchzte ich.

Er schlug wieder zu.

»Lies weiter!«, drängte er.

»Du schlägst mich doch so oder so. Warum also sollte ich weiterlesen?« Ich merkte, dass ich wirklich wütend war. Die Situation machte mich wütend, die Tatsache, dass er weiter auf mich einprügelte, dass er sich nicht von mir beeinflussen ließ. Dass weder meine Tränen noch mein Wimmern ihn gnädig stimmten.

Wieder traf mich ein Schlag.

Meine Tränen liefen haltlos über meine Wangen und tropften auf meine Brust.

Er warf den Rohrstock auf den Boden, nahm die Zeitung und rollte sie ein. Verärgert zog er sie mir über meine Wangen und meinen Kopf, fast, als würde man einem ungehorsamen Hund eins mit der Zeitung mitgeben.

»Aufhören!«, schrie ich und zappelte in meiner Fesselung.

Er warf die Zeitung zur Seite und kam über mich. Lange blickte er mir in die Augen. Ich war dankbar für diese kleine Unterbrechung und konnte mich wieder fangen. Es tat gut, dass er auf mich hörte.

Er ließ von mir ab, um sich sein Hemd auszuziehen.

Sofort wurde mir heiß, denn was ich da sah, gefiel mir ganz ausgezeichnet. Sein sportlicher Körper war immer wieder einen Blick, oder mehr, wert.

»Du solltest das mit Musik machen«, trotzte ich und wunderte mich über meinen Mut. Vielleicht war das ein Satz, den ich lieber nicht laut ausgesprochen hätte?

Er drehte sich um und grinste, ehe er blitzschnell über mir war. Er setzte sich rittlings auf meinen Schoß und eine Salve von Ohrfeigen prasselte auf mich ein. Ich versuchte, mich zu schützen, und kurz gelang es mir, meinen Kopf an seine Schulter zu drücken, um seinen Händen auszuweichen.

Er packte meine Haare, zog meinen Kopf zurück und schlug wieder und wieder auf mich ein.

Tränen und Schweiß mischten sich.

»Aufhören! Aufhören! Bitte aufhören!«, rief ich, doch er störte sich nicht daran.

Und ich heulte und heulte.

Er erhob sich und löste meine Fesseln. Nicht, ohne mir zwischendurch immer wieder harte Ohrfeigen zu verpassen. Es schien, als wollte er vermeiden, dass ich mich wieder fing. Als alle Fesseln gelöst waren, zog er mich an meinen Haaren hoch. Wieder traf er mich hart und wieder heulte ich auf. Ich konnte kaum noch etwas sehen, meine Augen waren verquollen vom Weinen. Sie brannten.

Er setzte sich auf die Couch und zog mich rittlings auf seinen Schoß und ich lehnte meinen Kopf an seine Schulter und heulte hemmungslos weiter. Ich bemerkte, dass er seine Hose öffnete und mit einer Kondompackung hantierte, allerdings interessierte mich das im Augenblick überhaupt nicht. Ich war erniedrigt und fühlte mich unwohl in meiner Haut und saß auf einem Kerl, der den Beinamen Arsch zu Recht verdient hatte. Und vor allen Dingen fühlte ich mich nicht begehrenswert, was weitaus das Schlimmste für mich war.

Ich spürte seine Hand in meinem Schritt.

»Nein!«, schluchzte ich.

»Pscht«, hörte ich an meinem Ohr.

Ich bemerkte, dass er seinen Schwanz ansetzte, und noch bevor ich weitere Einwände erheben konnte, schob er ihn in mich.

Absurd. Wie konnte er mich jetzt ficken, wo ich auf ihm saß und völlig aufgelöst war? Wo er eine schöne Bandbreite an intimen Gefühlen freigelegt hatte, die ich im Laufe meiner SM-Zeit noch nie gezeigt hatte? Vor allem nicht der zahlenden Kundschaft. Und jetzt, wo ich fertig war mit meinen Nerven, wollte er mich doch ficken? Jetzt, wo ich *eigentlich* nicht wollte? *Eigentlich* deshalb, weil es einerseits geil war, in so einem Moment nochmals eine weitere Erniedrigung zu erhalten, und andererseits wollte ich mich nur noch einrollen wie ein kleines Hündchen.

Er stöhnte auf, als er mich auf sich schob. Ich atmete scharf ein. Ich wollte stöhnen, doch ich schluchzte stattdessen unkontrolliert. Blöde Heulerei!

Er zog mein Becken weiter auf sich und als ich meinen Kopf hob, sah er mir direkt in die Augen.

Mein Engelchen und mein Teufelchen feierten die Situation mit einer satten Orgie. Mir war, als würden sie singen.

Schließlich stand er mit mir auf und trug mich zum Sideboard. Ich hatte das Gefühl, ich wäre leicht wie eine Feder. Oder zumindest so leicht wie damals, als ich noch 50 Kilo wog. Er setzte mich ab und stieß brutal in mich, so heftig, dass ich aufschrie. Dabei hielt er mein Gesicht fest und starrte mir in die Augen.

Und ich spürte, wie ich riss, als er meinen Körper einnahm.

Er störte sich nicht an den Schmerzensschreien, die aus meinem Mund kamen. Und ich störte mich daran ebenfalls nicht, denn er fickte göttlich.

Immer wieder zischte er mir ins Ohr, dass ich seine Schlampe, seine Hure sei. Dass ich ihm gehören würde. Dass ich tun würde, was er mir sagen würde. Dass er mich dafür bezahlen würde, sich dafür aber holen würde, was ihm zustand.

Mithilfe dieser herrlichen Erniedrigung und meinem Kopfkino schaffte ich es nun, den brutalen Sex in ein angenehmes Erlebnis zu verwandeln. Ich stöhnte und keuchte und als brave Katholikin, die ich ja nun war, rief ich selbstverständlich auch nach Gott.

Wie eine gesprungene Platte wiederholte ich »bitte nicht aufhören«, immer in der Angst, dass er doch wieder aufhören könnte. Er pfefferte mir noch ein paar satte Ohrfeigen ins Gesicht und hin und wieder sah er mich an, als würde er mich anspucken wollen.

›Meine Güte, mach doch!‹, rief mein inneres Teufelchen.

›Nein, das ist unsafe!‹, klugscheißerte mein Engelchen.

›Ich fick dich gleich unsafe!‹, rief mein Teufelchen und stürzte sich auf mein Engelchen.

Ich krallte mich an ihn.

»Hände weg. Fass mich nicht an, Schlampe«, zischte er.

Dabei brauchte ich doch genau das. Zu wissen, dass der, der mich fickte, real war. Zu fühlen, wie er arbeitete und sich bewegte. Schweiß stand auf seiner Stirn. Ich keuchte, sehnte mich nach Nähe. Nach erfüllender Nähe. Nach einem Kuss, nach einer Berührung.

Stattdessen erntete ich eine Ohrfeige.

Langsam trat auch mir der Schweiß auf die Stirn. Ich war kurz davor, aber der letzte, helfende Kick fehlte. Berührung während des Höhepunkts war ein enorm wichtiger Punkt für mich. Ich musste mehr Kontakt haben als nur einen Schwanz in mir. Ich brauchte dieses Wissen, dass derjenige bei mir ist. Mit mir ist.

Und endlich, das einzige Mal an diesem Abend, bekam ich, was ich haben wollte.

Er lehnte seine Stirn an die meine. Ich roch seinen Atem, seinen Schweiß. Meine Hände fingen an zu flattern und versuchten, etwas zu greifen. Eine blöde Angewohnheit, durch die nun diese dämliche Vase neben mir mit lautem Geklirr zu Boden fiel.

Und endlich kam die Erlösung. Und nur die Tatsache, dass dieses Hotel über ein gutes Dach verfügte, verhinderte, dass ich in den Orbit abhob.

Keine zwei Sekunden später hörte ich, wie auch er kam.

*

48

»Sag mal, was ist das für eine Zeitung?«

Er hatte mir den Vortritt im Bad gelassen und kam nun aus der Dusche, nur mit einem Handtuch um die Hüften. Er sah gut aus.

Ich hatte mich zwischenzeitlich angezogen und meinen, ja doch mehr als guten Verdienst eingepackt und war fertig, um nach Hause zu fahren.

Er blickte auf die Zeitung, die ich in meinen Händen hielt.

»Keine Ahnung.«

»Wie jetzt? Woher kommst du denn?«

»Aus Portugal.«

»Aber das ist doch nicht Portugiesisch?« Eine Feststellung, getarnt als Frage.

»Nein, natürlich nicht. Dann könnte ich dir ja sagen, welche Zeitung das ist.«

»Ja aber welche Sprache ist das?«

Er zuckte mit den Schultern.

»Willst du mir jetzt damit sagen, dass du mich verhauen hast, weil ich eine Sprache, die du auch nicht sprichst, nicht richtig vorlesen konnte?«

»So kann man das natürlich auch sehen.«

Mein inneres Engelchen und mein Teufelchen schrien gemeinsam: ›Reingefallen, reingefallen!‹

»Du Arsch!«

Er kam zu mir und umarmte mich. Dabei zog er mich zu sich, leicht nach unten, denn durch die Heels war ich nun wieder größer als er.

»Ich will mehr, ich will dich wieder«, flüsterte er leise in mein Ohr.

Ich warf ihm die Zeitung vor die Füße und war sauer. Ich fühlte mich hintergangen und ausgebootet.

Trotzdem verabschiedete ich mich höflich von ihm und auf dem Weg nach draußen zu meinem Auto musste ich dann doch grinsen. Denn die Idee mit der Zeitung hätte glatt von mir sein können.

3.

DAS ZWEITE TREFFEN

Im Prinzip hatte ich schon damit gerechnet, dass er sich relativ zügig wieder melden würde. Ich kannte seinen Arbeitsrhythmus. So war er meist für einige Monate in Hamburg, bis er darauf folgend in der Versenkung, besser gesagt: in Portugal, verschwand.

Und so klingelte zwölf Tage nach unserem letzten Treffen abermals mein Handy und er meldete sich wieder mit seinem üblichem: »Ich bin's.«

Als ich nach dem letzten Treffen abends nach Hause gekommen war, war ich froh gewesen, dass meine kleine Familie längst in ihren Betten lag. Ich hatte mich danach noch an den Computer gesetzt, denn ich war unfähig gewesen einzuschlafen. Zu viele Gedanken waren durch meinen Kopf gerast.

Einerseits fragte ich mich, warum und vor allen Dingen worauf ich mich da eingelassen hatte, andererseits fühlte ich, dass ein lang gehegter Traum in Erfüllung gehen würde. Klar, ich sah SM seit jeher als lustiges kleines Spielchen an. Ich liebte es, meine Gegenspieler auflaufen zu lassen, und ich wusste auch, den Anker zu lichten, wann immer es zu schlimm wurde.

Ich war nicht oft bereit gewesen, bis zum Äußersten zu gehen. Bis dato fehlte mir dazu der passende Spielpartner, womit ich nun nicht sagen möchte, dass alle anderen Spielpartner und deren SM überhaupt nicht passten. Ich hatte viele Männer, die mit mir SM, bzw. Teile daraus, auslebten, aber kaum einer schaffte es, meine Neigung zu komplettieren. Und obwohl ich mein SM- und Sexualleben mit meinem Partner mehr als nur erfüllend empfand, gab es zwei ganz gravierende Probleme: Liebe und Unabhängigkeit.

Meiner Meinung nach konnte der SM, den ich ausschließlich in meinen dunkelsten Träumen begehrte, nur dann gelebt werden, wenn eine distanzierte Abhängigkeit, also eine

Distanz auf der persönlichen Gefühlsebene, aber auch eine Abhängigkeit der Sexualität, bestand. Und genau da lag mein Problem: Ich hasste es, abhängig zu sein, weshalb ich es selbstverständlich vermied, in eine solche zu geraten, und damit stand ich mir quasi selbst im Weg. Ich verbot mir auch oft, mehr Gefühle zu investieren, aus Angst, verletzt zu werden. Also schaffte ich auf allen Ebenen eine Distanz, die unüberbrückbar erschien, und aus diesem Grund konnte ich den SM, den ich für mich als die Krönung empfand, nicht ausleben.

Glücklicherweise hatte ich in meinem Lebenspartner Patrick einen Menschen gefunden, der mich verstand und akzeptierte, wie ich war, auch wenn er meine Denkweise nicht immer ganz nachvollziehen konnte. Die Liebe, die ich zu ihm empfand, war etwas ganz Besonderes, denn Patrick war einer der Menschen, die mich nicht verändern wollten.

So war es für ihn auch völlig in Ordnung, dass ich meine Arbeit als Domina weiterführte. Geduldig hörte er sich dann meine Erzählungen aus dem Studioalltag an, ohne auch nur ansatzweise in Eifersucht zu verfallen, denn dafür gab es keinen Grund. Patrick wusste, dass er für mich meine Nummer eins war.

Sowohl optisch als auch charakterlich konnte ihm kaum jemand das Wasser reichen. Patrick sah gut aus. Groß, schlank und sportlich. Ich mochte seine Figur, seine Kraft, die er ausstrahlte. Er hatte brünettes Haar, graublaue Augen und weiße Haut. Sein Lächeln war ansteckend und er war ein ruhiger, gelassener Mensch, der mich oft davor bewahrte, völlig auszuflippen. Ich hatte immer gedacht, dass mir nie etwas passieren würde, aber als ich Patrick kennenlernte, wusste ich, dass ich unschlagbar wäre mit ihm an meiner Seite.

Er wusste für die Dinge eine Lösung, bei denen ich selbst völlig überfordert war. Eine Berührung durch seine großen Hände reichte aus, um mich zu beruhigen, mir das Gefühl von Geborgenheit zu geben. Mit Patrick an meiner Seite hatte ich keine Angst. Vor nichts und niemandem.

Umgekehrt war es aber auch so, dass Patrick mich liebte und begehrte. So wie ich war, so wie ich aussah, mit all meinen kleinen Ecken und Kanten, an denen er sich gerne mal stieß. Und trotz so manchem blauen Fleck blieb er an meiner Seite und stand zu mir. Allein das war Grund genug, dass wir keine Eifersucht spürten.

Wir genossen unsere kleinen Ausflüge mit anderen Spielpartnern, liebten es, uns davon zu erzählen, uns füreinander zu freuen. Der ständige Austausch, in dem wir standen, gab uns die Sicherheit, die wir für unsere Beziehung brauchten. Dadurch konnten wir uns gegenseitig ein offenes, freies Leben gewähren und dennoch eine enge und intensive Beziehung genießen.

Nein, zwischen Patrick und mich passte kein Blatt Papier, so viel war sicher. Niemand würde ihn verdrängen können von meiner Seite.

»Wie geht es dir?«, fragte er mich durch den Hörer.

Diesmal musste ich kein Buch zücken. Ich hatte noch klar vor Augen, was genau beim letzten Mal passiert war, und die Spuren auf meinen Oberschenkeln waren nach wie vor, wenn auch verblasst, zu sehen.

»Danke, sehr gut«, erwiderte ich. »Und selbst?«

»Ich will dich sehen!«, stieß er hervor.

›Sag ihm, dass du keine Zeit hast!‹, riet mir mein Engelchen.

Es hatte viel Arbeit gekostet, mich nach dem letzten Erlebnis wieder aufzurichten. Vor allem seine bösartigen, aber leider zutreffenden Bemerkungen über meinen Körper hatten einen tiefen Riss in meinem Selbstbewusstsein hinterlassen.

»Wann?«

Was tat ich da?

»Übermorgen. 19 Uhr.«

»Ja das klappt«, erwiderte ich heiser.

Er wohnte nach wie vor im selben Hotel, dennoch wiederholte er die Adresse und Zimmernummer. Es war unnötig, ich wusste noch sehr genau, wo es war.

»Okay, dann bis übermorgen Abend«, sagte ich.

»Süße?«

Süße? Hatte er einen Vogel? Ich meine, wie zum Geier kam er auf den Spleen, mich Süße zu nennen? Hallo? Ich war hier die Domina, nur um das mal erwähnt zu haben.

»Ja?«

»Lass die Unterwäsche weg!«

Mit diesen Worten legte er auf.

Wer glaubte er eigentlich, wer er war? Ich meine, außer einem gut zahlenden und ausnahmsweise auch gut vögelnden Kerl?, dachte ich wütend.

Okay, und gut aussehend war er auch, zumindest war ich der Meinung, dass er das war, und über Geschmack lässt sich bekanntlich nicht streiten.

So tippte ich mein Telefonbuch durch, bis ich die Nummer meiner Babysitterin im Display hatte. Die Tatsache, dass mein Partner ein Workaholic war, machte mich abhängig von einem Netzwerk von hilfsbereiten Händen, die dann eingriffen, wenn wir aus beruflichen Gründen keine Zeit hatten, uns um unsere Tochter zu kümmern. Denn der Kindergarten, der bis 22 Uhr geöffnet hatte und in direkter Umgebung Plätze vergab, musste wohl erst noch erfunden werden.

Ich überlegte, ob ich mit einer Freundin über das Erlebte sprechen sollte, beschloss aber, es nicht zu tun. Die Einzige, die dafür infrage käme, war gestrickt wie mein Engelchen und würde mir dazu raten, den Weg nicht weiter zu gehen.

Wenn ich doch nur nicht so verdammt neugierig wäre, was er nun wieder mit mir anstellen wollte. Und vor allen Dingen war noch gar nicht geklärt, ob er wieder den aktiven Part übernehmen würde.

Es konnte ja durchaus sein, dass es ihm nicht gefallen hatte und er die Rollen wieder wechseln wollte.

›Das glaubst du ja wohl selbst nicht‹, erwiderte mein Teufelchen hämisch.

Und verdammt, es hatte recht. Ich hoffte, dass er Blut geleckt hatte und seine neue Rolle weiter ausbaute. Ich hatte festgestellt, dass mir unser kleines Spielchen viel Spaß bereitete. Es forderte mich, nicht nur körperlich, vor allem geistig. Ich wollte wissen, wie weit ich unser Spiel treiben konnte.

Zwei Tage später fuhr ich mit Karli, so nannte ich mein kleines italienisches Auto liebevoll, erneut auf den Hotelparkplatz. Und wieder war ich zu spät, denn immer wieder aufs Neue war ich überrascht, wie verstopft doch so ein Elbtunnel sein konnte.

Es war 19:30 Uhr, als ich den Motor ausstellte, mein kleines Köfferchen an mich nahm und den Wagen verließ.

Wieder lief ich den bekannten Weg entlang und ich dachte kurz an die Schmerzen vom letzten Mal. Mein Herz raste nun wie verrückt, denn ich wusste, hoffte, spürte, dass mehr als nur schnöder SM auf mich zukommen würde, abseits der üblichen Routine des Studios und der immer wiederkehrenden Praktiken.

Ich beschloss allerdings, ihn heute etwas mehr zu fordern.

Mit einem charmanten Lächeln im Gesicht öffnete er mir die Tür. Er wirkte plötzlich so anders auf mich. War er gewachsen? Und damit meinte ich nicht bestimmte Teile eines Mannes, die sichtbar innerhalb kürzester Zeit wachsen konnten.

Er kam mir so groß vor.

Auf jeden Fall war er beim Friseur gewesen, denn seine Haare waren kürzer. Es war die klassische Ich-pack-miretwas-Gel-auf-die-Finger-und-schrubbel-durch-meine-Haarebis-es-gut-aussieht-Frisur, in seinem Fall wahrscheinlich zum Preis eines Markenanzuges.

Er trug ein blaues Hemd mit aufgekrempelten Ärmeln. Und er trug Jeans, die ihm ausnehmend gut standen. Bestimmt sah er in einem edlen Anzug genauso gut aus. Ich hasste es zu wissen, dass es Menschen gab, denen alles gut stand. Und er gehörte offensichtlich dazu.

Natürlich blieb ich an seinen schönen braunen Augen hängen. Er hätte durchaus als Erpresser tätig sein können. Ich hätte alles für ihn gemacht, solange ich durch seine braunen Augen direkt in seine Seele, oder was auch immer da für Abgründe lauerten, blicken konnte. Sie fesselten mich regelrecht.

»Du bist zu spät!«, blökte er mich an und musterte mich.

»Auch schön, dich zu sehen.« Ich setzte mein charmantestes und schönstes Lächeln auf und hoffte, dass dabei kein arroganter, süffisanter und zynischer Zug um meine Mundwinkel hervortrat.

Er starrte mich an, zog mich quasi mit den Augen aus. Ich hatte mich diesmal für ein Kleid entschieden. Schwarz selbstverständlich. Lange Ärmel, eingearbeitetes Bustier mit V-Ausschnitt. Ich wollte es nicht riskieren, meinem D-Körbchen zu viel Freiheit zu lassen, denn ich wusste, dass »meine beiden«, manch einer nennt sie auch liebevoll Argumente, schon bei diversen Gesprächen auf die Idee gekommen waren, doch mal aus dem Ausschnitt zu linsen.

Außerdem trug ich meine neueste Errungenschaft an den Füßen: Jimmy Choos, oder auch »die Schuldigen« genannt. Schuld waren sie an den bösen Drohbriefen, die ich nun von meiner Bank bekam, aber diese Schuhe waren dringend nötig gewesen, um mein angeknacktes Ego wieder aufzupolieren und mich zu einer wertvolleren Frau zu machen.

Gut, ich hätte das Geld natürlich auch in eine Therapiestunde investieren können, aber das machte weitaus weniger Spaß und sah sicher auch weniger gut aus.

Ich hoffte, dass ihm gefiel, was er sah.

»Möchtest du mich nicht reinbitten?«, fragte ich, als ich mir vorkam wie bestellt und nicht abgeholt.

Offenbar riss ich ihn aus seinen Gedanken.

»Nein.«

Ich runzelte die Stirn.

Er nahm mir mein Köfferchen ab und stellte es in sein Zimmer. Dann nahm er seine Jacke.

»Wir sind verabredet und außerdem habe ich Hunger.«

»Oh? Mit wem denn?«

»Lass dich überraschen.«

Er nahm mich wie selbstverständlich an die Hand und es fühlte sich gut und vertraut an. Dass ich in diesem Hotel vielleicht schon, zumindest hinter vorgehaltener Hand, etwas bekannter war, als es mir persönlich lieb war, schien er entweder nicht zu bedenken oder es war ihm egal.

Als wir im Fahrstuhl standen, schloss er seine Arme um mich, vergrub sein Gesicht in meinen Haaren und atmete tief ein.

»Stört dich das nicht, dass hier vielleicht der ein oder andere von meinem Beruf weiß? Oder du vielleicht nicht der erste Mann bist, mit dem ich hier gesehen werde?«, fragte ich ihn.

Mein Engelchen schlug sich entsetzt mit der Hand auf die Stirn und schüttelte ungläubig den Kopf.

Er sah mich an.

»Mit wie vielen Gästen bist du denn schon Hand in Hand durchs Hotel gelaufen?«

»Lass mich überlegen. Das sind genau genommen ... also wenn man alle zusammenzählt ... nur ein einziger: mit dir.«

»Dann gibt es kein Problem«, sagte er und strich mir meine Haare hinter die Ohren. Ich hatte sie wieder offen gelassen. Zwar hatte ich überlegt, mir eine schöne, komplizierte und edle Frisur zu verpassen, mit Haarteilen und allem Drum und Dran, aber er hätte es weder bemerkt, noch hätte er Rücksicht darauf genommen. Und mal ehrlich, was gab es Unerotischeres als ein ständig gefauchtes »Pass auf meine Haare auf!«?

Also hatte ich sie glatt geföhnt, oder zumindest den Versuch gestartet, denn meine Haare waren dahingehend sehr widerspenstig und gehorchten nicht. Sie lockten sich sofort wieder. Und natürlich hatte ich meinen Ansatz gefärbt, um ihm keine weitere Angriffsfläche zu bieten. Sie glänzten nun wieder komplett in feurigem Rot. Von der Wurzel bis zu den Haarspitzen.

Seine Hände fuhren meinen Hals entlang.

Wie wäre es, wenn jetzt der Fahrstuhl stecken bliebe? Ich war nun brav gläubig, Gott könnte mir durchaus den Gefallen tun und diesen blöden Fahrstuhl für kurze Zeit vom Stromnetz nehmen. Nicht lange, ich wäre recht schnell fertig.

Aber natürlich lief es nicht so, wie ich es mir wünschte. Warum auch? Gott schien es offenbar nicht zu interessieren, dass ich artig meine Kirchensteuer entrichtete und ihn in guten wie in schlechten Zeiten, vor allem aber in sehr guten Zeiten ansprach.

Als wir im Hotelrestaurant ankamen, wurden wir von einem netten Bediensteten zu unserem Tisch geführt. Selbst wenn die Herren und Frauen Angestellten wussten, wer ich war, übergingen sie es professionell und behandelten mich wie jeden anderen Gast. Ich wurde nicht angestarrt und hatte auch nicht das Gefühl, man würde hinter meinem Rücken tuscheln.

Die Verabredung meines Gastes war noch nicht da.

Wir bestellten dennoch Getränke, der Herr wählte Bier und ich einen Rotwein, und unterhielten uns ein bisschen. Er erzählte mir ein paar Dinge über seine Arbeit. So wurde er wohl regelmäßig von seiner Firma in verschiedene europäische Städte geschickt, um einige, mehr oder weniger langweilige, Projekte zu unterstützen. Dabei übernahm er oft den Posten des Projektleiters, organisierte und experimentierte so lange, bis die Dinge quasi von alleine liefen. Dann musste er nur noch alle paar Monate wiederkommen, um nach dem Rechten zu sehen.

Er erzählte mir auch von seiner Frau und ich erfuhr, dass er zwei Kinder hatte. Seine älteste Tochter war so alt wie meine, und so entschied ich mich, auch etwas von meinem Privatleben zu erzählen. Er erfuhr, dass ich ein Programmierprojekt für eine Hamburger Firma übernommen hatte und deshalb zur Zeit nur sporadisch als Domina agierte. Er erfuhr, dass ich mit meinem Partner ein Haus gekauft hatte, und spätestens jetzt kam die Frage, die alle stellten, wenn sie realisierten, dass ich in festen Händen war.

»Wie kommt dein Partner damit zurecht?«, fragte er mich.

»Mit meiner Arbeit als Domina?«

Er nickte.

»Sehr gut. Patrick, so heißt er, hat mich so kennengelernt.«
Seine Augen fixierten mich und die Neugierde stand ihm
nun ins Gesicht geschrieben. Ich nutzte diesen kurzen Höhenflug, denn ich kannte die Wirkung, die dieser Satz bei meinem
Gegenüber auslöste.

Ich nippte an meinem Rotwein.

»Ihr habt euch über deinen Job kennengelernt?«, fragte
er.

»Ja.«

Ich hielt mich mit Informationen absichtlich zurück, denn
ich wusste, dass jeder Gesprächspartner anfing, innerlich zu
zappeln wie ein Kind, und sich nach mehr Details sehnte. Aber
ich zwang sie alle dazu, nachzufragen. Sie mussten Fragen stellen, wenn sie mehr wissen wollten.

»Wie über deinen Job? Wie kam er dazu?«

»Na ja, über meinen Job. So wie wir beide uns kennengelernt haben. Wie er dazu kam? Nun, er ist eben auch SMer
und hat wahrscheinlich denselben Weg gewählt wie du:
Internetrecherche via Google, »Dominas in Hamburg« einge-
geben und dann die ersten Seiten angeklickt. Dann auf meine
Website, keine Texte gelesen, nur die Bilder angeschaut und
schließlich einhändig eine erste Mail verfasst.«

Du meine Güte, war ich gut. Er bekam befehlsartig knall-
rote Ohren. Ich hatte offenbar ins Schwarze getroffen und
konnte mir ein Auflachen nicht verkneifen.

Ich sah aber, dass ihm eine Frage auf der Seele brannte. Und
er nahm seinen Mut zusammen und stellte sie:

»Aber die meisten Gäste, die du hast, sind doch wesentlich
älter. Ist er das auch?«

Ah, alles klar, so einer war er also. Er dachte, ich hätte mir
einen Versorger geangelt, einen älteren Herrn, der irgendwo

als Manager tätig war oder im Vorstand großer Unternehmen saß. Einer, der mir mein Leben finanzierte und dessen Liebling ich dafür spielte und bespielte. Einen Sugar Daddy, wenn man es so wollte.

»Nein. Er ist gerade mal Mitte 30.«

Er schien erstaunt zu sein.

»Aber darf man sich im Gewerbe verlieben?«, hakte er nach.

Tja, *dürfen* ist so eine Sache. Darf man einen Mord begehen? Nein. Und trotzdem gibt es Leute, die es machen.

»Wo die Liebe hinfällt …«

Und ja, in diesem Fall war es der richtige Spruch.

»Wie habt ihr euch kennengelernt?«, fragte er. »Erzähl mir alles!«

Und nun beschloss ich, ihm die ganze Geschichte zu erzählen. Dabei schwelgte ich in Erinnerungen. Er musste es aushalten, dass meine Augen leuchteten, wenn ich über meinen Liebsten sprach:

»Er kam eines Tages zu mir, hatte einen Termin über meine Website vereinbart. Ich war zu diesem Zeitpunkt schwanger, im achten Monat. Nicht viele konnten sich ein Spiel mit einer schwangeren Domina vorstellen. Ich weiß nicht warum, aber offenbar wird eine schwangere Frau schnell zur Heiligen Jungfrau, obwohl gerade hier klar sein sollte, dass sie alles andere als jungfräulich war.«

Er lächelte und griff zu seinem Glas.

»Anders als viele andere Gäste störte es ihn nicht, dass ich schwanger war, und so erlebten wir ein gemeinsames Spiel. Danach hörte ich nichts weiter von ihm und ich gebe zu, ich dachte auch nicht mehr an ihn. Gut aussehende Männer in meinem Alter waren meistens in einer Beziehung. Ich selbst lebte zu diesem Zeitpunkt schon als »Alleinschwangere« getrennt vom Vater des Kindes.

Ein Jahr verging und ich nahm meine Arbeit wieder auf. Patrick vereinbarte einen neuen Termin und als ich ihn sah, kam er mir bekannt vor, und so fragte ich ihn, ob er denn schon einmal bei mir gewesen war.

Wir hatten wieder eine schöne Session, denn er ließ sich komplett auf mich ein und gab mir völlig freie Hand im Rahmen seiner Tabus. Danach, es war bereits Abend, schlug ich vor, gemeinsam essen zu gehen, was wir dann auch taten.

Wir trafen uns immer wieder und irgendwann fragte ich ihn, ob er Lust hätte, mich auf eine Party zu begleiten. Bedauerlicherweise fand die Party dann just an dem Wochenende statt, an dem ich meinen Umzug in meine neue Wohnung hatte, weshalb ich den Partybesuch absagen musste.

Zwei Wochen später, wir hatten bis dahin per E-Mail in Kontakt gestanden, schlug ich ihm ein spontanes Treffen vor. Es war ein herrlicher Feiertag und ich wollte mit meiner Tochter zum Spielplatz und lud ihn ein, uns doch dort zu treffen.

Am Wochenende darauf lud ich ihn zum Frühstück bei uns ein und er blieb den ganzen Tag. Und danach blieb er bei mir.«

Gespannt hörte mir mein Gegenüber zu und schien beeindruckt. Aber so erging es den meisten Menschen, die davon hörten. Denn sie kannten derartig ungewöhnliche Liebesgeschichten nur aus Filmen.

»Man sieht, er ist etwas Besonderes«, sagte er schließlich und beugte sich vor.

»Ja, das ist er.« Ich lächelte, denn ich wusste, dass mein Freund in diesem Moment wahrscheinlich nach Hause kam, um die Babysitterin abzulösen, dass er danach mit meiner mittlerweile dreijährigen Tochter Abendessen machte, sie anschließend in ihren Pyjama steckte, um dann noch ein paar kleine Kariesbakterien zu mimen, und abschließend noch eine Geschichte vorlas. Und ich wünschte mich gerade sehnlichst zu ihnen.

»Wie kommt man zu einer Arbeit als Domina?«, fragte er und lehnte sich wieder zurück. Er musterte mich eindringlich, als ich seufzte und leicht mit den Augen rollte.

»Na du kannst Fragen stellen.«

»Erzähl es mir«, forderte er mich auf.

Ich seufzte ein weiteres Mal und überlegte, welchen Teil ich erzählen sollte. Ich beschloss, nicht alles zu erzählen. Er musste nicht alles erfahren.

»Ich war damals neu in Hamburg, gerade hierhergezogen, und entdeckte die aktive Seite in mir. Ich war Studentin und lebte in einer kleinen WG südlich der Elbe. Die staatliche Unterstützung, um mein Studium zu finanzieren, reichte nicht aus, also benötigte ich eine Arbeit.«

Ich atmete tief durch, ehe ich weitererzählte.

»Durch Zufall sah ich eine Annonce in der Zeitung, dass ein Dominastudio in Hamburg eine Mitarbeiterin suchte. Ich beschloss, mich dort als Switcherin zu bewerben, und wurde angenommen. Es handelte sich um eines der ältesten Studios in Deutschland und die Hausherrin, der das Studio gehörte, saß dort auch schon gefühlte einhundert Jahre. Irgendwann bemerkte ich jedoch, dass ich auf dem Weg war zu zerbrechen. Ich bekam Angst, zur Arbeit zu gehen.«

Seine Augenbrauen hoben sich und ich bemerkte, dass er neugierig wurde. Er lehnte sich gegen den Tisch und sah mich an.

»Ich beschloss, das Studio zu verlassen und mir eine andere Wirkungsstätte zu suchen, die ich dann auch fand. Ich hatte von meiner damaligen Chefin viel gelernt, unter anderem auch viel über Kundenbindung, und bereits Wochen vor meinem Wechsel eine Website eingerichtet, deren Adresse ich jedem meiner Gäste mitgab. So folgten mir einige Gäste, als ich in das nächste Studio ging. Ein Fetischstudio.

Dort blieb ich ein Jahr und wechselte dann zum letzten Mal, in ein Studio, mit dessen Mitarbeiterinnen ich auch befreundet war«, erzählte ich.

Er wirkte unzufrieden.

»Da fehlt ein Teil der Geschichte«, sagte er selbstsicher.

Ich nickte.

»Ja, aber ich möchte ihn jetzt nicht erzählen.«

Er legte seine Hand auf die meine, beugte sich zu mir und sagte, dass er sie irgendwann gern hören würde.

»Ich weiß nicht, ob ich die Lücken irgendwann füllen möchte«, erwiderte ich.

»Ich werde dir dabei schon helfen«, sagte er.

Mir lief ein Gefühl des Unbehagens über den Rücken und ich fragte mich, was er damit meinte.

Meine Gedanken wurden jäh unterbrochen, als ein weiterer Mann zu uns an den Tisch kam, offenbar sein Bekannter, der mir als Michael vorgestellt wurde. Er setzte sich zu uns und endlich konnten wir auch etwas zu essen bestellen.

Michael war der typische Bürohengst. Ich stellte mir vor, dass er in einer Finanzbehörde sein Unwesen trieb und er zu den Leuten gehörte, die mir immer lustige Briefe schickten, in denen sinngemäß so etwas stand wie: Das Absetzen deines Arbeitszimmers kannst du schön vergessen, Freundchen!

Außerdem trug er einen schlecht sitzenden Anzug, wobei das weniger am Anzug als an seiner Figur lag. Seine Haare hatten den typischen Bürsten-Schnitt und er war im Großen und Ganzen zwar sympathisch, aber keiner, der nachhaltig Eindruck hinterlassen würde.

Michael griff irgendwann tief in seine Tasche und holte einen Schlüssel hervor, an dem ein kleiner Anhänger hing. Er übergab ihn meinem Begleiter mit den Worten: »Du weißt ja Bescheid.«

An sich keine besondere Geste, wäre mir nicht die Form des Anhängers ins Auge gestochen. Man kennt das als SMer: Man läuft zum Beispiel nichtsahnend und völlig unschuldig durch die Stadt, bis plötzlich ein ebenso nichtsahnender und völlig unschuldiger Mensch vor einem steht, der ein Halsband und den Ring der O. trägt. Und nur ein verschmitztes Grinsen und der Gedanke: Ach, du auch?, verbindet in diesem Moment.

Nun hing an diesem Anhänger die Triskele, ein Erkennungssymbol, welches in der Szene für »Top, Bottom und Switch« steht. Ich kannte das Zeichen recht gut, das erste Mal hatte ich es auf einschlägigen Seiten im Internet gesehen. Das zweite Mal als Cutting auf der Haut einer mir bekannten Switcherin. Und nun, das gefühlte tausendste Mal, als Anhänger an einem einzelnen Schlüssel.

Mein Begleiter, und mir dämmerte gerade, dass ich seinen Namen immer noch nicht wusste, steckte den Schlüssel ohne weitere Worte in seine Hosentasche und bedankte sich dafür. Ich beschloss, ihn, sobald wir alleine waren, nach seinem Namen zu fragen. Außerdem stieg meine Neugierde. Wofür war dieser Schlüssel? Was hatte er mit mir vor?

Der Abend war wirklich nett und Michael erwies sich als lustiger Gesprächspartner. Ich revidierte meine Vorurteile. Nach einiger Zeit verabschiedete er sich, erst von mir, dann von meinem Begleiter. Ich mochte es, wenn Männer gute Manieren hatten, und dazu zähle ich den weiblichen Vorrang ebenso wie die Hilfe in oder aus dem Mantel. Wobei ich gestand, innerhalb des Schlafzimmers durften sie gerne auch zu charmanten Machos werden, wenn sie dann auch hielten, was sie vorher vollmundig versprachen.

»Was ist das für ein Schlüssel?«, fragte ich, sobald Michael aus der Hör- und Sichtweite verschwunden war.

»Lass dich überraschen!«

Diese Antwort war mehr als unbefriedigend. Mein Berufsethos verbat mir eigentlich, irgendwohin zu fahren, wo ich im schlimmsten Fall keine Hilfe bekommen könnte. Nein, nicht falsch verstehen, ich wollte ihm nichts Böses unterstellen. Aber es gab viele Sexualstraftäter, die der Meinung waren, sie hätten ihre Partnerinnen ausschließlich aus reiner Liebe erst vergewaltigt, dann gefoltert und schließlich, hoppla, umgebracht, ehe sie sie, quasi als letzten Ehrenakt und um ihre Liebe zu besiegeln, nochmals nahmen, allerdings diesmal in den Positionen, die ihnen vorher aufgrund der massiven Gegenwehr, die natürlich auch als Liebesbeweise gedeutet wurden, verwehrt blieben.

Nein, Böses wollte ich ihm nicht unterstellen. Aber ich unterstellte ihm auch nichts Gutes, und letztlich half mir seine Überraschung wenig, wenn ich dann Wochen oder Monate später geschändet und getötet in der Elbe auftauchte, weil endlich mal wieder die Freedom of the Seas im Rahmen des Hafengeburtstages in Hamburg einfuhr und Teile meines Körpers mit ihrem Schiffsrumpf mitriss. Egal also, ob er es gut oder böse gemeint hätte, das Resultat wäre schlimmstenfalls dasselbe. Und ich hing ganz massiv an meinem Leben.

»Jetzt mal im Ernst. Ich muss wissen, wo du mich hinbringen willst.«

Dabei schaute ich ihm fest in die Augen.

›Richtig so! Was, wenn er ein Serienmörder ist? Oder einer werden möchte? Heutzutage gibt es ja in jeder Branche Quereinsteiger‹, jammerte mein Engelchen.

Ich meine, bei aller Liebe, das eine war SM im Hotelzimmer, das andere SM in einem abgelegenen Gewerbegebiet mit vielen magischen Möglichkeiten, unliebsame Beweise verschwinden zu lassen.

Er amüsierte sich über meine Unsicherheit. Und ich beschloss, den Schritt nach vorn zu wagen, indem ich ihm etwas mehr über meine Absicherungen berichtete.

Denn auch wenn ich mich auf Haus- und Hotelbesuche einließ, so hatte ich beim ersten Treffen immer Begleitung. Das war eine Bekannte von mir, die auf den klangvollen Namen Iris hörte. Eine jener Damen, bei denen man erst auf den zweiten Blick sah, dass sie weiblich war. Und Iris betrieb eine dieser tollen Sportarten, mit Hilfe derer sie ohne Probleme Menschen außer Gefecht setzen oder umbringen konnte. Okay, mit Ballett ließen sich Menschen zwar auch umbringen, aber die meisten starben dann eher an Langeweile. Sie jedoch konnte zielsicher und mit nur zwei Fingern einen Menschen töten und ich fühlte mich durch meine lebende Waffe sicherer.

Beim ersten Haus- oder Hotelkontakt marschierte sie direkt mit ins Zimmer, blickte selbstbewusst in jeden Raum und hinter jede Tür, während sie den restlichen Abend dann im Foyer oder vor dem Haus verbrachte und immer mal wieder lauschte. Außerdem nutzte ich bei besonders unsicheren Situationen die Babysitter-Funktion meines Handys, wodurch sie unfreiwillig und zwangsweise Teilnehmerin an einigen Sessions wurde. Ob eine Situation unsicher war, entschied einzig und allein mein Bauch. Ich sicherte mich ebenfalls mit Iris ab, wenn ganz besonders grenzwertige Sessions anstanden, also Stammgäste extreme Blutspiele oder Ähnliches verlangten.

Er kannte Iris, denn beim allerersten Treffen hatte sie auch sein Hotelzimmer nach weiteren verdächtigen Personen und Gegenständen durchsucht. Was er aber nicht wusste, war die Tatsache, dass Iris mich auch bei Stammgästen weiterhin coverte, was bedeutete, dass ich sie anrief, wenn ich mein Ziel erreicht hatte und mich meldete, wenn ich mich im Badezimmer auf die Session vorbereitete: »Ja, ich bin da, alles in Ordnung, ich brauch etwa eine Stunde«, und sie wieder anrief, wenn ich fertig war.

Iris wusste, in welchem Hotel, welchem Zimmer oder in welchem Haus ich war. Und sie rief, wenn ich mich nach der angegebenen Sessionzeit nicht meldete, zurück. Erreichte sie mich dann nicht, versuchte sie es ein zweites Mal. War auch der zweite Versuch erfolglos, so hatte sie den Auftrag, die Polizei zu informieren.

Als er davon erfuhr, sah er mich eindringlich an.

»Du bluffst.«

Ich schüttelte den Kopf. Nein, ich bluffte nicht. Das war purer Ernst. Ich war aus dem Alter raus, in dem ich nachlässig mit meinem Leben spielte.

»Gut, du bluffst nicht. Finde ich gut. Man sollte aufpassen, mit wem man sich einlässt«, sagte er.

Im nächsten Moment bekam ich die Adresse, ein Haus in einem abgelegenen Stadtteil Hamburgs.

Ich starrte ihn an, während ich in meiner Handtasche nach meinem Handy angelte und Iris anrief. Ja, er sollte es ruhig sehen, dass ich andere über unser Treffen informierte. Sie überprüfte alles via Internet und fand sogar eine kleine Website, auf der stand, dass man dort Apartments mieten konnte.

Sie meinte, dass sie sich gleich wieder melden würde.

Meine Begleitung lächelte, als ich ihm mit fester Stimme erklärte, dass sie überprüfen würde, ob er da wirklich ein Zimmer, oder was auch immer, gemietet hätte.

»So so. Ohne meinen Namen zu kennen?«

Verdammt. Vor meinem inneren Auge erschien Homer Simpson.

»Dann sag mal an«, meinte ich betont lässig und klammerte mich an mein Mobiltelefon. Just in dem Moment klingelte es wieder.

»Davys. Du darfst mich aber auch Dave nennen.«

Amüsiert streckte er mir sogar seine Hand entgegen, fast, als würden wir uns gerade erst kennenlernen. Ich warf ihm einen verächtlichen Blick zu und ging an mein Handy.

»Sharon, ich hab keinen Namen von deinem Gast. Ich hab überall geschaut, habe hier in deiner Mail aber nur eine Beschreibung von ihm.«

»Er heißt Davys, ich darf ihn aber auch Dave nennen.«

»Okay, bis gleich.«

Iris überprüfte die Angaben, indem sie unter der auf der Website angegebenen Rufnummer anrief. Der nette Mann, den sie da erreichte, berief sich auf Datenschutz, meine Coverfrau auf Personenschutz und irgendwie wurden sich die beiden einig, ohne Daten oder Personen aufs Spiel gesetzt zu haben. Aber am Ende des Gesprächs wurde auch klar, dass die beiden keine Freunde werden würden und dass Iris sich selbst auch niemals in diese Apartments einmieten dürfe, was selbige aber wenig störte, denn mit SM hatte sie so wenig am Hut wie mit Männern. Und nachdem ich ihren telefonischen Segen bekam, bezahlte Dave und orderte ein Taxi. Während der Fahrt saß Dave neben mir.

»Was trägst du darunter?«, fragte er.

»Nichts, so wie der gnädige Herr es wollte«, spottete ich.

»Beweis es.«

Ich rutschte zu ihm, soweit es der Gurt erlaubte. Ja, Sicherheit ging mir auch im Fahrzeug vor, weshalb ich mich immer anschnallte, egal ob ich hinten oder vorne saß. Und wer schon einmal mit Hamburger Taxen gefahren war, der wusste, dass man sich neben eines Anschnallgurtes auch noch weitere Sicherheitsmaßnahmen wünschte.

Ich hakte meine Finger in den Stoff und zog ihn über meine Schulter hinunter, damit er sehen konnte, dass ich keine BH-Träger hatte.

»Das reicht nicht. Es gibt auch BHs ohne Träger.«

Sieh mal einer an, ein ganz Schlauer, dachte ich.

Ich zog meinen Ausschnitt leicht nach vorn und er linste unauffällig hinein.

»Gut. Und Slip?«

»Na komm. Das wirst du ja sicher gleich sehen.«

Ich versuchte, Tempo aus der Geschichte zu nehmen, sonst, so befürchtete ich, würde ich im nächsten Moment nackt im Taxi sitzen. Und das war etwas, was weder ich noch der Taxifahrer wollten. Letzteres war eine reine Vermutung.

»Ich möchte es *jetzt* wissen!«

Ich schob mein Kleid bis zum Knie hoch. Dann nahm ich seine Hand und legte sie auf mein Knie. Schließlich starrte ich möglichst teilnahmslos aus dem Fenster. Wenn er wissen wollte, was ich drunter trug, musste er selbst nachsehen.

Er fuhr mir kurz zwischen die Beine, prüfend und doch einen Moment zu lange, ehe er mein Kleid wieder züchtig ordnete. Dieser Moment reichte aus, um mich in eine gewisse Richtung zu drängen. Ich wollte mehr, ob bezahlt oder unbezahlt. Und ja, ich wäre auch mitgefahren, wenn er mir nicht gesagt hätte, wo er mich hinbringen wollte.

Als wir unser Ziel erreichten, schloss er mit dem Schlüssel die Türen auf und fand auf Anhieb das richtige Apartment.

»Aha. Stammgast hier, was?«

Er ignorierte meine zickige Bemerkung und schob mich durch die Tür. Es sah aus wie in einem Dominastudio. Ein Andreaskreuz an der Wand, Flaschenzug an der Decke. Ein Bett mitten im Raum. Stühle, Couch, Fernseher und, wie ich feststellte, ein DVD-Player samt einer netten, leider sehr einseitigen Filmsammlung. Sogar eine kleine Küche war eingebaut.

Neben Blumen in großen Vasen gab es einschlägige Bilder an den Wänden und als Höhepunkt der Dekorationsmaßnahmen auch noch viele unterschiedliche Ösen, Haken und Ketten. Doch damit nicht genug, über dem Bett gab es ein paar Balken mit allen möglichen und unmöglichen Befestigungsvariationen.

»Also ein Dominastudio hättest du von mir auch kriegen können.«

Es wäre kein Problem für mich gewesen, wenn ich in einem der Hamburger Studios angerufen hätte, um mich dort mit ihm für eine oder mehrere Stunden einzumieten. Wahrscheinlich wäre das günstiger gewesen.

Er schloss die Tür und legte den Schlüssel auf die kleine Bar, die die Küche vom restlichen Raum separierte. Ich ging weiter und mein Weg führte mich ins Badezimmer. Auch da war alles für die bizarren Bedürfnisse eingerichtet. Mit Verankerungsmöglichkeiten im Boden, Nasszelle, ja sogar der Duschkopf hatte eine ganz bestimmte Form, an- und abschraubbare Varianten davon lagen in einer Vitrine.

Dieses Apartment ließ das Herz eines jeden Sadomasochisten höher schlagen, oder aber, wie meines, tief in die Hose rutschen. Denn mir war eins klar: Mit lustigem Hotel-SM und fantasievollen Bondagevariationen auf dem altersschwachen Fernsehsessel hatte das alles nichts mehr zu tun. Und selbst das lauteste Geschrei würde hier garantiert niemanden vom Hocker, Haken oder aus dem Bett reißen.

Das hier war schlimmer als ein Gewerbegebiet!

In den Schränken und Regalen gab es erstaunliche Waffenarsenale und ich dachte mir, dass jemand, der sich zum Beispiel mit Stromgeräten nicht auskannte, sie besser nicht nutzen sollte.

Zu meiner Verblüffung war die Vitrine mit den ganz gefährlichen Geschützen wie Skalpellen, Stromgeräten, Dilatoren, Einwegspritzen und sonstigem Klinikmaterial verschlossen. Offenbar gab es den Schlüssel hierfür nur auf gesonderte Anfrage. Ich entspannte mich ein wenig, als ich das bemerkte.

Im Kühlschrank, den ich natürlich auch neugierig öffnete, standen kleine Fläschchen mit Poppers. Ich war froh, dass ich das als Tabu angegeben hatte, denn Poppers verursachten bei mir zwar immer ein bewusstseinserweiterndes Gefühl, welches aber dann in ein, na ich sag mal körpererweiterndes Bedürfnis umschlug, das auch noch mit Kopfschmerzen einherging. Und Letzteres machte das Ganze nicht wirklich attraktiv, weshalb mein Bewusstsein wie auch mein Körper besser unerweitert blieben und dafür ohne Kopfschmerzen SM und Sex genießen konnten.

›Wie geil! Die Folterkammer des Teufels.‹

Mein Teufelchen war beeindruckt. Das war es immer, wenn ich in SM-Locations ging. Am meisten war es das jedoch in den Folterkammern von Burgen. Ja, ich weiß, politisch korrekt war das freilich nicht und ich musste zugeben, es schockierte mich nach wie vor, wenn ich erfuhr, wie grausam man früher wie heute Menschen folterte. Trotzdem konnte ich oft nur schwer verheimlichen, dass ich dann doch das ein oder andere wohlige Schauern hatte und mir einige Folterinstrumente nicht mehr aus dem Kopf gingen.

So kam ich irgendwann auf die Idee, Waterboarding auszuprobieren, natürlich nur mit dem Einverständnis aller Beteiligten. Heute ist es Bestandteil von vielen Verhörspielen mit Menschen, die allesamt weder Herz- noch Lungenprobleme haben.

»Wow. Sehr hübsch«, sagte ich beeindruckt.

Und das war ich in der Tat, denn die Dekoration schien eine Frau gemacht zu haben. Zumindest war sie zu geschmackvoll für einen Mann, fand ich. Das Zimmer war nicht in die für SM-Locations typischen Deutschlandflagge-Farben getaucht, sondern hatte ein freundliches, helles Flair. Auf jeden Fall hob sich dieses Apartment stark von allem ab, was ich bisher gesehen hatte.

»Freut mich, dass es dir gefällt.«

»Du warst schon öfter hier, oder?«

Er nickte. »Ja, ich hab hier schon öfter gespielt.«

Warum hatte er mir das verheimlicht? Ich meine, er hatte doch zu mir gesagt, dass er Anfänger war. Ich wagte es und hakte nach.

»Nun ja, Anfänger war ich. Ich wollte die andere, die passive Seite ausprobieren. Und du hast dich immer so süß bemüht.«

Süß bemüht? Das klang wie dieser dumme Witz, in dem eine Blondine ihrem Freund einen blasen sollte und ihr Freund irgendwann zu ihr sagte: »So Schatz, du kannst ihn jetzt langsam in den Mund nehmen, er ist jetzt kalt genug.«

»Süß bemüht« war so ähnlich wie »stets bemüht«. Alles dafür getan, aber nicht wirklich das Ziel erreicht.

Wenn man dann aber bedachte, dass er tatsächlich einer meiner wenigen Soft-SMer war, der mich selbst auch langweilte, konnte man das durchaus als Kompliment verstehen. Denn trotz der gähnenden Langeweile hatte ich die Sessions durchgezogen und ihn offenbar zufriedengestellt, so sehr, dass er immer wiederkam, um mich »süß bemühend« zu erleben.

Ich war nun mal ein Fan von Drohszenarien. Ein Fan davon, zu sehen, wie mein Gegenüber sich vor Angst oder Schmerzen, oder besser sogar beidem, quälte. Ich liebte die Rücksichtslosigkeit, oder zumindest die gespielte Variante davon.

Ich liebte es, ihnen den Tod und Schlimmeres anzudrohen und ein Spiel so weit aufzubauen, dass mein Gegenüber tatsächlich in dem Glauben verweilte, dass nun sein letztes Stündchen geschlagen hätte.

Plötzlich überkam mich das schlechte Gewissen. Er hätte die Möglichkeit gehabt, eine Domina zu finden, die Sessions mit ihm nicht als langweilig empfand, sondern als erfüllend. Und mit der hätte er durchaus eine schöne Beziehung, wenn auch geschäftlich, aufbauen können und hätte seinen Weg in die Tiefen des Sklaven- oder Passivendaseins gefunden.

Ich hatte ihm diese Möglichkeit verwehrt, indem ich mich lediglich »süß bemüht« hatte.

Und weil ich mich so schwertat mit Schuldeingeständnissen, schob ich einfach alles auf ihn. Ich war Dienstleisterin. War er es nicht gewesen, der immer wieder zu mir kommen wollte? War er es nicht, der immer neue Termine mit mir vereinbarte und sich wieder und wieder auf mich einließ? Eben!

»Zieh nicht so ein Gesicht.«

Verdammter Spiegel. Ich hatte mich umgedreht und nun sah er mich grübelnd dastehen, direkt durch den Spiegel an der Wand.

»Zieh dich lieber aus!«

Bei diesem Satz war ich wieder voll da und mein Herz gab wieder richtig Gas. Diesmal hatte ich weniger Schwierigkeiten, mich vor ihm zu entblößen. Es ging auch wesentlich schneller.

›Er hat dich doch schon nackt gesehen‹, meinte mein Engelchen liebevoll und mein Teufelchen ergänzte: ›Und da hatte er doch die Chance, wegzulaufen.‹

Ich überlegte, wie ich die beiden loswurde, denn hin und wieder störten sie mich mit ihren Einwänden ganz massiv. Galt das eigentlich schon als Schizophrenie? Mit sich selbst zu sprechen und vor allen Dingen auch zu streiten? Egal.

Mein Kleid rutschte über meine Hüften und landete auf dem Boden.

»Die Stöckelschuhe kannst du auch ausziehen.«

Stöckelschuhe?

»Das sind Jimmy Choos«, erwiderte ich trotzig. Nahezu jede Frau würde sich vor mich knien und mich dafür anbeten. Der ein oder andere Schuhfetischist würde sie mir sicherlich von den Füßen reißen wollen. Und er nannte sie abfällig »Stöckelschuhe«.

»Ja und? Mehr als laufen kannst du darin auch nicht, oder?«

Gut, wo er recht hatte, hatte er recht. Aber ich lief zumindest auf teurem Schuh und war somit eine wertvollere Frau. Aber einem Mann wie ihm vom Wert einer Frau zu erzählen, war wahrscheinlich vergebene Liebesmüh. Ich zog also meine anbetungswürdigen Weltenbummler aus und stellte sie feinsäuberlich zur Seite.

Er schob mich zum Bett.

»Knie dich darauf.«

Als ich das tat, bemerkte ich, dass in dem Bett zwei Metallstangen waren. Mithilfe von Karabinern und Ösen konnte man diese nach Bedarf auch entfernen, sodass man nicht auf eiskaltem Metall schlafen musste.

Eine Stange befand sich quer in Höhe der Kopfkissen. Die andere Stange war parallel zur ersten in der Nähe des Fußbereichs angebracht. Beide Stangen waren mit Ösen verziert. Daran konnte man Opfer wunderbar fesseln oder aufspreizen, ja oder sogar beides.

Er nahm schwarze Ledermanschetten aus einem der Schränke. Es waren teure, schöne Fußfesseln, an den Innenseiten mit Lammfell weich ausgepolstert, dass man sich die Haut nicht abschürfte, wenn man darin zappelte. Wenn man schon leiden musste, dann wenigstens so gemütlich wie möglich, wie man als SMer so schön sagte.

Er legte sie mir an meine Fußgelenke und hakte sie an der Stange ein. Dann kam er mit einem zweiten Paar, etwas kleineren Handmanschetten, die ebenfalls gepolstert waren. Ich grinste in mich hinein, denn ich wusste, dass ich aus derartigen Fesselungen üblicherweise wieder herauskam. Eine kleine Sicherheit für mich, für den Fall, dass er doch etwas anderes unter »gut gemeint« verstand als ich.

Er zog mich auf alle viere und hakte die Karabiner an der Stange vor mir ein.

»Cachorra«, flüsterte er in meine Richtung.

»Wie bitte?«

Er kam ganz nah an mein Ohr.

»Wie eine Hündin«, zischte er.

Schließlich strich er mir über den Rücken. Ich sah an mir herab, sah, wie meine Brüste schaukelten. Das fand ich gar nicht gut und ich wünschte mir gerade einen gut sitzenden BH. Das war aber auch eine gemeine Stellung und da bekam die Aussage »offen für alles«, plötzlich eine ganz neue Bedeutung.

Er strich mir über den Hintern und schlug dann mit seiner Hand auf meine Backen. Ich stöhnte auf und spürte ein leichtes Prickeln auf meiner Haut.

Mehr! Gib mir mehr, dachte ich.

Doch er erhob sich und zog sein Hemd aus. Natürlich versuchte ich, das anreizende Spektakel zu sehen. Ich war auch nur eine Frau und ich fand, dass die Bewegung, wie ein Mann sich das Hemd, den Pullover oder das Shirt auszog, sehr viel über ihn aussagte. Vor allem aber mochte ich das, was ich darunter sehen konnte.

Ich liebte Fußball und dabei ging es mir selten um die sportlichen Leistungen der Spieler. Zu meinen Lieblingsmomenten bei jedem Spiel gehörte natürlich die Stelle, wo die Herren ihre Trikots untereinander austauschten. Das war für mich schon fast wie ein Porno und direkt danach huschte ich gedanklich in die Umkleidekabinen, in denen ganze Mannschaften, vollgepumpt mit Endorphinen, Adrenalin, Testosteron und Schweiß, sich mehr oder weniger liebevoll um mich kümmerten.

Er kam neben mich und strich mir die Haare aus dem Gesicht. Dann sah er mich an und ich hatte den Eindruck, dass er überlegte, ob er sich einen Kuss stehlen sollte. Ich kannte das, viele meiner Gäste würden nichts lieber tun, als mich zu küssen. Aber, das gehörte zu meinem Berufsethos, Küsse gab es nicht. Was irgendwie absurd war, denn immerhin hatte ich ab und zu auch Sex mit meiner Kundschaft. Hier bei Dave schwächelte ich gerade allerdings ganz massiv, was mein Berufsethos betraf.

Schließlich spürte ich, wie seine Hand zwischen meine Beine fuhr und ein Finger in mich eindrang, was mich sofort aufstöhnen ließ.

Endlich, endlich, hämmerte es in meinem Kopf.

»Du bist ja schon nass«, sagte er.

Er reizte mich ein bisschen und ich ließ mich auf ihn ein. Ich wünschte mir, dass er sich hinter mich knien und mich ficken würde. Im nächsten Moment ließ er von mir ab und griff in eine dunkle Reisetasche, die neben dem Bett stand. Es war wohl seine eigene.

Ich sah nicht, was er vorhatte, hörte aber, wie er einen Verschluss öffnete. Dann stellte er eine Flasche Gleitgel auf das kleine Nachttischchen direkt neben dem Bett.

»Was machst du?«, fragte ich und in meinem Kopf schrillte eine Alarmglocke. Sofort verspannte ich mich und mein Körper wurde steif.

»Lass dich überraschen«, sagte er.

»Nein im Ernst, was machst du?«

Die Antwort erhielt ich sofort, denn er fuhr mit seiner Hand zwischen meine Backen und verteilte da das Gleitmittel. Ich kniff meinen Hintern zusammen, so gut ich konnte. Meine Güte, Nüsse müsste man damit knacken können, aber davon war ich weit entfernt.

»Tabu!«, rief ich. »Das ist ein Tabu!«

Er hielt kurz still, griff nach einem Handtuch, welches bereitgelegt war, und wischte sich die Hände damit ab.

Dann kam er ganz nahe an mein Gesicht.

»Bist du sicher?«

Du Depp. Na klar bin ich sicher. Ich weiß doch, was meine Tabus sind und was nicht, dachte ich.

»Ja klar. Steht doch auf der Liste.«

Er hob die Augenbrauen und ging zu seiner Reisetasche.

War klar, dass der Mistkerl die Liste dabeihatte. Wahrscheinlich war sie wie sein Heiliger Gral und das einzige Druckmittel, das er gegen mich hatte. Ich beschloss, ihm den Fehler zu verzeihen. Bei mir war es eine Berufskrankheit, mir Tabus von Menschen auf Anhieb zu merken. Er hatte damit natürlich keine Erfahrung, da konnte so etwas schon mal passieren. Wie wichtig Kommunikation doch war.

Er hielt mir die Seite mit den Tabus vor mein Gesicht und ich überflog die angekreuzten Stellen.

Nicht dabei. Das kann nicht sein!, dachte ich panisch.

Ich überflog die Liste noch einmal.

Was? Verdammt! Das darf nicht wahr sein, hämmerte es durch meinen Kopf.

Ich hatte vergessen, es anzukreuzen.

»Nein warte. Das ist ein Tabu, das ist eins meiner größten Tabus.«

»Es steht nicht auf der Liste«, erklärte er unbeeindruckt und mir wurde klar, dass er die Liste in- und auswendig kannte. Er hatte nicht einen Blick darauf verschwendet, sich zu vergewissern, ob er sich vielleicht geirrt hatte. Im Gegensatz zu mir war er sich seiner Sache absolut sicher.

»Warte! Warte! Bitte, ich weiß, dass ich eigentlich nichts ändern kann. Aber Analverkehr gehört zu meinen größten Tabus.«

Ich versuchte, mich aus den Handfesseln zu winden, hatte aber keine Chance. Sie waren zu eng und damit mein Weg in die Verdammnis. Er packte die Liste wieder weg und die

Beule in seiner Hose verriet mir, dass ihn die Situation gerade mächtig erregte.

Und die Domina in mir hatte vollstes Verständnis dafür.

Er kniete sich wieder hinter mich.

»Nein warte. Tu das nicht. Bitte!«, bettelte ich. Ich hoffte, mich aus der Situation herausreden zu können, denn das war eine meiner größten Stärken und klappte fast immer.

»Tut mir leid. Es steht nicht auf deiner Liste.«

»Ich biete dir etwas anderes an«, keuchte ich. Ich hatte wirklich Angst.

»Was denn?«

Verdammt, jetzt fehlte mir der zündende Einfall. Wären wir in einem Studio mit mehreren Frauen, würde ich ihm, natürlich gegen Geld, den Hintern einer anderen Frau anbieten, die auf Analverkehr stand und diesen auch mit Gästen praktizierte. Ich zermarterte mir das Hirn und mir fiel keine adäquate Lösung ein. Auch deshalb nicht, weil ich wusste, dass ich diesen dummen Fehler garantiert genauso ausnutzen würde, wie er es gerade tat.

»Ich denke nicht, dass du mir etwas anbieten kannst, was mich gerade mehr reizen würde als das hier.«

Ich wimmerte. »Bitte nicht.«

Er massierte meinen Hintern.

»Entspann dich einfach, dann wird's nicht schlimm.«

Der hatte gut reden. Ich hatte null Erfahrung mit Analverkehr, oder besser gesagt wenige schlechte. Klar reizte mich der Gedanke schon seit jeher, ich wusste aber auch, dass es nur die Fantasie war, die mich kickte. Ich beneidete die Frauen, die diese Praktik genießen konnten.

»Warte, warte.« Mein Atem ging so schnell, als hätte ich einen Sprint hinter mir.

»Was ist? Ich hab noch nicht angefangen. Noch passiert gar nichts.«

Wieder verfiel ich in ein langgezogenes »Bitte nicht!« und ich hoffte, ihn damit umstimmen zu können. Ich hätte es besser wissen müssen! Er zog sich nackt aus und ein Kondom aus der Tasche. Na super, ich war in einer wirklich misslichen Lage.

Kurz musste ich an einen dummen Witz denken, bei dem ein Trucker einen nackten Mann fand, der bäuchlings an einen Baum gefesselt war. Der Trucker fragte ihn, was passiert sei, und der Mann antwortete: »Heute ist nicht mein Tag. Ich hab einen Anhalter mitgenommen, der mich überfiel, mir mein Geld und mein Auto klaute, meine Kleidung wegwarf und mich hier an diesen Baum fesselte. Bitte, Sie müssen mir helfen!«

Da öffnete der Trucker seine Hose und sagte: »Sie haben recht, das scheint heute wirklich nicht Ihr Tag zu sein.«

Ich hatte mich damals scheckig gelacht, als ich ihn zum ersten Mal hörte. Und nun? Nun stand dieser Trucker hinter mir und wollte mir meinen Tag vermiesen.

Er schob einen Finger in mich und ich verkrampfte.

»Ich kann das nicht«, flüsterte ich. Die Angst kroch mir in den Nacken, ich hatte sie noch nie, in keinem Spiel, so nahe gefühlt. Auch wenn meine Spielpartner gerne damit drohten, mich in den Arsch zu ficken, so war es bei allen nur dieser wohlige Schauer, ähnlich dem eines guten, aber völlig unrealistischen Horrorfilms, den sie erzeugen wollten.

Hier war es anders. Diese Angst war echt. Und diese Angst riss mich in einen dunklen, tiefen Abgrund.

»Ich kann das nicht«, wiederholte ich immer wieder und wieder. Ich hoffte auf sein Mitleid, darauf, dass er mich bald aus dieser Situation entließ. Ich hoffte, dass auch er einfach nur mit meiner Angst spielte.

Ich bemerkte, dass ich zitterte.

Er ließ von mir ab, beugte sich über mich.

»Hey, ganz ruhig.«

Ich hatte es noch nicht realisiert, aber mir liefen Tränen über mein Gesicht. Ich bemerkte es erst, als ich meinen Kopf auf das mittlerweile nasse Kissen legte. Das war nicht gerade günstig für mich. Ich wusste ja, dass er gegen Tränen nichts einzuwenden hatte.

»Pass auf, ich hab keine Erfahrung damit«, flüsterte ich in dem Entschluss, die Flucht nach vorne zu ergreifen. Wenn ich schon nicht weg kam, wollte ich alles dafür tun, dass es erträglich werden würde. Meine Stimme hatte längst ihre Arbeit aufgegeben und einen Zettel hinterlassen, auf dem stand: Heute nur noch krächzen.

»Tu es nicht.«

In meinem Kopf dröhnte es. Immer wieder wummerte es: Nein! Nein! Nicht!

»Ich mach's ganz vorsichtig.«

Das war nicht die Antwort, die ich haben wollte. Als er sich wieder meinem Hintern zuwandte, fing ich an zu heulen und zu jaulen. Mir war klar, dass ich hier, in dieser Situation keine andere Möglichkeit mehr hatte. Es gab keinen Weg, ihn umzustimmen. Ich war auf dem Weg in die Resignation. Er führte ganz nach unten, durch eine dunkle Tür, in einen dunklen Raum, den ich noch nie gesehen hatte. Und das ängstigte mich ganz gewaltig.

Ich wusste auch, dass er jetzt genau da weitermachen würde, um mich ganz nach unten zu drücken. Ich wusste, dass er mir helfen würde, genau dahin zu gelangen, wo ich nicht hinwollte. Nur ich war mir noch nicht im Klaren, ob ich das auch wirklich nicht wollte.

Der Druck in mir schien mich fast zu zerreißen. Ich hielt es nicht aus, musste diese Angst loswerden. Also heulte ich auf wie ein Wolf, während mir die Tränen über das Gesicht liefen.

Ich wusste nicht, ob und wie er die Situation einschätzte. Ob ihm klar war, dass das hier eine Grenze war, die er mit voller Absicht und wissentlich überschritt? Dass er riskierte, das Spiel zu kippen?

In meinem Kopf hämmerte das internationale Notrufzeichen – und auch das internationale Safeword für SMer, wenn es denn so etwas gab: Mayday.

Ich wusste, wenn ich es nur laut genug brüllte, würde das sämtliche anderen Gäste aufschrecken und zu unserer Tür bringen. Aber waren überhaupt andere Gäste anwesend? Ein Versuch wäre es wert, falls ich wirklich komplett den Verstand zu verlieren drohte. Ich behielt diese Idee als allerletzte Notlösung im Hinterkopf. Denn noch wollte es nicht über meine Lippen. Noch war meine Neugierde groß genug, wissen zu wollen, wie weit er gehen würde.

Er streichelte mich, sehr zärtlich, wie ich fand. Seine Finger fanden immer wieder den Weg in mich, einer vorne, einer hinten, aber ich schaffte es nicht, mich darauf einzulassen. Bei jeder Berührung zuckte ich zusammen.

Schließlich brach es aus mir heraus.

»Tu mir nicht weh, bitte.«

Sein persönlicher Höhepunkt musste mein Niedergang sein. Denn Hand aufs Herz, umgekehrt, und wäre ich ein Mann, hätte diese Macht mir schon mehrere vorzeitige Orgasmen beschert.

Ich hörte, wie das Blut durch meinen Kopf rauschte. Erneut setzte ich zu meinem Jaulgesang an.

»So, jetzt beruhigst du dich erst mal.«

Es schockierte mich, wie klar er doch sprechen konnte und welch kühlen Kopf er anscheinend hatte. Natürlich gab mir das eine gewisse Sicherheit, man stelle sich vor, wir würden hier beide wie die kopflosen Hühner durch die Gegend wackeln. Er schien sich seiner Taten mehr als bewusst zu sein, was mich allerdings noch unsicherer machte.

Ich achtete auf seine Stimme, die mir den Halt gab, den ich brauchte, um nicht völlig auszuflippen. Ich lauschte in die Stille, hörte, wie er die Packung des Kondoms öffnete.

Nein!, hämmerte es weiterhin und mein Blut rauschte so laut, als stünde ich direkt am tosenden Meer.

»Hey. Jetzt atme mal tief durch«, hörte ich ihn ganz nah an meinem Ohr. Und er atmete hörbar ein und wieder aus. Ich angelte nach seiner Hilfe wie ein Ertrinkender nach einem Rettungsring. Und so atmete er mit mir, immer wieder und wieder. Ich lehnte meinen Kopf an den seinen und ließ mich von ihm ziehen.

Es war überwältigend. Dieser enorme innere Druck, als würde man von einem Strudel erfasst und nicht mehr losgelassen. Hinein in die Höllenspirale. Warum konnte Gott jetzt nicht eine Naturkatastrophe schicken, die mich und vor allen Dingen ihn vorerst von dem ablenkte, was hier geschehen sollte? Aber nein, draußen regte sich kein Lüftchen und es sah nicht so aus, als würde sich eine satte Sturmflut Hamburg nähern. Vor allem eine, die uns hier auch erreichte, und dazu müsste Hamburg schon untergehen.

»Atme schön weiter, immer ein und aus«, sagte er und erhob sich. Ich fühlte mich allein gelassen, wollte ihn weiter bei mir haben. Trotzdem versuchte ich, meine Atmung zu kontrollieren, auch ohne seine Hilfe. Diese Techniken kannte ich schließlich schon. Ich hatte ein Kind mit Hilfe dieser Atemtechnik aus meinem Körper gepresst und wusste, dass es keinen besseren Weg gab, um Angst und Schmerzen in den Griff zu bekommen. Aber hey, ich hatte auch im Kreißsaal nicht die Heldin gespielt. Ich hatte eine Peridualanästhesie, eine sogenannte PDA, und selbige klang gerade sehr verführerisch für mich. Vielleicht sollte ich nochmals meine Meinung über Drogen innerhalb eines SM-Spiels revidieren. So eine PDA konnte sicher Wunder wirken.

Er schob nun zwei Finger in mich und dank meiner Atemtechnik klappte das ganz gut.

Okay, Autosuggestion, Selbsthypnose, dachte ich verzweifelt.

Ganz ruhig, Sharon, beruhig dich. Es wird okay sein. Es wird nett werden. Vielleicht wirst du es auch mögen? Jetzt bloß keine Panik, flüsterte ich mir selbst in meinen Gedanken zu.

Und direkt danach fing ich wieder panisch an zu jaulen, was er erneut unterband, indem er mich anhielt, weiterzuatmen. Er schaffte es immer wieder, mich wegzuziehen, raus aus der Dunkelheit, in die ich zu fallen drohte.

Jay!, hämmerte es nun in meinem Kopf.

Der Names eines Spielpartners, er kannte sich mit Hypnose aus. Er könnte mich so weit hypnotisieren, dass ich … ja was wollte ich eigentlich? Es nicht mehr spüren? Nein. Keine Angst mehr davor haben? Na ja, war ja irgendwie auch geil, diese Angst davor. Vielleicht könnte er den Kerl hier weghypnotisieren? Auch eine blöde Idee. Ich glaube, mir half heute nur noch die Variante »Knüppel auf den Kopf«.

Gut, Jay konnte mir nicht helfen, mit Ausnahme meiner jährlichen zahnärztlichen Untersuchung, für die er mich ins Zombiekoma beförderte, damit ich es schaffte, mich in diesen Stuhl zu setzen und die Klappe aufzureißen, ehe mir der Doktor stärkere Drogen spritzte.

Weiteratmen. Weiteratmen, hämmerte es. Ich spürte, dass er mit der anderen Hand zwischen meine Beine griff und vorne einen, oder waren es zwei, Finger einführte. Mein Körper und ich standen einmal mehr vor der großen Problematik der Uneinigkeit. Denn während ich dafür kämpfte, aus dieser Situation rauszukommen, hatte mein Körper dazu eine ganz andere Einstellung. Ich war nass wie nie und obwohl mein Kopf sich wehrte, blieb mein Körper ganz ruhig und schien sich auf das Erlebnis zu freuen.

Dave gab mir mit seinen Fingern ein gutes Tempo und erinnerte mich immer wieder daran, weiterzuatmen. Und ich saß in der Zwickmühle. Einerseits, also vorne, konnte ich gerade abgehen wie Nachbars Lumpi beim Anblick einer läufigen Pudeldame. Andererseits, also hinten, hätte ich ihm am liebsten mit meinen Muskeln die Finger gebrochen. Ich sprang mental immer wieder hin und her und in meinen Atemrhythmus zwängte sich das ein oder andere Mal ein sehr inbrünstiges Aufstöhnen.

Dann zog er seine Finger aus mir und kniete sich genau hinter mich. Und als ich spürte, wie sein Schwanz meinen Oberschenkel streifte, war es wieder um meine Beherrschung geschehen. Ich jaulte erneut auf.

Und abermals zog er mich aus meinem Delirium. Er beugte sich über mich, ganz nah an mein Ohr, und sprach beruhigend auf mich ein. Und während ich mich von seiner Stimme ablenken ließ und seine Worte mich wegzogen, setzte er an und schob sich langsam in mich.

Ich atmete schwer, versuchte, so entspannt wie möglich zu bleiben.

›Okay, Sharon, jetzt ist es an der Zeit, abzuhauen!‹, rief mein Engelchen, schnallte sich den Fallschirm um, betätigte den Knopf und sprang aus dem imaginären Düsenjet. Erschreckenderweise folgte ihm mein Teufelchen und so saß ich alleine in einem steuerlosen Flugzeug. Es war also an der Zeit für mich, meinen Körper zu verlassen, wenn mein Sicherheitsanker Engelchen und sogar meine verdorbene Seite Teufelchen freiwillig absprangen.

Wie viele andere Menschen besaß ich die ausgesprochen praktische Gabe, in bestimmten Situationen meinen Geist von meinem Körper abzuspalten. Dadurch konnte ich körperliche Extreme aushalten, ohne psychisch so angeknackst zu sein, dass ich meinen Urlaub in großen weißen Räumen mit Gummiwänden verbringen musste. Und gerade, als ich dabei war, auch meinen Knopf zu betätigen, um dieses Höllengefährt namens Körper zu verlassen, da entschied er – entweder Dave oder mein Körper –, mich nicht gehen zu lassen.

Seine Hand griff direkt in meinen Schritt. Er fand meinen Kitzler, rutschte daran vorbei und drang mit einem Finger in mich ein. Während er sich hinten nicht mehr bewegte, fing er an, seinen Finger rhythmisch in mich zu schieben. Und ich war wieder voll da und wollte mich eigentlich beschweren, denn das lief ganz klar unter unlauterer Wettbewerb.

»Das ist gut. Entspann dich«, stöhnte er.

Ich ließ mich nun auf das Einerseits ein und versuchte, das Andererseits zu ignorieren, was sehr gut klappte. Sein Tempo war stimmig und es gelang mir, meine sexuelle Lust wiederzuerlangen. Und gerade, als es gut lief, hörte er auf und schob sich wieder ein Stück weiter in mich.

Atmen!, beruhigte ich mich selbst.

Und wieder versuchte ich, via Notausgang und Fallschirm meinen Körper zu verlassen. Und erneut hatte er da offenbar was dagegen. Es war fast so, als würde er bemerken, wann ich mich absetzen wollte.

Diesmal war es nicht sein Finger, den ich spürte, sondern einer dieser kleinen Vibratoren. Und genau der war es, der mir meinen Verstand nun völlig zerschoss und mich in eine unbekannte Sphäre hob, von der ich sofort wusste, dass ich sie wieder und wieder erreichen wollte und musste.

Er zog den Vibrator aus mir und ich wusste, dass nun die harte Realität folgen würde. Er zog mich an den Haaren nach hinten und sein Gesicht war direkt neben meinem. Ich drehte mich zu ihm, presste meine Lippen auf seine Wangen. Ich hätte am liebsten zugebissen.

Nun kam die letzte Etappe und als er sich nun komplett in mich schob, wurde das Gefühl nahezu unerträglich. Eine Freundin von mir sagte über Analverkehr, dass nur der Anfang schmerzte. Sie hatte recht, der Anfang schmerzte, aber so nachhaltig, dass der Rest unwichtig wurde.

Er keuchte und stöhnte mir ins Ohr. Ich liebte diesen Beweis der Anstrengung. Beim Sex zog ich daraus einen weiteren, enormen Kick. Die Tatsache, dass sich ein Mann für mich anstrengte, sich eventuell zurückhalten musste, weil ich noch nicht fertig war, gab mir in den meisten Fällen noch den letzten Rest, den ich für einen Raketenabflug benötigte.

Nun fing er an, sich zu bewegen. Dabei flüsterte er mir portugiesische Worte ins Ohr. Ich verstand zwar deren Sinn nicht, aber zum einen klang es ganz gut, zum anderen war mir klar, dass er mir nicht gerade Details über die Vorzüge der Hauptstadt Lissabon erzählte.

Für mich waren die Bewegungen unerträglich und kurz verfiel ich wieder in mein altes Muster.

»Atme«, hörte ich ihn an meinem Ohr.

Ich drehte meinen Kopf zu ihm und sah ihn an. Er sah unglaublich gut aus, das musste man ihm ja lassen. Brav atmete ich und in diesem Moment packte er mich mit einer Hand im Gesicht und stahl sich einen Kuss. Und ich erwiderte ihn.

Seine Lippen pressten sich auf die meinen und je fordernder seine Zunge wurde, umso schneller stieß er in mich. Ich versuchte, mich zu lösen, doch er hielt mich fest. Ich stöhnte vor Schmerz und es war unerträglich. Mein Herz jagte das Blut in einem Tempo durch meinen Körper, dass ich dachte, es könnte jeden Moment zerspringen.

Und dann bemerkte ich, dass er bald kam. Normalerweise war das eins der geilsten Gefühle, die es für mich gab. Der Schwanz wurde größer, die Stöße härter und die meisten fingen an zu stöhnen, ehe sie mit einem oder mehreren finalen Stößen den Sprung schafften.

Und genau das war mein Problem. Dass sein Schwanz größer wurde, merkte ich an dem stechenden Schmerz. Dass seine Stöße härter wurden daran, dass ich das Gefühl hatte, ich würde gepfählt. Und so fing ich an, panisch zu kreischen, während er mit einem lauten Aufschrei kam.

Keuchend stützte er sich auf mich und ich hoffte, dass er möglichst bald aus mir ging und mich befreite. Und erstaunlicherweise tat er das dann auch. Er zog sich aus mir zurück und entsorgte das Kondom. Dann löste er meine Hand- und Fußfesseln und ich stolperte ins Bad, schloss die Tür hinter mir und setzte mich auf den Deckel der Toilette.

Mein Hintern brannte, meine Gedanken flogen durch meinen Kopf. Ich versuchte, sie zu verarbeiten, aber es war unmöglich. Das Erlebte ging mir wieder und wieder durch den Kopf. Ich hatte ihn geküsst. Er hatte etwas getan, was ich eigentlich nicht wollte. Und da war es wieder, dieses Unwort: eigentlich.

Das war wie »eigentlich ist er lieb«; ein Satz den man oft hörte, wenn der Hund dann trotzdem mal gebissen hatte.

»Eigentlich mag er das total gerne«, wenn der Göttergatte doch mal den Festschmaus stehen lässt.

»Eigentlich steh ich da total drauf«, wenn die Rohrstockhiebe gleich zu Beginn der Session unerträglich wurden.

Eigentlich!

Und eigentlich war Analverkehr ein Tabu von mir.

›Er hat dich vergewaltigt‹, rief mein Engelchen. Offenbar war es unverletzt auf dem Boden der Tatsachen angekommen.

›Na komm, stell dich nicht so an. Du mochtest es doch auch, oder?‹, erwiderte mein Teufelchen.

›Eine Vergewaltigung ist und bleibt eine Vergewaltigung. Er hat etwas getan, was du definitiv und ausdrücklich nicht wolltest‹, sagte mein Engelchen und schnappte sich ein Buch, welches einen Paragrafen auf dem Cover hatte.

›Du Mimose. Du hast es selbst unterschrieben und ausgefüllt. Deine Schuld, wenn du vergisst, deine Tabus ordentlich und gewissenhaft reinzuschreiben. Außerdem, so wie du streckenweise gestöhnt hast, nimmt dir kein Richter ab, dass das eben eine Vergewaltigung war‹, entgegnete mein Teufelchen.

Es klopfte an der Tür.

»Alles okay?«

Ja, alles gut. Ich bin nur mit mir selbst unschlüssig, ob du mich gerade vergewaltigt hast oder ob ich das geil fand, und muss das mal eben mit mir und meinen beiden Bewohnern klären. Nein, ich bin nicht irre, das ist völlig normal. Bitte ruf nicht die Männer mit den weißen Hab-mich-lieb-Jacken, dachte ich mir.

»Sharon? Alles in Ordnung?«

»Ja ja, alles gut«, antwortete ich schnell, ehe er auf die Idee kam, die Tür aufzubrechen.

Ich stand auf, stützte mich auf das Waschbecken und blickte in den Spiegel, direkt in meine Augen.

Und irgendwie blieb ich weiter unschlüssig. Musste ich es denn sofort entscheiden, ob ich das nun gut oder nicht gut fand?

›Nein. Eine Frau darf auch ihr Einverständnis nachträglich zurückziehen, wenn sie doch das Gefühl bekommt, vergewaltigt worden zu sein‹, klugscheißerte mein Engelchen.

Ich vertagte die Entscheidung und säuberte mich. Dann ging ich wieder zurück.

Er hatte mittlerweile Getränke geholt und uns eingeschenkt. Er lag im Bett, die Stangen hatte er ausgehakt und neben das Bett gelegt.

»Hey, alles gut?«, fragte er, als er mich sah.

Ich seufzte.

Was sollte ich darauf nur antworten? Ich wusste doch selbst nicht, ob alles gut war oder nicht.

Ich kletterte zu ihm ins Bett und sah ihn an. Er sah wirklich gut aus. Und genau in jenem Augenblick, als er mich in den Arm nahm, fing ich an zu weinen.

»Verdammt, mach das nie wieder«, heulte ich.

»War es nicht schön?«, fragte er.

»Das weiß ich nicht. Aber ich hatte Angst.«

»Oh ja. Ich weiß. Und wie.«

Seinem Tonfall entnahm ich, dass ihn das ziemlich mitgerissen hatte. Und langsam fing ich an zu erzählen, von meinem

Problem. Dass ich nicht wusste, ob ich das gut oder nicht gut finden sollte. Dass er mich geküsst und ich ein schlechtes Gewissen hatte, dass ich das zugelassen hatte. Und sowieso und überhaupt.

Und er hörte mir zu, nickte hin und wieder. Aber er ließ mich reden. Und irgendwann sah er mir direkt in die Augen und fragte:

»Wenn du nicht weißt, was du willst, warum hast du dich darauf eingelassen?«

Und darauf wusste ich keine Antwort.

Natürlich behauptete ich gerne, dass ich wüsste, was ich wollte. Dass ich genau wusste, was mir guttat und was nicht. Klar, ich hatte mich auf unser Spielchen eingelassen. Auf ein Spiel, in dem Menschen Fehler machten, und mithilfe dieser Fehler wurde das Spiel gesteuert. Es war nicht seine Schuld, dass ich vergessen hatte, ein wichtiges Tabu aufzuschreiben oder anzukreuzen. Ich hätte die Situation genauso ausgenutzt. Vielleicht wäre ich nicht bis zum Äußersten gegangen, aber wenn ich daran dachte, dass ich zur extremeren Sorte gehörte, die gerne und viel jammerte, aber trotzdem nie genug bekam und immer noch einen Schritt weiter ging, gab es vielleicht gar keine andere Möglichkeit für ihn, als mir zu zeigen, dass Vereinbarungen eben auch Vereinbarungen waren. Dass ich mir vielleicht besser überlegen sollte, mit wem ich mich wie weit einließ. Denn bisher hatte ich immer wunderbar von unten manipuliert und alle meine aktiven Spielpartner tanzten nach meiner Pfeife.

Und während ich so darüber nachdachte: Er hatte es wirklich sehr rücksichtsvoll und nett gestaltet. Und mir dämmerte, wie wenig Einfluss ich auf ihn hatte, schlicht, weil ich ihn nicht gut genug kannte. Und das war vielleicht sogar von Vorteil, denn er ließ sich dadurch weniger manipulieren. Dave wirkte, als würde er meine Spielchen durchschauen. Ich hatte den Eindruck, dass es für ihn kein Spiel war. Er lebte, was ich spielte.

Dieser Mensch trieb mich in eine wahre Definitionskrise mir selbst gegenüber und ich war vollkommen unsicher, was ich davon halten sollte. War ich nicht eigentlich zu alt, um meine Meinung über SM immer wieder und wieder zu revidieren?

Mein Engelchen wollte spielen, ein sicheres, sauberes Spiel, mit Ausstiegsmöglichkeiten und einem Auffangnetz und doppeltem Boden. Mein Teufelchen hingegen wollte SM leben, wollte keine Grenzen akzeptieren. Dieser Zwiespalt trieb meine Gedanken voran.

»Und übrigens. Du küsst wirklich sehr gut«, flüsterte er mir ins Ohr.

Und direkt nach diesem Satz beschloss ich, dass das Erlebte insgesamt gut war. Ich würde Analverkehr niemals genießen oder mich daran gewöhnen können. Und das war gut so, denn die Angst davor kickte, und jetzt, direkt danach, sogar noch mehr.

Ich überlegte, ihn zu fragen, ob er aufgehört hätte, wenn ich »Mayday« gerufen hätte. Doch ich entschloss mich dazu, es zu lassen, denn sonst gäbe es ja ein Safeword, und damit wäre dieses ganze Spiel nicht mehr das, was es sein sollte.

Während ich darüber sinnierte, bemerkte ich, dass seine Hände auf Wanderschaft gingen und sich für das warme Plätzchen zwischen meinen Beinen entschieden. Und bevor ich mich versah, hatte er ein weiteres Kondom in der Hand und wir genossen absolut unspektakulären Blümchensex in Missionarsstellung.

Und mit nur einem einzigen Gedanken an meine Angst im vorangegangenen Spiel hob ich ab. Herrlich, dieses Geficke!

Nachdem wir uns geduscht und angezogen hatten, säuberten wir die benutzten Spielsachen und legten sie in eine Kiste, die neben der Tür stand. Offenbar säuberten die Inhaber die Spielgeräte nochmals, sodass man sie ohne Bedenken weiterverwenden konnte. Mein Engelchen lächelte glücklich darüber, dass es auch andere gab, denen Sicherheit vorging. Eigene Spielsachen, die Dave mitgebracht hatte, landeten in der Reisetasche.

Dann rief ich ein Taxi und wir verließen das Apartment und fuhren zurück zum Hotel.

»Noch Lust auf einen kleinen Cocktail?«, fragte Dave.

Na da sagte ich doch nicht Nein und so sprachen wir in einer abgelegenen Ecke einer Cocktailbar über das Erlebte.

Ich erfuhr, dass er meine Angst sehr genossen hatte. Dass er aber auch überlegt hatte, ob er das wirklich durchziehen sollte, da meine Panik ihm heftig vorkam. Hier stimmte ich ihm zu. Sie war tatsächlich heftig und beinahe unerträglich gewesen.

Er sagte mir, dass er es sicher gemerkt hätte, wenn die Situation gekippt wäre. Und irgendwie war ich mir gerade mehr als sicher, dass er recht hatte.

Aufgrund des Lärms in der Bar überhörte ich, wie mein Teufelchen verliebt seufzte. Ich hatte den Eindruck, dass es jemanden gab, der verstand, was ich wollte und was ich begehrte. Der mich verstand und meine Grenzen kannte wie kein anderer. Und der noch dazu gut aussah.

Nein, ich würde mich selbst belügen, würde ich behaupten, Dave würde mich kaltlassen. Ich bildete mir sogar ein zu sehen, wie seine Augen leuchteten, als er in meine schaute. Ganz unauffällig entwickelten sich Schmetterlinge in meinem Bauch.

Nachdem er mich zu Karli begleitet hatte, über den er sich köstlich amüsierte und abfällig Knutschkugel nannte, gab er mir einen Umschlag mit Geld. Und es fiel mir unglaublich schwer, diesen anzunehmen. Ich packte ihn erst zwei Tage später aus meiner Tasche aus.

Als ich zu Hause ankam, fiel mir auf, dass ich mein Köfferchen bei ihm vergessen hatte. Es musste noch im Hotelzimmer stehen. Grund genug für ihn, mich nochmals anzurufen.

4.

DAS WOCHENENDE

Als ich nach diesem Erlebnis zu Hause angekommen war, rasten meine Gedanken und ich fragte mich, wo das enden sollte. Dass man sich im Gewerbe verliebte, war nichts Neues, schließlich war ich bereits in Kindertagen ein großer Fan des Kinoerfolgs *Pretty Woman* gewesen, in welchem der gut aussehende reiche Gentleman die arme, aber nicht minder gut aussehende Prostituierte kennen- und lieben lernte.

Gut, so ähnlich war es mir auch mit Patrick ergangen, aber das, was mir mit Dave gerade passierte, war neu und anders. Ich hatte mich verliebt, irgendwie, aber nicht in ihn als Menschen. Nein, dafür kannte ich ihn einfach zu wenig. Ich war verliebt in das, was er mit mir anstellte. Verliebt in die Gedanken, die ich durch ihn hatte und die er mir in meinen Kopf pflanzte. Stilsicher und direkt, fast, als könnte er mich lesen.

Natürlich war mir klar, dass das Schwachsinn war – es war die Schnittmenge, die uns auszeichnete. Seine Fantasien und Vorlieben passten mit den meinen gut zusammen.

»Inwieweit vertraust du mir?«, fragte er mich am Telefon. Mein Puls stieg. Was sollte das jetzt werden?

»Wie kommst du darauf?«, fragte ich zurück. Sehr unhöflich von mir, eine Frage mit einer Gegenfrage zu beantworten, aber nur so konnte ich die Antwort hinauszögern.

»In allen Punkten. Wie weit vertraust du mir?«

»Keinen Meter!«, gab ich zurück.

Es wurde leise am anderen Ende des Hörers. Hatte er erwartet, dass ich ihn anlog? Ihm sagte, dass ich ihm blind vertraute, obwohl es nicht stimmte? Ich war von Natur aus ein sehr misstrauischer Mensch, auch wenn ich, durch meine kommunikative Art, oft anders eingeschätzt wurde.

»Ich weiß deine Ehrlichkeit sehr zu schätzen«, sagte er.
»Was machst du am kommenden Wochenende?«, fügte er
weiter hinzu.

Mein Hirn ratterte durch meinen Kalender. Das kommende
Wochenende war so gut wie frei. Meine Tochter würde das
Wochenende bei ihrem Papa genießen und ich selbst war damit verfügbar. An solchen Tagen verabredete ich mich gerne
mit privaten Spielpartnern, Freunden oder Familienmitglie-
dern oder ich nutzte die Tage, um zu arbeiten.

Da ich wusste, dass Patrick in seiner Praxis arbeiten würde,
erzählte ich Dave, dass ich vogelfrei sein würde.

»Gut. Ich will dich sehen. Zeigst du mir Hamburg und die
Umgebung?«, fragte er.

Alter Heuchler, dachte ich.

Er war lange genug in Hamburg, dass er sich die Stadt und
ihre Sehenswürdigkeiten selbst hätte ansehen können. Außerdem wusste ich von ihm, dass seine Frau und seine Kinder
ihn regelmäßig hier besuchten und er dann Ausflüge mit ihnen
unternahm.

»Wann würdest du dich gerne mit mir treffen?«, fragte ich
und nahm einen Schluck von meinem Kaffee. Ich sehnte mich
gerade nach einem Jagatee, einem typisch österreichischen Getränk bestehend aus Schwarztee und Inländer-Rum. Aber bitte
mit viel Rum!

»Ich muss Freitag lange arbeiten. Ich würde dich Samstag-
vormittag abholen, wenn du möchtest.«

»Wehe dir, du stehst vor elf Uhr auf der Matte.«

Immerhin gab es keine Notwendigkeit, bereits um sieben
Uhr aufzustehen, denn meine Tochter befand sich weit außerhalb meiner Reichweite, nämlich bei ihrem Vater. Und so
bekam mich keiner, weder Patrick noch Dave noch ein satter

Bombenanschlag frühzeitig aus den Federn. Aber elf Uhr war realistisch. Da würde ich fit sein und tageslichttauglich aussehen.

»Heißt das, ich kann dich abholen?«

Ich hatte meine Probleme damit, Gästen meine Adresse zu nennen. Seit mir vor einigen Jahren ein Gast nach Hause gefolgt war und mich daraufhin über längere Zeit belagerte, war ich empfindlich, was mein Privatleben betraf. Deshalb gab ich ihm einen anderen Treffpunkt, ein Hotel südlich von Hamburg. Unser Häuschen würde er von da aus niemals finden, denn es lag schön versteckt, und ich konnte dennoch zu Fuß hin und musste meinen Karli nicht bemühen.

»Irgendwelche Wünsche?«, fragte ich und am liebsten hätte ich mir danach gerne selbst auf den Kopf geschlagen. Ich klang schon wie eine dieser Sklavinnen. Andererseits war auch dieses Treffen eine Dienstleistung, sodass es durchaus in Ordnung war zu fragen, ob noch etwas gewünscht sei.

Klar, für eine Domina schickte sich das natürlich nicht. Aber ich war ihm gegenüber längst keine mehr. Wäre ich das immer noch, hätte er und nicht ich bei den letzten Treffen geheult und gejammert.

»Zieh dir etwas Sommerliches an. Es soll heiß werden.«

»Mit oder ohne?«, hakte ich nach.

»Was denn?«

Er stellte sich wohl absichtlich doof, er wusste genau, was ich meinte.

»Unterwäsche.« Ich zog das Wort betont genervt in die Länge.

»Nein, kannst du weglassen.«

»Sag mal, du hast doch gar kein Auto«, widersprach ich.
»Wollen wir dann nicht doch mit meinem fahren?«

Er lachte.

»Mit deiner Knutschkugel? Nein, mach dir keine Sorgen. Ich habe einen Wagen hier. Ach so, nimm dir bis Sonntagabend Zeit.«

Mit diesen Worten legte er auf. Er gehörte zu dieser unangenehmen Spezies, die weder »Hallo« noch »Tschüss« am Telefon von sich gaben. Dadurch stand ich immer völlig perplex da, wie die Kuh vor dem Berg, und wusste nicht, ob wir nun durch die Telekom, Akkuprobleme oder die CIA getrennt worden waren, oder ob der andere einfach aufgelegt hatte.

Das ganze Wochenende. Ich rechnete im Kopf hoch, was er dafür ausgeben musste. Meine Güte, so viel Geld würde ich auch gerne haben, mir so was einfach mal leisten zu können. Im nächsten Moment überlegte ich, was ich einpacken musste. Sollte ich ihn erschrecken und mir einen Pyjama mitnehmen? Vielleicht einen mit Enten darauf, aus Flanell- oder Plüschstoff? Am besten auch noch einen Jumpsuit, also einen Einteiler, der aussah wie ein überdimensionaler Strampelanzug? Dazu könnte ich noch eine Nickelbrille mitbringen und mich mit einem männerfeindlichen Buch in sein Bett legen. Fehlte eigentlich nur noch die Zahnschiene. Nun trug ich freilich keine Zahnspange, meine Zähne glänzten seit jeher und standen in Reih und Glied, aber es gab diese Schienen, um die Zähne zu bleichen ... Ich lachte gehässig in mich hinein bei dem Gedanken an sein Gesicht. Ob er sich dann immer noch über mich hermachen würde? Ich denke, er würde mich mit Schimpf und Schande verjagen.

Patrick nahm die Information über das verplante Wochenende relativ gelassen hin. Da er sowieso mehr Zeit mit seiner Arbeit verbrachte als mit mir, musste er damit rechnen, dass auch ich meine Arbeit vorzog. Ich spürte aber, dass es ihm nicht gefiel. Aber mir gefiel es auch oft nicht, wenn er Notdienste hatte oder andere Dinge unsere privaten Pläne durchkreuzten. Gut, ein Merkmal war, dass er in seinem Beruf seine Kundschaft nicht sexuell befriedigte, aber er hatte an seiner Arbeit so viel Spaß wie ich an meiner. Und das zählte doch letztlich, ob mit oder ohne Sex.

Der Sommer hatte uns nun endgültig in seine Krallen gepackt. Es war wirklich warm geworden und ich entschied mich für ein leichtes Sommerkleid. Außerdem packte ich meinen kleinen Trolley mit Unterwäsche und Wechselsachen für abends und den darauffolgenden Tag. Mein kleines Köfferchen stand nach wie vor, wahrscheinlich unangetastet, bei ihm im Hotelzimmer.

Da ich befürchtete, er könnte in seiner Aufregung zu früh am Treffpunkt sein, ging ich bereits 15 Minuten früher aus dem Haus und setzte mich auf meinen Trolley direkt an die verabredete Stelle.

Er kam, wie sollte es auch anders sein, zu spät. Er war Südländer, es gehörte bei ihnen zum guten Ton, zu spät zu kommen. Da er aber bei mir gerne darauf herumritt, wenn ich unpünktlich war, war ich davon ausgegangen, dass seine Zeitrechnung der deutschen entsprach. So konnte man sich täuschen.

Er fuhr vor und ich wusste bereits, als er in die Straße einbog, dass das sein Auto war. Egal ob Leihwagen oder Eigentum. Ich schüttelte ungläubig den Kopf.

Er stieg aus, nahm seine Sonnenbrille ab und begrüßte mich.

»Ach herrje, das ist nicht dein Ernst. Eine Muschifalle!«

Er runzelte fragend die Stirn.

»Na die Karre. Das ist nicht dein Ernst, oder? Das ist ein Porsche!«

»Doch, ich mag Porsche gerne. Aber was ist eine Muschi-falle?«

Ich beschloss, ihm das später zu erklären, und er hievte meinen Trolley in den Kofferraum. Ich ließ mich ins Auto gleiten und hatte das Gefühl, direkt auf der Fahrbahn zu sitzen. Wir düsten los Richtung Lüneburger Heide. Ich erzählte ihm von den nennenswerten Erhebungen, die hier doch tatsächlich »Berge« genannt wurden, und was mir sonst so über die Heide einfiel, was leider nicht viel war.

»Was ist eine Muschifalle?«, fragte er während der Fahrt erneut.

»Na ein Porsche ist das. Es heißt, Männer, die einen Porsche fahren, befinden sich mitten in ihrer Midlifecrisis und wollen junge Hühner abschleppen, die sie dann schön darin oder darauf vernaschen. Deshalb ›Muschifalle‹.«

»Und was bedeutet Muschi? Heißt das so viel wie Frau?«

Okay, jetzt bemerkte ich, dass sein Deutsch vielleicht doch noch nicht so gut war, wie ich dachte.

Wie erklärte man Muschi, wenn man doch eigentlich Verfechter der schönen deutschen Sprache war? Ich nahm seine rechte Hand und schob sie in meinen Schritt.

»Das hier ist eine Muschi. Aber komm jetzt nicht auf die Idee, das in unsere Sessions einzubauen. Ich mag dieses Wort nämlich überhaupt nicht.«

»Aha. Und wie soll ich es sonst nennen?«

Na toll, jetzt hatte er mich. Ich meine, mal ernsthaft, bei all der schönen Sprache, aber welche Frau wollte im Eifer des Gefechtes von ihrem Sexualpartner hören: Ich schieb dir jetzt meinen Penis in deine Vagina/Scheide? Oder noch schlimmer: Ich schiebe dir nun mein männliches Geschlechtsorgan in dein weibliches Geschlechtsorgan. Das mag im Rahmen einer Kliniksession noch ganz geil sein, aber in allen anderen sexuell angehauchten Situationen eher unerotisch.

Den ersten Platz in Sachen Lächerlichkeit bei der Betitelung von Geschlechtsteilen belegten meiner Meinung nach übrigens die Bezeichnungen Lustgrotte und Prügel. Ich hasste es, wenn Männer oder Frauen derartige Worte in den Mund nahmen.

Ich grübelte. Klar wusste ich das Wort, das in meinem Kopf die richtigen Knöpfe drücken würde. Aber es wollte mir partout nicht über die Lippen. Nicht hier, inmitten der unschuldigen Lüneburger Heide im Kreise von niedlichen Heidschnucken, den Hintern auf der Autobahn, gefangen in einer Altmänner-Karre.

»Na sag schon!«

»Hm. Wie nennst du es denn?«, fragte ich.

Er zuckte mit den Schultern.

»Na du wirst doch einen Namen dafür haben, oder? Ich meine, ich bin ja nun nicht die erste deutschsprachige Frau, die dir über den Weg läuft und deinem Charme erliegt«, erwiderte ich flirtend und betörend.

Oder deinem Geldbeutel. Oder beidem, fügte ich in Gedanken hinzu. Das Gesicht meines Teufelchens erhellte sich kurz, als es diese bösen Gedanken mitbekam.

»Nein, das nicht. Aber ich musste es noch nie benutzen. Es gab nie eine Situation, in der so ein Wort nötig gewesen wäre. Ich wüsste auch nur diese Bezeichnung: Vagina.«

Okay, hier bestand dringender Handlungsbedarf. Er durfte weder Vagina noch Muschi in seinen aktiven Sex-Wortschatz aufnehmen.

Mir aber stieg die Schamesröte ins Gesicht, wenn ich daran dachte, dass ich ihm jetzt ein Wort entgegenschleuderte, über das er danach womöglich noch diskutieren wollte.

»Hm«, ich tat so, als würde ich nachdenken.

»Ich überleg mir mal, was mir am besten gefällt«, versuchte ich die Situation zu umgehen.

Er schien sich damit zufriedenzugeben und wandte seine Aufmerksamkeit wieder der Umgebung zu.

Ich starrte aus dem Fenster und plötzlich fiel mir auf, dass wir wirklich schnell unterwegs waren. Er war offenbar einer derjenigen, die es genossen, dass es auf deutschen Autobahnen keine Geschwindigkeitsbegrenzung, so nichts anderes ausgeschildert war, gab. Und so quälte er, sobald es der Verkehr möglich machte, das Gaspedal und damit meine Nerven.

Denn im Gegensatz zu ihm war ich nun mal eine Sicherheitsfanatikerin. Ich war der Meinung, dass die Gurtpflicht durch und durch ihren Sinn darin hatte, mein kleines, für mich wertvolles, Leben zu verlängern. Ich war auch der Meinung, dass Geschwindigkeitsbegrenzungen Sinn hatten und dass man auch auf der Autobahn ohne Probleme mit dem empfohlenen Tempo 130 super ans Ziel kam, wenn auch etwas später. Ich war außerdem der Meinung, dass Autos wie dieses hier eigentlich völlig sinnlos waren und die üblichen Verbrauchergurken ausreichten.

Hinzu kam, dass ich mehrfach in meinem Leben Unfälle mit zwei- oder vierrädrigen Gefährten überstanden hatte und mir nach dem letzten geschworen hatte, künftig keine mehr zu verursachen oder mitzumachen.

Und da ich nun mal die Muschi in dieser Falle war, lag die Verantwortung bei ihm, sich auch daran zu halten. Verdammt noch mal!

»Fahr langsamer«, bat ich.

»Das ist ein Porsche!«

Er nahm eine Abfahrt, die ich ihm zeigte. Dort gab es einen schönen Wald, in dem man wunderbar alleine sein konnte.

»Der wird ja wohl auch Bremsen haben, wie alle anderen Fahrzeuge!«, konterte ich, als er in eine Kurve bog, während ich mich am Türgriff festhielt.

Auf der Landstraße waren dankenswerterweise viele Traktoren unterwegs, sodass sich meine Nerven wieder beruhigen konnten. Ich lotste ihn immer weiter, bis die Straßen immer kleiner und schmaler wurden. Ich amüsierte mich köstlich über seinen Gesichtsausdruck, denn diese ländlichen Wege waren für seine Protzkarre nun absolut nicht geeignet. Ich merkte aber auch, dass er genau wusste, dass ich schadenfroh war, was wiederum für mich hieß: Aufpassen!

Ich neigte nämlich gerne mal dazu, den Bogen leicht zu überspannen und Warnzeichen zu übersehen oder gar zu ignorieren.

»Wo soll's denn hingehen?«, fragte er.

»Abwarten«, antwortete ich betont lässig.

»Du weißt, dass ich eigentlich wissen muss, wo wir hinfahren. Ich muss das meinem Freund erzählen. Der covert mich, schließlich weiß ich nicht, ob du vielleicht unanständige und unrechtliche Sachen mit mir vorhast.«

Ha ha. Witzbold, dachte ich.

»Du wirst dich doch gegen so eine Maus wie mich wehren können, oder?«, gab ich zurück und blinzelte ihn übertrieben an, während ich mich an ihn lehnte.

Er bremste ab und schaute mich an.

»Es gibt sehr gefährliche Mäuse«, stichelte er belustigt.

Schließlich ließen wir den Wagen stehen. Er ging zum Kofferraum und hob einen Korb heraus. Ja genau, einen dieser tollen Picknickkörbe, in denen die Teller mit Ledergurten befestigt waren. Er erstaunte mich immer wieder. Das passte so gar nicht zu seinem Faible für Porsche. Andererseits, wenn ich es mir recht überlegte, passte es doch sehr gut. Schließlich wollte er eine Muschi rumkriegen und wir Weiber fahren ja in der Regel auf romantische Typen ab, die uns erst auf einer Picknickdecke mit Weintrauben fütterten, ehe sie uns dann als Dessert vernaschten.

Wir suchten uns ein nettes Fleckchen. Ein großer Fan von Picknick war ich nicht. In Filmen sah das alles immer ganz toll aus. In der Realität gab es überall Ameisen und anderes Getier, welches sich nicht eingeladen zum Festschmaus begab. Dabei nutzten sie in der Regel den kürzesten Weg, also auch über die Beine. Und dabei verirrten sie sich gerne in Hosen und Röcken und zwickten kräftig, wenn sie nicht mehr rausfanden, was das Opfer zu einem entwürdigenden Tanz zwang.

Wir spazierten weiter in den Wald hinein und fanden eine kleine Lichtung. Hier war wirklich nichts los. Und so packte er brav sein Körbchen aus und überraschte mich in Sachen Essen absolut gar nicht. Nur das Gesündeste vom Gesunden.

»Du hast wohl keine Angst davor, einen Vitaminschock zu bekommen, was?«, ätzte ich, während ich mich auf die Decke setzte. Etwas Schokolade hätte er mir schon gönnen dürfen.

Er legte sich auf die Decke und ließ seinen Kopf ganz selbstverständlich in meinen Schoß fallen. Reflexartig strich ich ihm die Haare aus der Stirn und berührte sein Gesicht. Am liebsten hätte ich mich über ihn gebeugt und ihn geküsst, doch stattdessen gab ich mich damit zufrieden, seine Wangen zu streicheln und die leichten Stoppeln seines Haarwuchses zu fühlen. Sein Gesicht hatte einige Furchen, die ich mit meinen Fingern entlangfuhr. Er schloss die Augen und ich massierte seine Schläfen.

Ich mochte sein Gesicht, es war alles andere als perfekt. Es gab Menschen, die waren schön. Die hatten ein Modelgesicht, weiche glatte Haut und keine Falten oder Pickel. Sein Gesicht war nicht schön. Aber es war attraktiv. Sein Gesicht zeigte, dass er ein Leben hatte. Emotionen, Erlebnisse und Unfälle hatten sich darin eingebrannt. Ja, ich mochte es, wenn das Gesicht eine Geschichte erzählte.

Wir wären glatt als Pärchen durchgegangen, so wie wir da lagen. Während ich an den köstlichen Erdbeeren zupfte und sie aß, erzählte er mir von seinen Urlaubsplänen. Er erwähnte, dass seine Frau und seine Kinder ihn hier in Hamburg besuchen würden.

»Wir können uns ja treffen, dann lernen sich die Kids mal kennen«, schlug er leichtfertig vor.

Ich runzelte die Stirn bei dem Gedanken daran, wie das erste Treffen ablaufen sollte, und stellte mir vor, wie ich vor seiner Frau stand, ihr die Hand reichte und Folgendes von mir gab: »Ja hi, ich bin Sharon. Ich bin eigentlich die Domina deines Mannes, aber neuerdings prügelt und vögelt er mich durch, was uns beiden wesentlich besser gefällt.«

»Meine Frau weiß von dir.«

Und in diesem Moment purzelte nicht nur die Erdbeere, die gerade in meinen Mund wandern sollte, auf sein Gesicht, sondern auch noch mein Kinn sinngemäß bis auf die Erde.

»Warte mal, du hast da gerade etwas Komisches gesagt. Sag das noch mal.«

Er richtete sich auf, nachdem er die Erdbeere genommen hatte, und schob mir selbige in den Mund.

»Okay, jetzt noch mal langsam für kleine Dominas. Sie weiß von mir? Was weiß sie denn?«

»Alles.«

»Wie? Was?« Ich kam mir vor wie in der *Sesamstraße*.

»Sie weiß von dir. Nicht nur du führst eine offene Beziehung.«

Ich wischte ihm den Erdbeerfleck von der Wange und er legte sich wieder auf meinen Schoß.

»Und du hast ihr alles erzählt? Auch dass du mich bezahlst für meine Dienste?«

»Ja. Sie weiß alles.«

Und ich wurde puterrot im Gesicht.

»Auch Details aus unseren Spielen?«

Er nickte. Meine Güte, was für ein Arsch. Hätte er nicht einfach lügen können? Wie sollte das denn ab jetzt ablaufen, wenn ich auf seine Frau traf? Womöglich würden ihre ersten Worte an mich sein: »Ach, du bist die Domina, der es mein Mann so richtig besorgt? Wie ist es, hast du dich mittlerweile an einen schönen Arschfick gewöhnt?«

Was sollte die Frau bloß von mir denken?

»Und das stört sie nicht?«, fragte ich nach.

Er schüttelte den Kopf.

»Im Gegenteil. Sie steht für derartige Praktiken nicht zur Verfügung.«

Ich war nun völlig geplättet.

»Ach, sie mag keinen SM?«

»Doch schon. Aber sie spielt nur auf der aktiven Seite, ich aber fand den Gedanken, auch mal die Seiten zu wechseln, ganz reizvoll. Allerdings klappt es nicht, dass sie mich dominiert. Also beschlossen wir, dass ich es mit einer Domina versuche. Es konnte keiner ahnen, dass sich die Domina mir unterwirft«, erklärte er und grinste mich verschmitzt an.

Ich war vollends sprachlos, denn dieser Kerl steckte voller Überraschungen.

»Gut. Okay«, brachte ich hervor und meine Stimme verlor sich dabei. Das musste ich einen Moment verdauen.

Klar wusste ich, dass es mehrere Paare gab, die entweder auf derselben Seite spielten oder eine offene Beziehung lebten.Aber zu mir kamen in der Regel die Herren, deren Frauen sofort die Scheidung einreichen würden, wenn sie nur rochen, dass ihre Männer zu einer Bezahlbaren gingen. Und jene, deren Frauen davon wussten, brachten ihre Partnerinnen meist gleich mit. Diese schauten dann entweder zu oder spielten mit.

»Was sagt sie dazu, was du so mit mir veranstaltest?«, fragte ich, als ich meine Fassung wiedererlangte.

Er zuckte mit den Schultern.

»Sie freut sich.«

»Okay, ich überlege es mir.«

»Was denn?«

»Na mit dem Treffen. Wann soll das sein?«

»Ich schick dir die Daten per Mail.«

Irgendwann drehte er sich auf den Bauch. Ich räumte gerade die leere Plastikschale der Erdbeeren in den Korb zurück, als er ihn zur Seite schob.

»Du siehst gut aus.«

Ich hatte meine Haare zu einem klassischen Dutt gebunden, denn die offene Mähne wäre mir zu warm geworden. Außerdem trug ich dezentes Make-up.

Seine Augen bekamen diesen glasigen Blick und ich wusste, worauf er hinauswollte.

»Nicht hier«, beschwichtigte ich ihn und sah mich ängstlich um.

Er strich mit seiner Hand unter meinem Kleid an meinem Bein entlang, bis er an meinem Schritt ankam.

»Hast du mittlerweile ein Wort gefunden?«, fragte er und tippte mit seinem Finger auf meinen rasierten Venushügel.

Ich versuchte, meine Fassung zu wahren, was unglaublich schwer war. Immerhin lag da ein Leckerstück vor mir und im Prinzip wollten wir beide ja auch dasselbe, nämlich dass ich vernascht wurde. Ich wusste auch, dass kaum jemand in diesem Wald unterwegs war, und selbst die Förster waren hier, das wusste ich aus Erfahrung, sehr kulant. Sie pochten weder darauf mitzumachen, noch unterbrachen sie kleine Techtelmechtel, indem sie mit der Polizei drohten.

Es sei denn, man wurde zu laut. Dann gab es eine dezente Warnung in Form eines neugierig gerufenen »Hallo? Alles in Ordnung?«. Das wurde dann meist mit einem pikierten, schamhaften Kichern und letztlich einem »Ja-ha, danke der Nachfrage« beantwortet.

»Nicht hier.«

Meine Stimme klang piepsig und selbst ich war nicht überzeugt von meiner eigenen Äußerung. Und das war Grund genug für ihn, einfach weiterzumachen. Ich hasste Sex in der Öffentlichkeit. Sex in der Öffentlichkeit ging gar nicht. Nun stellte sich natürlich die Frage, ob dieser Wald öffentlich war, wenn man bedachte, dass es sich genau genommen um ein privates Stück Wald handelte.

Während das Engelchen in mir die rechtliche Situation durchging, drückte das Teufelchen bereits sämtliche Knöpfe, um mein Blut dahin zu schicken, wo es wesentlich mehr Spaß brachte.

Und dabei half ihm Dave mit seiner unnachahmlichen Art, mich visuell zu betören. Der Mistkerl zog nämlich einfach sein Poloshirt aus, was mein Engelchen dazu brachte, das Gesetzbuch wegzuwerfen und ihn anzuschmachten.

Ich berührte seinen Bauch, spürte seine Muskeln, die dadurch leicht zuckten. Er streifte die Träger meines Kleides über meine Schultern ab und entblößte meine Brust. Mit der anderen Hand schob er den Saum meines Kleides hoch bis über meine Hüften.

Ich überlegte, wusste nicht, ob ich ihn küssen durfte oder nicht, oder wie war das mit meinem Berufsethos? Er selbst schien sich darüber weniger Gedanken zu machen, denn er griff meine Wange, zog mich zu sich und küsste mich. Währenddessen spielte er mit meinen Brustwarzen, womit er mich in den Wahnsinn trieb. Und auch der restliche Widerstand in mir löste sich in Luft auf.

Schließlich zog er aus einer kleinen Seitentasche im Picknickkorb ein Kondom hervor, öffnete seine Hose und drückte es mir in die Hand. Gewissenhaft rollte ich es ab und gab damit mein Einverständnis entgegen meinen Prinzipien, die ich doch sowieso schon fast gänzlich über Bord geworfen hatte.

Er küsste mich wieder, zog mich auf seinen Schoß und drückte mein Becken nach unten, und ehe ich mich versah, war er auch schon in mich eingedrungen und brachte mich dazu, leise aufzustöhnen.

Da ich kein Fan von langen Vorspielen war, störte mich sein Tempo nicht. Er zog und schob mich auf sich hin und her und ich spürte, dass er mich völlig ausfüllte. Meine Lippen hingen an den seinen. So wie er küsste, konnte er gerade alles von mir haben. Na gut, alles, außer Analverkehr.

»Schön leise sein. Ich will keinen Mucks von dir hören«, flüsterte er mir ins Ohr.

Mit festem Griff gab er das Tempo vor und beschleunigte nach Belieben. Seine Finger krallten sich schmerzhaft in mein Fleisch und es dauerte nicht lange, bis er seinen Höhepunkt erreichte. Ich war enttäuscht, denn ich wollte ebenfalls einen Orgasmus. Aber ihm war es wahrscheinlich völlig egal gewesen, ob ich meinen Spaß hatte oder nicht. Hauptsache, er hatte den seinen. Immerhin bezahlte er auch gut dafür.

Und dennoch blieb ein bitteres Gefühl der Ungerechtigkeit zurück, denn ich hatte längst nicht mehr den Eindruck, dass wir uns in einer Geschäftsbeziehung befanden. Im Gegenteil, es fühlte sich immer näher und intensiver an. So einen Orgasmus hätte er mir ja durchaus gönnen können.

Wir genossen die Sonne noch eine ganze Weile und er erzählte mir von seiner Heimat. Davon, dass er seine Frau quasi im Sandkasten kennengelernt hatte, sich in seiner Pubertät unsterblich in sie verliebt hatte und davon, dass sie ihre Liebe mit zwei bezaubernden Kindern besiegelt hatten. Er erzählte diese Dinge mit ehrlichem Leuchten in seinen Augen und ich war beeindruckt. So viel Liebe und Zuwendung, das hatte ich ihm nicht zugetraut.

Er erzählte mir, wie er und seine Frau angefangen hatten, über ihre Fantasien zu reden, damals noch mit Alkohol, um die Zunge und das Gemüt etwas zu lockern. Wie sie sich gegenseitig gestanden hatten, dass sie auf eine andersartige Art von Sex abfuhren und wie sie die ersten Schritte in diese Richtung gemacht und sich ausprobiert hatten.

Ja es war niedlich. Es war eine süße, absolut bezaubernde Art und Weise, wie sie diesen Weg eingeschlagen hatten, so voller Neugierde und Entdeckergeist. Ich freute mich für beide und dennoch neidete ich ihnen dieses besondere Miteinander, welches nun schon seit einer gefühlten Ewigkeit andauerte.

Als die Sonne hinter den Bäumen verschwand, entschlossen wir uns, den Rückweg anzutreten, um noch etwas innerhalb von Hamburg zu sehen. Ich hatte beschlossen, ihn auf jeden Fall in den Hamburg Dungeon zu entführen. Von dort aus konnte man dann weiterfahren und einen Reeperbahnbummel machen. Zwischendurch würde sich sicherlich auch ein nettes Restaurant finden, wo wir etwas zu essen bekamen.

So packten wir zusammen und gingen zurück zum Auto. Wieder preschte er über die Landstraße. Begleitet wurde das Motorengeräusch nebst Radio auch von meinen ständigen Ermahnungen, er möge doch bitte langsamer fahren.

»Entspann dich«, sagte er und legte seine Hand auf mein Knie.

»Entspannen? Du bist lustig. Wenn du so weiterrast, dann kleben wir im nächsten Moment an einer Mauer.«

»Hier gibt es weit und breit keine Mauern.«

Ich beugte mich beschwörend zu ihm: »Mauern sind hinterlistig. Die sind immer da, wo man sie nicht braucht und am wenigsten erwartet.«

Und während ich über Mauern sinnierte, stellte ich fest, dass uns jemand fotografierte.

»Oh«, sagte er. »Was war das denn?«

Ich merkte schon, in Portugal kannte man das fotografierende Volk nicht.

»Das, mein Lieber«, und ich gebe zu, ich meinte es zynisch, »war ein Fotograf. Man muss sich das in etwa vorstellen wie auf dem Münchner Oktoberfest, wo plötzlich einer vor dir steht und mit seiner alten Polaroid-Kamera ein Foto von dir schießt, es dir entgegenhält und 20 Euro dafür haben will. Nur mit dem Unterschied, dass diese Fotografen hier qualitativ sehr minderwertige Bilder schießen und du sie auch bei Nichtgefallen nehmen musst. Und wenn du zu viele Bilder davon im

Album kleben hast, dann darfst du deinen Führerschein abgeben. Dann war es das auch fürs Erste, mit dem Herumdüsen in der Protzkiste.«

Und direkt danach brach ich in schallendes Gelächter aus, eben weil Schadenfreude die schönste Freude ist. Meine ersten Ausführungen fand er ja noch sehr amüsant. Mein Gelächter jedoch traf ihn wohl in seinem südländischen Stolz. Ich hatte schon einen hochroten Kopf und registrierte durch die (oder dank der) Tränen in meinen Augen nicht, dass seine Stimmung gerade massiv kippte. Und ehe ich mich versah, wurde ich Zeuge eines Naturschauspiels der Extraklasse.

Ich wusste ja nun, dass Südländer im Allgemeinen, der Italiener, der Türke und der Spanier im Speziellen, sehr aufbrausend sein konnten. Ich wusste aber auch, dass der Portugiese zu den ruhigeren Vertretern dieser aufbrausenden Gattung gehörte. Im Moment schien er sich allerdings von Dr. Jekyll in Mr. Hyde zu verwandeln, denn er fing an, mich anzubrüllen. Passenderweise auch noch in seiner Muttersprache, sodass ich nichts davon verstand. Ich wusste aber, dass die Schimpfworte in fremden Sprachen immer länger waren als die deutschsprachigen Schimpfworte.

Er wurde unglaublich laut und ich legte im wahrsten Sinne des Wortes die Ohren an. Aber was noch viel unglaublicher war: Ich wünschte mir nichts mehr, als jetzt, genau in diesem Moment, von ihm gefickt zu werden.

Den restlichen Weg zurück nach Hamburg sprach er kein Wort mehr mit mir. Auch meine nett gemeinten Versöhnungsangebote nahm er nicht an. Immer, wenn ich anfing, mit ihm zu reden, drehte er demonstrativ das Radio lauter. Zumindest hatte der Fototermin den schönen Effekt, dass er sich streckenweise an die Geschwindigkeitsbegrenzungen hielt, sodass ich die Fahrt in diesem Mörderschlitten doch noch einigermaßen genießen konnte.

Und auch wenn ich eine Sicherheitsfanatikerin war, musste ich zugeben, dass es doch ein ganz anderes Gefühl war, mit diesem Gefährt andere Verkehrsteilnehmer zu überholen. Zwar war mein Karli auch mit etwas mehr PS unter der Haube ausgestattet, ich erinnerte mich aber noch an Gefährte, bei denen man am liebsten während des Überholens ausgestiegen wäre, um anzuschieben, aber so ein Porsche, fand ich, war doch etwas übertrieben.

Als wir Hamburg erreichten, musste er mir wieder zuhören, denn ich lotste ihn nun in die Speicherstadt. Ich hielt nach wie vor an meinen Plänen fest und schleifte ihn in den Hamburg Dungeon, in dem er noch nie gewesen war. Jeder, der mich in Hamburg besuchte, musste sich einem Besuch dort stellen. Ich erinnerte mich, wie ich meine Mutter dazu nötigte. Die Arme versteckte sich zwischen mir und meiner jüngeren Schwester, denn der Dungeon war ihr alles andere als geheuer.

Kaum waren wir auf dem Weg in das Gruselkabinett hinein, wurden wir wieder fotografiert. Diesmal konnte man sich freiwillig entscheiden, ob man ein Erinnerungsfoto mitnehmen mochte oder nicht. Und dann ging es auch schon los, direkt hinein in den Fahrstuhl und ab in die Hölle.

Wir passierten die dunkelsten Stationen von Hamburgs Geschichte. Anrührend war die Vorführung des großen Feuers, amüsant die Vorführung der Pest, die in einem nachgebauten Universitätssaal stattfand, wo alle, aber wirklich alle, immer wieder ängstlich die Leichensäcke auf den Bänken betrachteten, aus Angst, sie würden sich bewegen.

Danach folgte ein Hexenprozess und dabei gab es einmal mehr kein Erbarmen für mich. Ich war durch meine roten

Haare ein gefundenes Fressen für den gottesfürchtigen »Richter«. Natürlich hatte er nicht mit meiner großen Klappe gerechnet: Als nun ein Martin aus Wuppertal wegen einer besonders peinlichen Sünde – er hatte sich offenbar nackt und nur mit einem Glöckchen an seinem besten Stück vor ein Kloster gestellt, damit gebimmelt und gerufen »Nehmt mich!« – zur Kastration verurteilt wurde, warf ich mit scharfem Verstand ein:

»Na ja, aber trotz Kastration, ein Glöckchen kann er ja immer noch drum herum binden ...«

Daraufhin wurde ich natürlich sofort aufgerufen, musste Namen und Wohnort nennen und ein Verhör über mich ergehen lassen. Und natürlich der Schock: meine roten Haare.

»Die sind allerdings gefärbt«, gestand ich mit einem herzerfrischenden Lächeln auf dem Gesicht.

»Bist du denn nicht zufrieden, wie Gott dich geschaffen hat?«, fragte der listige Richter.

»Das ist so eine Sache, wissen Sie. Er hat viel zu tun und macht eben leider auch Fehler. Und vielleicht habe ich bei der Vergabe besonderer Eigenheiten etwas zu oft ›Hier!‹ gerufen. Hier an der Hüfte zum Beispiel. Oder eben bei meinen Haaren«, erklärte ich selbstbewusst.

Und schon wurde mir Blasphemie vorgeworfen und mir ein Termin für Freitag gegeben. Ich hätte mich zu meiner Hinrichtung zu melden. Freitag klappte bei mir allerdings nicht, da hatte ich einen Arzttermin, weshalb wir das Spektakel, nach gemeinsamer Absprache, auf Samstag verschoben. Ich fragte, ob ich etwas zum Grillen mitbringen sollte, außer mich selbst, woraufhin der Richter uns mit Schimpf und Schande vertrieb. Und da ich nur noch eine Woche zu leben hatte, war es langsam, aber sicher nötig, aus dem Dungeon zu fliehen.

Durchs Labyrinth ging es weiter, ab zu Störtebekers Truppe, wo Dave mit einem riesigen Fragezeichen im Gesicht von einem der Piraten in breitestem Platt angesprochen wurde. Dave fragte mich, was er sagte, und ich versuchte, so gut ich konnte, zu übersetzen. Und schließlich kam auch noch die Flut, zusammen mit dem herrlichen Geschrei einiger Frauen, die allesamt panisch ihre Augen schlossen, als das kleine Wägelchen, in dem wir inzwischen saßen, rückwärts auf einer Schiene nach unten donnerte und mit einem riesigen Platsch ins Wasser das Ende der Tour ankündigte.

Dave gefiel das alles sehr gut. Wobei mir nicht ganz klar war, was genau ihm gefiel. Wichtig war, dass wir viel lachten und er offenbar mein freches Gelächter während der Autofahrt komplett vergessen hatte. Als wir das Gruselkabinett verließen, beschlossen wir, uns ein kleines Restaurant zu suchen. Ich überredete ihn, nach Pöseldorf zu fahren, einem Stadtteil von Hamburg.

Wir waren zwar in Hamburg, allerdings war mir bewusst, dass er schon genug hamburgisches Essen genossen hatte. Ich wollte ihn deshalb einige österreichische Delikatessen probieren lassen, wofür wir dann ins Restaurant »Tirol« fuhren.

Und ich selbst fühlte mich für einige Zeit, als wäre ich zu Hause. Selbst das Mineralwasser, die Römerquelle, wurde direkt aus Österreich nach Hamburg importiert. Ganz besonders sagte ihm der Kaiserschmarrn zu, den wir als Nachtisch verputzten, und er erkundigte sich, ob ich derartige Gerichte ebenfalls zubereiten könne.

»Nein, kann ich nicht«, antwortete ich. Ich gehörte zu den Menschen, die man in der Küche besser nicht aus den Augen ließ.

»Dann wirst du es lernen müssen«, sagte er und griff nach der Serviette, um sich den Mund abzuwischen.

Dann hob er leicht die Hand und rief nach der Kellnerin, die uns noch einen Obstler brachte, der uns den Hals hinunter brannte. Ich musste lachen, als er das Gesicht verzog.

Mittlerweile war es schon sehr später Nachmittag, sodass wir uns nur noch zu einem kleinen Reeperbahnbummel entschlossen. Wobei ich zugeben musste, dass die Reeperbahn ihren Charme immer erst bei voller Beleuchtung, nachts, entfaltete. Tagsüber sah es auf der sündigen Meile leider doch zu verwahrlost aus. Trotzdem besuchten wir die einschlägigen Läden, wie die Boutique Bizarre, stöberten dort und fanden sogar ein paar sehr nette Spielsachen, die unsere Fantasie anregten. Sein Hauptaugenmerk richtete sich auf ein ganz besonderes Folterinstrument, eine Knebelbirne. Und wie sollte es auch anders sein? Er kaufte sie und mir lief ein wohliger Schauer über den Rücken.

Schließlich beschlossen wir, uns ein nettes Plätzchen in einer Cocktailbar zu suchen und den Tag ausklingen zu lassen.

»Wie ist deine Frau so? Was für ein Typ ist sie?«, fragte ich ihn neugierig.

»Das komplette Gegenteil von dir«, antwortete er.

»Inwiefern?«

»Sie ist klein, sehr schlank …«

Danke, das wäre jetzt nicht nötig gewesen! Idiot!, dachte ich.

»… hat kurze dunkle Haare und redet ein Drittel von dem, was du so von dir gibst. Sie ist zurückhaltend, nicht so aktiv wie du.«

»Und im SM?«

Ich war wirklich neugierig und wollte mehr über sie wissen. Sagte denn nicht die Wahl des Partners viel über einen Menschen aus? Außerdem wollte ich wissen, was ihn an ihr reizte, wenn die beiden schon so lange zusammen waren.

»Dominant. Wenig sadistisch. Wobei sie durchaus auch zuschlagen kann.«

Ich nickte.

Sagte mir das nicht, dass er mich deshalb gewählt hatte, weil ich genau das verkörperte, was seine Frau ihm nicht geben konnte? Und das erste Mal war ich in seiner Gegenwart stolz auf meine weiblichen Rundungen und auf die Tatsache, dass ich Switcherin war und mich auf ihn einlassen konnte. Egal, ob meine ursprüngliche Motivation das Geld war, mittlerweile hatte sich das Blatt gewendet. Das Allerletzte, was mich im Moment an ihm interessierte, war sein Geld.

Er strich mir eine Strähne aus dem Gesicht.

»Sag mir, wer dich beinahe zerbrochen hat.«

Ich wusste sofort, dass er die Lücken meiner Geschichte hören wollte. Er wollte mich und mit mir auch meine Vergangenheit. Es reichte ihm nicht, mich nur im Hier und Jetzt zu dominieren.

Ich nahm einen Schluck und dachte nach. Darüber, was ich ihm sagen sollte. Darüber, ob er es verstehen würde. Und darüber, was passiert war. Schließlich stellte ich mein Glas auf die Bar: »Okay.«

Ich schlug die Beine übereinander und fing an.

»Es gab mehrere Sessions mit Gästen, die mir nahegingen. Das ist auch heute noch so, nur mit dem Unterschied, dass ich es damals nicht schaffte, mich zu distanzieren. Meistens hilft es mir sehr dabei, wenn ich mich nach den Sessions mit Kolleginnen darüber unterhalten kann, wenn wir das ein oder andere Späßchen darüber machen und ich mich verstanden fühle.

In meinem ersten Studio war das nicht so. Die Hierarchie dort war klar geregelt. Es gab eine Chefin, es gab eine Domina und es gab Mädchen, die aktiv und passiv agierten, und diese standen in der Hierarchie ganz unten. Die Termine wurden von der Chefin oder der Domina vereinbart. Die Vorgespräche wurden von einer der beiden geführt und wir Mädchen mussten dann ein Getränk bringen, damit der Gast sehen konnte, ob wir optisch dem entsprachen, was er sich vorstellte. Außerdem waren wir Mädchen für den Türöffnungsdienst zuständig, der ausschließlich in Abendkleidung zu erfolgen hatte. Der Gast war König und der König bekam die Frau so, wie er sie wollte.

Ich dachte anfangs noch, dass das kein Problem für mich sein würde. Ich definierte meine Grenzen nicht klar, denn ich kannte den Unterschied zwischen privatem und professionellem SM nicht. Noch nicht. Und so grenzte ich mich nicht ab. Ich ging mit denselben Tabus und Vorlieben ins Studio, mit denen ich auch in eine private Session gegangen wäre.«

Ich seufzte. Er hörte mir aufmerksam zu.

»Wie gesagt, der Kunde war König und was der König wollte, das bekam er auch. Als die Vorgespräche beendet waren, kam dann die Chefin oder die Domina und sagte uns, wer mit dem Gast agieren würde. Da außer mir oft nur noch ein oder zwei Mädchen arbeiteten, fiel die Wahl häufiger auf mich, als mir lieb war. Mir wurde dann gesagt, was ich anzuziehen hätte, und erklärt, was der Gast mit mir machen würde.

Während der Gast duschte, wurde eins der Zimmer vorbereitet. Die Gäste wurden bereits im Vorfeld instruiert, dass es Verkehr nur mit Kondom gab. Das Studio war diesbezüglich sehr sauber und ordentlich, einer der großen Pluspunkte.

Die Zimmer wurden so weit präpariert, dass die Dinge herausgelegt wurden, die benutzt werden durften. Der Gast sollte erst gar nicht auf die Idee kommen, andere Dinge zu nutzen oder sich durch alle Spielgerätschaften zu wühlen. Wenn der Gast fertig geduscht hatte, wurde er von der Domina ins Zimmer gebracht. Entweder wartete da schon ein Mädchen auf ihn oder aber es kam später zu ihm. Je nachdem, wie der Gast dies wünschte. Dann hieß es eine Stunde lang mitzumachen, was der Gast wollte. Manchmal auch länger.

Aktiv war das kein Problem, denn auch wenn ich aktiv Verkehr anbot, konnte ich selbst entscheiden, wann und wo er stattfand. Außerdem konnte ich durch Fesselungen oder Augenbinden verhindern, dass der Gast mich ansehen oder berühren würde.«

Dave schmunzelte bei der letzten Ausführung. Wahrscheinlich dachte er daran, dass ich das bei ihm damals auch immer gemacht hatte.

Mir fiel es immer schwerer, meine Geschichte weiterzuerzählen, und ich legte eine kurze Pause ein. Ich dachte darüber nach, das Gespräch auf ein anderes Thema zu lenken.

»Weiter«, sagte Dave, als er bemerkte, dass ich nicht weitersprechen wollte.

Ich seufzte und versank kurz in meinen Erinnerungen.

»Passiv war jedoch ein Problem für mich. Ich hatte enorme Schwierigkeiten, die Fantasien der Gäste zu bedienen.

In dem Studio gab es einen Gast, der immer dann gerufen wurde, wenn ein neues Mädchen da war. Die Chefin meinte, es würde dazu dienen, die Belastbarkeit der Mädchen zu prüfen. Wenn ein Mädchen diesen Gast durchhielt, dann würde es alle Gäste durchhalten. Was für eine seltsame Logik.

Und so musste auch ich mit ihm gehen, er war damals einer meiner ersten Gäste. Und ich wurde vorher instruiert. Der

Gast hatte Rollenspielfantasien. Das ist keine Seltenheit, viele Gäste wollten gerne passive Frauen in Schulmädchenuniformen züchtigen oder das Gefühl vermittelt bekommen, dass sie gerade ein völlig junges und unschuldiges Ding vor sich sitzen hatten. Auch die Fantasie Arzt-Schwesternschülerin kam häufig vor. Oder auch Chef-Sekretärin war eine heiß begehrte Variante der dominanten Fantasiewelten.

Aber dieser Gast hatte klare Inzestfantasien und ich musste in die Rolle seiner Tochter schlüpfen, die zwölf Jahre alt und unartig gewesen war. Hätte ich selbst die Entscheidung treffen können, ob ich diese Fantasie mit ihm durchleben wollte, hätte ich abgelehnt, wissend, dass sich eine derartige Rollenspielfantasie nicht mit meiner Einstellung vereinbaren ließ. Wahrscheinlich hätte ich auch ablehnen können, aber ich war damals zu jung und unerfahren.

Ich brachte diese Spielstunde mit Müh und Not hinter mich, redete mir dabei immer ein, dass das alles nur ein Spiel sei. Ich hielt durch und da ich den Job benötigte, kam ich auch wieder. Aber es kamen danach einige Mädchen, die dieses Spiel nicht durchhielten. Eins davon war vom eigenen Vater missbraucht worden, sie brach später im Aufenthaltsraum vor uns weinend zusammen.

Nach diesem Spiel bekam ich auch die Möglichkeit, als Domina zu agieren. Ich wurde eine angesehene Switcherin und es machte mir Spaß, wenn ich dominieren durfte. Aber sobald ich passiv sein sollte, war der Spaß meistens vorbei. Ich bemerkte, dass ich Probleme damit hatte, meinen dominanten Gästen zu erklären, dass ich sie toll fand, dass ich es geil fand, was sie mit mir machten.

Natürlich gab es den ein oder anderen, bei dem ich ein Spiel genoss, aber ich schaffte es nie, in deren Fantasien einzutauchen. Ich war, was das betraf, eine schlechte Schauspielerin und bekam zu Recht keinen Oscar.«

Ich lachte nervös auf. Dave hörte mir weiter zu und ich bemerkte, dass ihn diese Geschichte nicht nur mitnahm, sondern auch erregte. Das Glänzen in seinen Augen verriet es mir. Trotzdem erzählte ich weiter, auch wenn mich seine Reaktion irritierte.

»Bei einigen aktiven Gästen mussten wir auf der Hut sein. Sie verbanden uns gerne die Augen und versuchten dann, uns mit einem Fläschchen Poppers zu benebeln, damit wir alles mitmachten. Meistens schaffte ich es, das zu verhindern, aber so einige Male passierte es dann doch, dass ich diese Wolke Aphrodisiakum einatmete. Einer dieser Gäste stellte schnell fest, dass die Wirkung bei mir verheerend war und ich danach enthemmter wurde. Und so kam er immer öfter auf die Idee, mich mit Poppers zu benebeln, während ich festgebunden in der Dunkelheit auf weitere Teile des Spiels wartete.

Ich hasste es, einerseits. Denn ich bekam dadurch Kopfschmerzen. Aber andererseits hatte es seinen Reiz, denn dadurch schaffte ich es, für kurze Zeit in die Fantasie einzutauchen und mich auf die ein oder andere Perversion einzulassen, die ich nur aus meinen dunkelsten Träumen kannte.

Trotzdem bemerkte ich, dass ich mich veränderte. Ich wurde aggressiver, zog mich immer mehr zurück. Wann immer dieser Gast kam und ich ihn bedienen musste, war ich danach völlig fertig. Und weil ich keine andere Chance sah, weil ich es nicht wagte, meiner Chefin zu sagen, dass ich mit ihm kein Spiel mehr haben wollte, aus Angst, ich würde meine Arbeit verlieren, ließ ich eines Tages die Situation eskalieren.

Wir waren gerade fünf Minuten zusammen, er hatte mir meine Augen verbunden und ich saß mit gefesselten Händen auf seinem Schoß und er fickte mich. Er hielt mir Poppers unter die Nase und ich begann, ihn abzureiten, und spielte ihm lautstark einen Orgasmus vor.

Nach zehn Minuten war die Session vorbei. Er hatte für eine Stunde bezahlt und er wusste, dass er dieses Geld nicht zurückbekommen würde. Ich gab die Unschuldige, erklärte, dass er der aktive und dominante Part sei und dass es an ihm liegen würde, die Session zu steuern. Er war wirklich wütend und meine Chefin gab ihm einen Teil seines Geldes nach langer Diskussion wieder zurück.

Ich sah ihn danach nie wieder. Ich konzentrierte mich mehr auf meine aktive Seite, beschloss, das Studio zu verlassen. Ich fand das Fetischstudio und die Domina dort erklärte mir, dass jeder seine Vorgespräche selbst führen dürfe. Egal ob ich aktiv oder passiv agieren wollte. Und dadurch hatte ich wieder alles im Griff. Ich konnte selbst festlegen, wer mir sympathisch war. Ich bekam nie Vorwürfe, wenn ich einen Gast ablehnte. Wenn die Chemie nicht stimmte, dann stimmte sie eben nicht.

Natürlich mag es reizvoll sein für einen Gast, das Vorgespräch mit der Domina zu führen und dann eine passive Frau zugeführt zu bekommen, mit der er seine Fantasien ausleben kann. Aber es ist immer noch das eigene Bauchgefühl eines jeden, welches entscheiden sollte, ob man miteinander SM erleben möchte oder nicht. Und ich lernte dadurch, auf mein Bauchgefühl zu hören.«

Ich atmete tief ein, denn ich musste eingestehen, dass diese Zeit, dieses erste Jahr in der professionellen Szene nicht nur mein lehrreichstes, sondern auch mein härtestes war.

Dave sah mich schweigend an, musterte mich. Dann bedankte er sich für mein Vertrauen, welches ich ihm entgegengebracht hatte. Es half mir, dass er nicht urteilte. Dass er mir keine Vorwürfe entgegenschleuderte oder mir sagte, dass ich selbst schuld daran gewesen sei, denn ich hätte ja jederzeit gehen können.

Und das ist es eben: Zwischen gehen können und gehen können gibt es einen großen Unterschied.

Als ich später selbst Dominas ausbildete, war diese Lektion eine der ersten, die sie von mir lernten: sich selbst zu achten und die eigenen Grenzen nicht nur zu setzen, sondern immer wieder zu reflektieren und zu verschieben. SM ist zu subtil, um in klare Muster zu passen. Und wer SM verkauft, der verkauft Sex. Und so wird Sex zu einer Dienstleistung und wer diese Dienstleistung verkauft, der verkauft auch einen Teil seines Herzblutes. Und es wäre schlimm, wenn das Herz irgendwann kein Blut mehr hätte.

Als wir unsere Cocktails ausgetrunken hatten, fuhren wir wieder in das Haus, in dem wir bereits das letzte Mal gespielt hatten. Er hatte wieder dasselbe Apartment angemietet. Er hatte mein Köfferchen ebenfalls mitgebracht, sodass ich alles dahatte, was ich für die Nacht benötigte.

Wir würden heute also hier übernachten und ich fragte mich, wann und wie er mich wohl ficken würde.

5.
REISE IN DEN ABGRUND

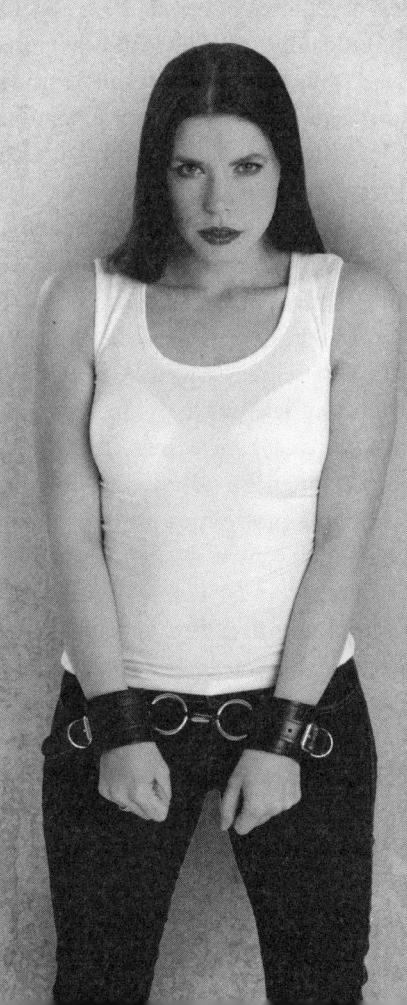

Nachdem wir in den Raum eingetreten waren, merkte er an, dass er die Nachrichten im Fernsehen sehen wollte. Er nahm sofort im Fernsehsessel Platz, während ich in der Tür stehen blieb, unsicher, was ich nun tun sollte.

»Worauf wartest du? Zieh dich aus, mach schon!«

Der Ton war plötzlich ein ganz anderer, die Luft war geladen und seine Stimmung aggressiv. So sehr, dass ich keinen Widerstand leistete. Ich legte mein Kleid ab, zog die Schuhe aus.

»Komm her und runter mit dir. Auf alle viere.«

Ich tat, was er mir befahl, ich wollte ihn auf keinen Fall noch mehr verärgern. Er verpasste mir einen Tritt in die Seite, der mich automatisch etwas weiter von ihm wegrutschen ließ. Offenbar wollte er mich da haben, denn er legte seine Beine auf meinem Rücken ab, als wäre ich ein Schemel.

Da kniete ich nun und wartete darauf, dass etwas passierte. Er bohrte seine Sohlen absichtlich und mit Nachdruck in meinen Rücken. Ich stöhnte leise auf. Es fühlte sich seltsam an und ich kam mir reichlich albern vor, wie ich da kniete. Die Zeit verstrich und ich fragte mich, was er wohl nach den Nachrichten mit mir anstellen würde.

Meine Knie begannen zu schmerzen und ich spürte, wie meine Füße und Beine taub wurden. Es wurde Zeit für einen Positionswechsel, doch ich wagte es nicht, mich auch nur ein Stückchen zu bewegen oder zu entlasten. Ich harrte aus, wartete, bis es weiterging, hoffte, dass er mich bald erlösen würde aus dieser Situation.

Einige Zeit später war er endlich fertig und auf dem aktuellsten Stand. Er verpasste mir einen weiteren Tritt in die Seite, als er seine Beine von mir nahm. Mit einem noch härteren Tritt beförderte er mich aus meiner knienden Position in die

Bauchlage. Ich verstand die Welt nicht mehr, während ich die schmerzenden Stellen rieb.

»Ich werde dir jetzt eine Tracht Prügel verabreichen für dein freches Gelächter im Auto. Und du wirst weinen, das verspreche ich dir«, kündigte er an und eine imaginäre Schlinge legte sich um meinen Hals.

Er zerrte mich hoch und über einen lederbezogenen Strafbock mit silbernen Nieten, den er zuvor noch in die Mitte des Raumes geschoben hatte. Bäuchlings lag ich darauf. Er griff nach Handschellen, mit denen er meine Hände aneinanderfesselte. Und schließlich griff er nach einer Gummipeitsche mit vielen scharfkantigen Riemen und schlug mich damit.

Er prügelte auf mich ein, ohne ein weiteres Wort mit mir zu sprechen. Ohne mich aufzuwärmen, ja ohne Rücksicht auf Verluste. Ich fing sehr schnell an zu weinen und zu schreien, doch das interessierte ihn nicht, im Gegenteil. Je mehr ich weinte, umso härter wurden seine Schläge. Als ich versuchte, mich aufzurichten, stellte er einen Fuß auf meinen Rücken und hielt mich damit in meiner Position. Die Schläge prasselten weiter auf mich ein.

Schließlich gelang es mir irgendwie, mich zu entwinden, und ich ließ mich auf den Boden fallen. Natürlich wusste ich, dass er dies als ungehorsam werten und mich noch mehr quälen würde. Aber ich brauchte diese Pause, die ich dadurch bekam, denn für einen Moment ließ er von mir ab.

Als ich so auf dem Boden lag, begann er, mich zu treten. Ich war perplex. Seine Tritte schmerzten mich fast noch mehr als die Peitsche. Ich hatte das Gefühl, von einem Zug aus Schmerzen überrollt zu werden. Ich weinte.

Ich wandte und drehte mich, versuchte, ihm zu entkommen, aber das war unmöglich. Egal welche Seite ich ihm zuwandte – er trat mich erbarmungslos weiter. Als ich mich auf den Rücken drehte, stellte er seinen Fuß auf meinen Brustkorb, der sich aufgeregt hob und senkte.

»Das magst du doch, oder?«, höhnte er.

Ich schüttelte den Kopf.

»Nein, es tut weh.«

Meine Stimme war voller Trotz. Ich gönnte ihm die Genugtuung nicht, die er erfuhr, indem er sah, dass ich weinte.

»Spreiz die Beine«, befahl er. Seine Stimme war gefährlich leise.

Ich tat, was er sagte. Ein Teil seines Gewichtes lastete schwer auf mir und erinnerte mich daran, wie viel Kraft in ihm steckte, wenn ich mich widersetzen würde. Da er die Peitsche noch in der Hand hielt, zog er durch und traf mich direkt auf meinem Venushügel. Auch meine Schamlippen bekamen etwas ab. Es brannte und ich hatte das Gefühl, meine Haut würde jeden Moment aufplatzen. Reflexartig klappte ich meine Beine wieder zusammen, um meine Geschlechtsteile zu schützen.

»Auseinander!«

Seine Stimme durchfuhr den Raum, sein Blick war hart und unnachgiebig. Wieder gehorchte ich. Und erneut schlug er zu. Auf mein Schreien reagierte er nicht und ich hatte wirklich Probleme, meine Beine auseinanderzuhalten und tapfer die Schläge einzustecken.

Ich war ein Weichei. Alles, was über »monotones Rohrstocken« und den Ritt auf der Endorphinwelle hinausging, war für mich sehr schmerzhaft und ich brach dann sehr schnell zusammen. Er wusste das und es bereitete ihm offensichtlich eine diebische Freude zu sehen, wie ich litt. Und meine innere Domina hatte erneut vollstes Verständnis dafür.

»Ist dir denn ein Name eingefallen?«

Ich schwieg.

Er hob sein Bein von meinem Brustkorb und trat mich in die Seite.

»Wofür?«, jammerte ich und krümmte mich.

Er griff hart zwischen meine Beine und kniff mich.

»Hierfür! Dummes Ding!«

Ich schwieg. Es wollte mir nicht über die Lippen und er wusste ganz genau um die Erniedrigung, die diese Aufforderung für mich beinhaltete. Mein Schweigen legte er erneut als Renitenz und Ungehorsam aus und trat mich abermals heftig in die Seite.

Ich kämpfte mit mir.

»Sag es. Ich will es hören!«

Ich schwieg eisern, woraufhin er meine Fußgelenke schnappte, sie nach oben zog und festhielt.

Ich wusste, dass er mich zwingen würde, genau dieses Wort auszusprechen.

»Wenn du nicht gleich damit rausrückst, dann trete ich dich genau dahin!«

Mit diesen Worten spreizte er meine Beine leicht und stellte seinen Fuß direkt zwischen meine Beine. Ich spürte einen Teil seines Gewichts und das Profil seiner Schuhsohlen.

»Warte, nein warte!«, winselte ich.

Wieder einmal hatte er mich in die Ecke gedrängt und ich schaffte es immer noch nicht, mich zu öffnen.

Sag doch einfach das Wort und gut, dachte ich.

Aber ich schaffte es nicht, ich war zu feige. Es wollte mir nicht über die Lippen.

Und so trat er zu und ich brüllte auf. Der Schmerz war unglaublich. Ich weinte wieder unkontrolliert, drehte mich zur Seite und versuchte, mit meinen gefesselten Händen zu schützen, was zu schützen war. So konnte es nicht weitergehen. Wenn er das noch mal machen würde, würde ich völlig zusammenklappen.

»Fotze«, flüsterte ich heulend.

»Wie bitte? Ich habe dich nicht verstanden.«

Er herrschte von oben. Er war wieder auf seinem Höhenflug, ich war auf dem Weg nach unten. Er erniedrigte mich damit, dass er mich dazu zwang, es noch mal auszusprechen, denn ich war felsenfest davon überzeugt, dass er gehört hatte, was ich gesagt hatte.

Ich keuchte und sah ihn an. Er hob erneut seinen Fuß, ungeachtet, ob meine Finger dazwischen waren oder nicht. Es war ihm egal. Ich hatte das Gefühl, in Ohnmacht zu fallen.

»Fotze!«, schrie ich panisch, lauter als eigentlich geplant.

Er senkte seinen Fuß, kniete sich auf meinen Brustkorb und packte mich am Kinn. Er sah mir direkt in die Augen, in denen sein Triumph stand.

»Braves Mädchen.«

»Mädchen? Pah!«, flüsterte ich heiser.

Ich sah ihn hasserfüllt und wütend an. Ich hob meinen Kopf und spuckte ihm direkt ins Gesicht. Und noch während ich das tat, wusste ich, dass es ein Fehler war.

Mein Speichel lief ihm über die Wange. Er lachte belustigt auf und wischte ihn mit der Hand weg. Ich fühlte, wie die Angst meinen Nacken entlangkroch und mich lähmte.

Er packte mich an meinen Haaren und zerrte mich ins Badezimmer. Der Teppichboden brannte durch die Reibung auf meiner Haut. Die Besitzer hatten Nerven. War das ein Vorwerk-Teppich? Einer dieser Teppiche, die die typischen »Rammelschrammen« an Knien und Ellenbogen hinterließen? Die dann so schwer zu erklären waren?

Im Badezimmer schnappte er sich den Duschkopf, stellte das kalte Wasser an und hielt mir den Strahl ins Gesicht. Ich schrie laut auf und den Moment nutzte er, um das Wasser in meinen Mund zu lenken, den er mit einer Hand weiterhin offen hielt.

Schließlich griff er sich eins dieser kleinen Hotelzimmerduschgels und goss mir den Inhalt in den Mund. Ich versuchte, meine Kehle zu verschließen. Jegliche Abwehrversuche waren sinnlos. Er war mittlerweile ebenfalls nass, aber es schien ihm egal zu sein.

Und dann schob er mir den schmalen Duschkopf in den Mund und spülte mir den Mund wieder aus. Ich würgte, hustete. Seife gelangte in meinen Rachen. Ich spuckte Wasser, Schaum, Schleim und Speichel. Ich versuchte, mich wegzudrehen, doch er hielt mir die Dusche weiter über den Kopf. So floss das eiskalte Wasser über meinen ganzen Körper. Tränen der Erniedrigung vermischten sich mit dem Wasser.

»Es tut mir leid, es tut mir leid!«, rief ich immer wieder, sobald ich den Mund frei hatte.

Doch jedes Mal, wenn ich das tat, schob er mir wieder den Wasserstrahl in den Mund. Nach schier endloser Zeit ließ er von mir ab und stellte das Wasser ab. Ich kauerte eingerollt auf dem Boden und heulte. Er packte mich an meinen nassen Haaren und zog meinen Kopf hoch.

»Mach deinen Mund auf!«, herrschte er mich an.

Sofort klappte ich meinen seifigen Mund auf und er tat das, was ich bei ihm auch gemacht hatte. Er spuckte hinein.

Angewidert von seinem Speichel und dem seifigen Geschmack behielt ich es im Mund.

»Schluck, was ich dir gebe.«

Er starrte mir herausfordernd in die Augen.

Tapfer und mit viel Mühe versuchte ich, den Ekel davor zur Seite zu schieben, und schluckte. Schließlich ließ er mich los, verpasste mir noch einen Tritt und spuckte mich noch mal an.

»Schlampe!«

Damit verließ er den Raum und ich blieb schluchzend zurück. Ich wagte es nicht, mich zu bewegen. Ich zitterte am ganzen Leib, vor Aufregung, Angst und Kälte.

›Und? Ist es das, was du willst?‹, fragte mich mein Engelchen.

Ich heulte auf. Ich wusste es nicht.

Da lag ich nun. Eine erwachsene Frau und heulte wie ein Baby, erniedrigt, gedemütigt und geschlagen. Er hatte mich so tief nach unten befördert, dass ich nicht mehr fähig war, eigene Entscheidungen zu treffen.

›Natürlich magst du das. Komm schon, du genießt es doch, endlich einen dir ebenbürtigen Kampfpartner zu haben‹, sagte mein Teufelchen.

Und ja, es hatte recht. Ich war tatsächlich froh, endlich jemanden gefunden zu haben, der sich erbarmungslos gab und es damit schaffte, mich dahin zu bringen, wohin ich mich sehnte.

Denn da, wo ich gerade lag, fühlte ich mich verstanden.

Und genau diese Tatsache machte mir Angst und stellte mein bisheriges Leben auf den Kopf.

Da ich mit dem Rücken zur Tür auf dem Boden kauerte und es nicht wagte, mich zu bewegen, konnte ich nur hören, wie er eintrat. Sofort griff er wieder meine Haare und zog mich hoch. Ich sah, dass er nackt war. Er zerrte mich aus dem Raum und schleuderte mich an die Wand mit dem großen Spiegel. Ich stützte mich dagegen, als ich merkte, dass er fest in der Wand verankert war.

»Schau dich an. Glaubst du wirklich, du könntest es mit mir aufnehmen?«, verhöhnte er mich und zog mein Becken zurück.

Jetzt bitte keinen Analverkehr!, betete ich.

Ich kniff alle möglichen Muskeln zusammen. Hoffentlich kam er nicht auf die Idee, mich in meinen Arsch zu ficken.

»Ich habe dich etwas gefragt?«, herrschte er, packte meine Haare und zog meinen Kopf zurück.

»Nein, ich kann es nicht mit dir aufnehmen«, wimmerte ich in der Hoffnung, dass es das war, was er hören wollte.

»Schau dich an!«, schrie er, während er in mich eindrang. Ich war erleichtert, als ich fühlte, dass er den richtigen Eingang nahm.

Seine Finger waren wie Schraubzwingen um meine nassen Haare. Ich konnte nicht. Ich konnte mich nicht ansehen. Nicht so. Ich wollte mich so nicht sehen.

»Schau dich an!«, befahl er wieder und stieß schmerzhaft in mich. Ich wusste, dass es kein Ende nehmen würde, wenn ich nicht tat, was er wollte.

Ich wagte einen kurzen Blick, der mich entsetzte. Denn das, was ich darin sah, gefiel mir ganz und gar nicht. Ich war nicht die schöne passive Frau, die auch ganz unten noch hübsch aussah. Nicht die Perfektion, die ich mir immer vorstellte, fernab von Körperflüssigkeiten, blauer und roter Flecken, Striemen und Schwellungen. Was ich sah, schockierte und erregte mich gleichermaßen.

Ich war verheult, hatte rote, verquollene Augen. Mein Make-up war verschmiert und zog Spuren über meine Wangen bis unters Kinn. Mein Körper war grün und blau von seinen Tritten. Mein Schritt war knallrot und geschwollen.

Er presste meinen Kopf an den Spiegel und stieß weiter tief und schmerzhaft in mich. Ich sah ihn hinter mir und unsere

Blicke trafen sich kurz und verweilten ineinander. Dann, gerade als ich dachte, er hätte Mitleid mit mir, spuckte er an mir vorbei auf den Spiegel.

»Leck es ab!«

Es war sein Höhepunkt meiner Erniedrigung und ich wünschte mich weit weg. Den Sex konnte ich nicht genießen, der Seifengeschmack in meinem Mund erschien mir intensiv und unerträglich. Mein Körper schmerzte und jetzt sollte ich auch noch seinen Speichel ablecken. Er drückte meinen Kopf unausweichlich fest an den Spiegel. Und ich sah mir in die Augen, als ich brav tat, was er begehrte, im Wissen, dass ich die Alternativen nicht ertragen würde und wollte.

Zaghaft leckte ich darüber, die Spucke zog Fäden, als ich sie in meinen Mund saugte. Es widerte mich an, ich musste würgen, fing mich dann aber wieder und schluckte. Er sprach kein Wort mehr mit mir, schien zufrieden, fickte mich herzlos und brutal, bis er endlich fertig war. Als er sich aus mir zurückzog und mich losließ, sank ich resigniert auf den Boden. Ich rollte mich nackt und verletzt zusammen, versuchte, mich selbst zu schützen, in der festen Überzeugung und aus Angst, dass er weitermachen würde. Dass er mir einen weiteren Höllentrip verpasste und noch nicht zufrieden war mit dem, was er bisher mit mir angestellt hatte. Ich schluchzte leise vor mich hin, in der Hoffnung, ihn damit nicht wütend zu machen oder zu erregen.

Ich bemerkte, dass er wieder zu mir kam, um mich von meinen Handschellen zu befreien. Er hatte sich seine Shorts wieder angezogen.

»Komm. Steh auf«, sagte er mit lauter, fester Stimme.

Ich rührte mich nicht. Ich war unfähig, auf ihn zu reagieren. Obwohl ich hörte, was er sagte, konnte ich seinem Befehl oder Wunsch nicht folgen. Ich war am Ende. Mein Kopf gab zwar den Befehl an meinen Körper weiter, aber mein Körper reagierte nicht mehr.

Ich weinte laut auf, ich hatte Angst, er könnte mich für meinen Ungehorsam bestrafen. Ich war ganz unten, mental und körperlich. Ich stand an einer Grenze, an die er mich gebracht hatte. In einem Höllentempo hatte er mich dahin befördert, wo ich jetzt verletzlich und hilflos lag, und ich wartete, was nun passieren würde. Einfach, weil ich nur noch warten konnte. Weil mir nichts anderes mehr übrig blieb, als auf ihn zu warten.

Reglos, energielos und voller Anspannung wartete ich auf seine Reaktion. Ich zuckte zusammen, als er sich bewegte, in Erwartung weiterer Schläge, Tritte und harter Worte. Und trotzdem schaffte ich es nicht, zu tun, was er verlangte. Tränen vernebelten mein Blickfeld, ich begann zu zittern.

Ich spürte, dass er seine Arme unter mich schob und mich hochhob und auf das Bett legte. Und war nicht genau das das Wichtigste? Jemanden, der gerade ganz unten war, hochzuheben und weich zu betten?

Er deckte mich zu und kuschelte sich an mich. Schweigend lag er neben mir, strich über meinen Rücken, meine Hüfte und meine Schenkel und hörte mir zu, wie ich weinte. Wieder einmal genoss er mein Schluchzen, das Resultat unserer Sexualität.

Und ich fühlte mich geborgen und in guten Händen.

Ich weiß nicht, wie lange wir aneinandergeschmiegt dalagen und wie lange er meinem Weinen lauschte, während er mich in seinen Armen hielt. Irgendwann deckte er sich auch zu und nach weiteren endlosen Minuten oder Stunden verflüchtigte sich mein Schluchzen und nur noch mein unkontrolliertes Einatmen zeugte davon, dass ich wirklich intensiv geweint hatte.

Letztlich war Zeit völlig unwichtig. Zeit spielte keine Rolle mehr. Schon lange nicht mehr. Als er merkte, dass ich mich wieder gefangen hatte, erhob er sich und fragte mich, ob ich ebenfalls etwas zu trinken wollte. Der seifige Geschmack in meinem Mund war widerspenstig geblieben, also stützte ich mich auf meine Ellenbogen und bat:

»Irgendetwas mit Geschmack, bitte.«

Er gab mir nur Mineralwasser, obwohl ich wusste, dass auch eine Cola im Kühlschrank stehen musste.

Er legte sich wieder zu mir und küsste mich.

»Du schmeckst nach Seife«, sagte er danach.

Ach echt? Blitzmerker! Du warst ja derjenige, der mir den Geschmack verpasst hat, dachte ich zynisch.

Als könnte er meine Gedanken lesen, lächelte er.

»Es war bitter nötig, dein Schandmaul mit Seife auszuspülen. Ach, eine interessante Bezeichnung: Fotze.«

Wie auf Befehl stieg mir die Tomatenröte ins Gesicht. Genau das wollte ich verhindern, denn diese Bezeichnung war nur geil, wenn Endorphine und Adrenalin in einer bestimmten Dosis durch meinen Körper heizten.

»Darf ich duschen gehen?«, fragte ich ihn.

Er nickte und ich verschwand unter dem warmen Wasserstrahl und nach einiger Zeit gesellte er sich dazu. Zärtlich seifte er meinen Körper ein und shampoonierte meine Haare. Ich genoss seine Zuwendung.

Obwohl ich mich wie neugeboren fühlte, sah ich verbraucht aus. Grüne und blaue Flecken und Striemen zogen sich über meinen ganzen Körper. Als ich aus der Dusche kam, sah er mich an.

»Stell dich vor das Bett«, befahl er.

Ich tat, was er wollte, nahm instinktiv die Arme hinter den Rücken, sodass er mich betrachten konnte. Ausgiebig musterte er mich, von oben bis unten. Dann musste ich mich drehen und er betrachtete meine Rückseite. Er schien zufrieden.

»Du bleibst nackt!«, beschloss er schließlich und stand auf, um sich selbst ein T-Shirt anzuziehen.

»Zeit fürs Bett«, sagte er danach und ich huschte daraufhin unter die Decke.

»Was machst du da?«, fragte er.

»Na ins Bett gehen. Ich bin müde«, erwiderte ich mit belegter Stimme.

»Du schläfst nicht im Bett«, sagte er.

»Wo denn dann?«

Ich verstand nun gar nichts mehr.

Er ging ans Bettende, hob die Tagesdecke an und öffnete ein kleines Türchen im Bettkasten.

»Hier. Da ist dein Schlafplatz.« Er deutete hinein.

Ich war völlig perplex.

»Das ist nicht dein Ernst, oder?«

»Mein voller!«, gab er zurück.

Ich kletterte aus dem Bett und ging zu ihm. Die Öffnung war gerade groß genug, dass ein Mensch durchpasste.

Ich fügte mich meinem Schicksal, noch mal so eine Höllenfahrt würde ich heute nicht aushalten, und krabbelte hinein. Es war wie in einem Sarg. Es passte nur ein einziger Mensch hinein. Drinnen gab es ein Kissen und eine leichte Decke. Das war alles.

»Gute Nacht, Lady Sharon.«

Mit einem wirklich süffisanten Grinsen schloss er die Tür und verriegelte sie. Durch die Ritzen fiel etwas Licht, aber für einen klaustrophobischen Menschen war das die Hölle auf Erden. Selbst Umdrehen war eine Kunst für sich und nahezu unmöglich.

Ich hörte, dass er den Fernseher anstellte und sich einen Film ansah. Noch nahm ich die Situation gelassen. Ich pfiff ein kleines Liedchen oder summte vor mich hin. Na komm, das wäre ja gelacht, wenn du das nicht durchhalten würdest, dachte ich.

Schließlich wurde ich unruhiger. Ich wusste, wenn das Licht ausginge, würde ich die Hand vor Augen nicht mehr sehen können. Absolute Dunkelheit jedoch konnte ich nicht ertragen.

Irgendwann stellte er den Fernseher aus und löschte die Lichter. Ich hörte, wie er sich ins Bett legte und sich zudeckte. Ich erinnerte mich an eine, für mich sehr schlimme, Situation in meiner Vergangenheit. Ich war für einen BDSM-Film als Darstellerin gebucht gewesen und hatte in dem Studio übernachtet, in dem auch gedreht wurde. Es gab kein einziges Fenster darin, denn externe Lichtquellen wollte man im Studio schlichtweg vermeiden. Das Studio ähnelte einer großen Fabrikhalle. Verschiedene Räume – natürlich mit einer Seite offen – wurden darin nachgeahmt. So auch mehrere Schlafzimmer, und in einem solchen sollte ich übernachten.

Ein Drehpartner, der ebenfalls dort übernachtete, hatte die Lichter gelöscht, sodass ich nicht wusste, wo sich die passenden Schalter befanden, denn ich war zu diesem Zeitpunkt schon unter der Decke meiner Gästebettseite. Es war völlig dunkel und ich versuchte, cool zu bleiben, auch um mich nicht als Feigling zu outen. Welche erwachsene Frau hatte schon Angst im Dunkeln? Und würde das auch noch zugeben?

Trotzdem war ich nachts mehrfach aufgewacht, mit dem Gefühl, ersticken zu müssen. Nur durch Konzentrationsübungen und das Wissen, dass mein Drehpartner neben mir lag, und durch regelmäßiges Überprüfen, dass er auch immer noch da war, war es mir gelungen, die Nacht zu überstehen.

Nun lag ich allein in diesem Sargkonstrukt. Ich schloss meine Augen und schlief ein und hoffte, bis zum nächsten Morgen einfach durchzuschlafen. Doch einige Zeit später erwachte ich wieder. Die erste Panikattacke schlich sich ein. Meine Hände glitten an den Wänden entlang. Ich hatte das Gefühl, zu ersticken, meine Brust schnürte sich zusammen. Meine Gedanken rasten. Es war eng, es war stickig. Was wäre, wenn ein Feuer ausbrechen würde? Würde er mich hier herausholen? Wie würde er mich herausbekommen? Was, wenn ich in Ohnmacht fiele, bewusstlos würde? Er würde es nicht merken.

Ich hörte, wie er sich über mir bewegte. Das beruhigte mich und ich konnte mich wieder entspannen. Abermals versuchte ich, in den Schlaf zu finden, schloss meine Augen und begann, mir kleine niedliche springende Schafe vorzustellen, die ich durchzählte. Ich döste weg.

Eine erneute Panikattacke brachte mich um meine nächste Tiefschlafphase.

Ich krieg keine Luft mehr!, dröhnte es in meinem Kopf.

»Luft, ich brauch Luft!«, dachte oder sagte ich leise. Ich hatte das Gefühl, in einem Flugzeug zu sein, ich konnte mich nicht hören.

Es war zu eng hier. Viel zu eng.

»Ich habe Angst!«

Ich fragte mich, ob ich das laut gesagt oder nur gedacht hatte. Ich war mir nicht sicher. Ich lauschte in die Dunkelheit, hielt meinen Atem an, um jedes Geräusch hören zu können, suchte nach irgendeiner noch so kleinen Lichtquelle, doch alles, was ich wahrnahm, war das typische Flackern vor meinen Augen und dieses endlose laute Rauschen in meinen Ohren.

Ich stöhnte auf. Ich wollte mich hinsetzen, das funktionierte aber nicht. Die Kiste war zu klein. Ich schaffte es mit Müh und Not, mich zum Fußende zu drehen. Ich schlug mir den Kopf an der Tür an, da ich nicht sah, wo mein Sarg endete. Ich heulte leise auf, rieb mir den Kopf und versuchte, mich weiter zu konzentrieren.

Ich suchte die Ritzen ab, in der Hoffnung, dass ich einen Luftzug spürte, irgendetwas fand, was mir zeigte, wo das Ende und wo der Anfang war. Wo endete ich? Wo begann ich? Ich hatte den Eindruck, völlig grenzenlos zu sein.

Nichts. Ich fand nichts. Keine Antworten auf meine nicht gestellten Fragen. Keine Hilfe. Und vor allen Dingen keinen Luftzug.

›Cool, ganz cool, Sharon. Atme tief durch‹, sprach mit einem Mal Jared Leto, der sich plötzlich in meinen Kopf befand, zu mir. Ich fragte mich, was er da zu suchen hatte.

Wahrscheinlich war es mein hilfloser Versuch, mich selbst zu beruhigen, und gleichzeitig der Wunsch, nicht ganz alleine sein zu müssen.

›Das ist ganz und gar nicht safe‹, erklärte mein Engelchen müde, gähnte herzhaft und als es Jared erblickte, zog es sich sofort sein Hemdchen züchtig nach unten und errötete leicht.

Nein, es war nicht sicher. Es war sogar vollkommen unsicher. Was, wenn mir die Luft hier drin ausging und ich würde ersticken?

›Die Chancen dafür sind gering, Baby‹, sprach Jared leise.

›Ach? In Biologie nicht aufgepasst? In der Aufregung verbraucht der menschliche Körper mehr Sauerstoff!‹, wusste mein Engelchen besser.

Es könnte also durchaus sein, dass ich eine CO_2-Vergiftung bekäme, während der Typ da oben schlief, schlussfolgerte ich und fragte mich, warum Jared die FSK-18-Abteilung meines Kopfes so eigenmächtig und unerlaubt verlassen hatte. Sollte er doch bitte da bleiben, wo er zu gebrauchen war. Hier half er mir gerade sehr wenig.

Jared lächelte charmant und prüfte in einem Spiegel sein Haar und ich stellte fest, wie eitel er war.

Ich wunderte mich kurz über mich selbst und fragte mich, wie viele Personen sich in meinem Kopf noch herumtrieben. Kurz dachte ich daran, dass eventuell gleich mein favorisierter spanischer Fußballspieler auftauchen könnte. Ich fragte mich, ob er Jared die Gelbe Karte verpassen würde.

›Die Rote‹, erklärte Jared allwissend und drehte sich zu mir um.

Na toll. Da hausten also nicht nur Engelchen und Teufelchen und die innere Domina in mir, sondern auch noch dieser Jared Leto. Und während ich darüber sinnierte, dass jeder in meinem Kopf leben könnte, den ich irgendwann mal scharf gefunden hatte, bekam ich Panik, dass sogleich Bryan Adams auftauchen könnte. Womöglich würde er diese Schnulze singen, die ich in meinen vorpubertären Jahren rauf und runter gehört hatte. Jared musste ich, dieser Logik nach, schnellstens loswerden, denn neben Bryan Adams befanden sich auch noch Jens Lehmann, Dick Brave, Jonathan Brandis und andere – mich nicht gerade mit Stolz erfüllende Projektionsflächen – in mir. Und ehe die hier auch noch auftauchten und ihren Senf zu Dingen abgaben, von denen sie keine Ahnung hatten, musste

Jared einfach wieder zurück ins Pornokino meines Kopfes. Da konnte er keinen weiteren Schaden anrichten. Zumindest keinen, der unerwünscht war.

›Weiber!‹, rief Jared enttäuscht und verschwand.

Das kurze Intermezzo hatte den Vorteil gehabt, dass ich das »da draußen« vergessen konnte. Jetzt allerdings wollte ich mich nicht mehr weiter mit meinem »Drinnen« beschäftigen, weshalb ich mich wieder auf meine missliche Lage konzentrierte. Ich suchte die Ritzen ab, ob ich vielleicht eine Möglichkeit finden würde, rauszukommen.

Wieder stöhnte Dave und drehte sich im Bett um. Und wieder war es das, was mich beruhigte. Ich war erschöpft und meine Augen fielen zu. Abermals sank ich in einen unruhigen Schlaf.

Und ein drittes Mal erwachte ich und zermarterte mir den Kopf. Autosuggestion oder Meditation, um mich zu beruhigen, klappte nicht mehr. Ich wurde immer panischer, je öfter ich feststellte, wo ich war. Meine Kehle schnürte sich zu.

Oh Mann, was soll ich machen?, dachte ich.

›Ganz cool, Sharon, ganz cool. Du schaffst das. Das ist doch ’ne geile Sache‹, erklärte mein Teufelchen, das es sich mit einer riesigen Tüte Popcorn auf einer Fernsehcouch gemütlich gemacht hatte.

»Dave?«, flüsterte ich und lauschte in die Dunkelheit.

Keine Antwort.

»Da-ave!«, wieder lauschte ich.

Was, wenn er weg war? Wenn er gegangen war? Ich strengte mich an, versuchte, seine Atemgeräusche zu hören, doch es klappte nicht. Was, wenn er gestorben war? Man wünschte es ja niemandem, aber waren nicht gerade sportliche Menschen gefährdet, wegen einer unentdeckten Herzkranzentzündung ganz plötzlich aus dem Leben gerissen zu werden? Was, wenn ihn sein Herzkranz ausgerechnet heute Abend mit einer Entzündung über den Jordan brachte? Was war, wenn er ein unentdecktes Blutgerinnsel im Herzen hatte, das jetzt explodiert war? Er könnte tot sein und keiner würde uns hier finden. Ich japste nach Luft.

Jetzt war es so weit. Panik schoss durch meinen Körper und erwischte mich eiskalt.

Cool, bleib cool, befahl ich mir selbst.

»Dave!« Diesmal rief ich etwas lauter.

Tränen stiegen mir in die Augen. Nein, so konnte es nicht enden. So durfte es nicht enden. Nein, nicht so. Ich hatte mein Leben lang Sicherheitsgurte angelegt. Ich hatte meine Steuern pünktlich bezahlt und hatte nie falsch geparkt! Ich hatte die Höllenfahrt in der Muschifalle überstanden! Das durfte nicht sein, dass mein Leben so und jetzt enden würde.

Ganz ruhig. Keine Panik.

Selbst die Stimme meiner eigenen Gedanken klang weder überzeugend noch fest genug. Im Gegenteil, sie zitterte den Satz nur so vor sich hin. Und schließlich gab es kein Halten mehr. Vollkommen panisch hämmerte ich gegen die Wände und die Tür, Tränen liefen über mein Gesicht und ich schrie immer wieder seinen Namen.

Plötzlich ging das Licht an und der Riegel wurde zur Seite geschoben. Die Tür öffnete sich und so schnell ich konnte, schoss ich aus meinem Gefängnis und prallte direkt an seinen Körper.

»Oh Gott, oh Gott, oh Gott«, jammerte ich und klammerte mich fest an ihn.

»Hey. Schon gut«, sagte er mit leiser beruhigender Stimme, kniete sich vor mich und schloss seine Arme schützend um mich. Mir war, als würde er mich dabei hin und her wiegen, fast, als wäre ich ein kleines Kind.

Ich schluchzte und heulte in sein T-Shirt. Und ich wunderte mich darüber, wie so eine harmlose Situation in eine extreme umschlagen konnte. Irgendwann, als ich mich wieder beruhigt hatte, erhob er sich.

»Schick mich nicht wieder da rein, bitte!«, winselte und bettelte ich.

»Du hast es schon länger ausgehalten, als ich gedacht hätte«, sagte er, erhob sich und legte sich ins Bett.

»Komm.« Er klopfte mit seiner Hand neben sich und dankbar legte ich mich zu ihm.

Dummerweise war er Kontaktschläfer, was ich nun so überhaupt nicht aushalten konnte. Und während er sich an mir festklammerte, kurz zusammenzuckte, bevor er ins Land der Träume abrutschte, wünschte ich mich für einen kleinen Moment wieder in meinen Sarg, zu Engelchen, Teufelchen und Jared Leto. Ja notfalls würde ich auch den restlichen Trupp aushalten.

Ich beschloss, mich aus seiner Umklammerung zu lösen, was nicht funktionierte. Und so ergab ich mich meinem Schicksal und ließ es zu, eine Nacht mit einem kleinen Klammeräffchen zu verbringen. Und mit dem Gedanken daran, dass ich Nähe brauchte, wenn ich keine bekam, aber Nähe ablehnte, wenn ich sie erhielt, sank ich in einen traumlosen Schlaf.

6

DER MORGEN
DANACH

Zieh die Reißleine!‹

Ich bemerkte, wie ich erwachte. Sonnenstrahlen schoben sich in den Raum.

›Wirf den Anker!‹

Ich gähnte.

›Geh!‹, rief mein Engelchen.

Ich orientierte mich kurz und die Erinnerung an gestern Abend und vor allen Dingen an die Nacht kam wieder zurück.

›Mach so nicht weiter!‹, wetterte mein Engelchen.

›Hey ganz cool. Es ist doch alles geil. So wie sie es immer wollte‹, konterte mein Teufelchen.

Ich grübelte, während ich Dave zusah, wie er schlief. Er sah so friedlich aus.

›Sieh zu, dass du wegkommst, bevor es zu spät ist!‹, warnte mich mein Engelchen weiter.

War es wirklich so gefährlich, was ich da trieb? War es nicht die Erfüllung meiner Wünsche und Bedürfnisse, für die ich auch noch Geld bekam? Erfüllt von einem mir sehr lieben Menschen, den ich schätzte, den ich mochte, ja in den ich irgendwie wohl auch ein bisschen verliebt war?

Ich konnte jederzeit aussteigen. Ich konnte jederzeit unsere Geschäftsbeziehung beenden. Dave hätte vollstes Verständnis dafür, da war ich mir sicher. Ich war überzeugt davon, natürlich würde ich das können! Es wäre nicht die erste Geschäftsbeziehung, die ich beenden würde.

›Du bist längst auf dem Weg in eine Sucht‹, sagte mein Engelchen besorgt und blätterte in einem Buch, das den Titel *Suchtkranke – und wie man ihnen hilft* trug. Das irritierte mich.

Konnte SM zur Sucht werden? Dass es eine Sexsucht gab, wusste ich spätestens, seit Michael Douglas sich diesbezüglich in der Regenbogenpresse geoutet hatte, aber eine SM-Sucht?

Das klang so weit hergeholt. Konnte ein Mensch süchtig machen, ohne dass man direkt von ihm abhängig war? Ich war nicht der Typ, der sich von Menschen abhängig machte. Oder doch? Welche Abhängigkeit sollte das schon sein, was sollte an Dave so abhängig machen?

›Beende es! Du bist auf dem besten Weg, dich abhängig zu machen von ihm‹, betonte mein Engelchen.

Ach was! Ich konnte es jederzeit beenden. Wenn es sein musste, gleich jetzt und sofort!

Dave rührte sich und schloss seine Arme um mich. Sein Gesicht vergrub er in meinen Haaren und atmete tief ein.

Gut, man musste es ja nicht jetzt gleich beenden, aber wenn es nötig sein würde, wäre ich die Erste, die gehen würde.

Und ich bemerkte nicht, wie mein Engelchen in mir die Hände über dem Kopf zusammenschlug, denn ich drehte mich um und sah Dave zu, wie er aufwachte.

»Guten Morgen«, brummte er schlecht gelaunt.

Na das konnte ja heiter werden. Ein Morgenmuffel und damit eine ganz besondere Herausforderung für mein sonniges Gemüt.

»Guten Morgen«, flötete ich und lächelte ihn an.

Er wühlte sich wieder in die Kissen und stöhnte.

»Ich hoffe, du hast gut geschlafen. Heute soll es schönes Wetter geben, die Sonne lacht jetzt schon vom Himmel. Was wollen wir denn heute machen?«

Ich war, im Gegensatz zu anderen, eine regelrechte Plaudertasche, egal zu welcher Tages- und Nachtzeit.

»Grmlbrm«, war alles, was er von sich gab.

»Wie wäre es, wenn wir gleich schön etwas frühstücken gehen und danach vielleicht eine kleine Hafenrundfahrt machen, damit du das auch mal siehst?«

Er kannte zwar Hamburg, hatte mir aber, zu seiner eigenen Schande, erzählt, dass er noch nie eine Hafenrundfahrt mitgemacht hatte. Ich fand, dass ich das nicht durchgehen lassen konnte, und wollte ihn auf die Elbe zerren.

Eine Hand schlug nach mir, verfehlte mich knapp.

»Klappe«, brummte er mich an.

»Die Hafenrundfahrt wird auf jeden Fall sehr lustig. Wird dir gefallen. Und bei Bedarf könnte ich dich in die Elbe schubsen und dich abkühlen.«

In diesem Moment stand er auf und seufzte genervt. Er ging zu einem der Schränke, öffnete ihn und kramte etwas heraus. Dann kam er zu mir zurück und ehe ich mich versah, hatte ich einen absolut schrecklich aussehenden Knebel in meinem Mund.

»Besser«, seufzte er und kuschelte sich wieder in seine Bettdecke.

Ich saß missmutig neben ihm.

Eigentlich müsste ich ihn jetzt fesseln und kleine Trichter an seinen Ohren anbringen, damit er meinem Redezwang ausgeliefert war. Blöde Rollenverteilung aber auch. Wäre ich hier diejenige, die das Sagen hätte, dann müsste er mir jetzt zuhören und es wäre ihm verboten, mich dumm von der Seite anzupöbeln. Ich würde ihn sogar zwingen zu lächeln! Und zu nicken! Und natürlich müsste er glücklich sein, anders dürfte er gar nicht in meine Nähe!

Da lobte ich mir Patrick. Der war zwar keine Plaudertasche, denn zwei davon in einer Beziehung, das würde nicht gut gehen, aber er schaffte es immerhin, mit offenen Augen zu schlafen und mir so das Gefühl zu geben, er würde mir zuhören. Außerdem hatte er sich die »lächelnde Wackeldackelmethode« bis zur Perfektion antrainiert, selbst um drei

Uhr nachts konnte er mir das Gefühl vermitteln, voll für mich da zu sein. Das war ein Frauenversteher, nicht dieser Tölpel, der hier neben mir lag und gerade wieder einen monotonen Schnarcher von sich gab.

Der Knebel im Mund beschäftigte mich nicht nur mental, sondern auch körperlich. Zum einen sah er weder hübsch aus, denn wer sieht schon mit einem roten Ball im Mund hübsch aus? Das schafft nicht mal das gegrillte Schwein. Zum anderen konnte ich schwer schlucken.

Ich schaffte es zwar, durch Zurücklegen des Kopfes zumindest einen Teil des Speichels in den Rachen zu befördern, allerdings war das keine langfristige Lösung und nach einiger Zeit tropften auch schon die ersten Speichelfäden hinab, die ich mit meiner Hand abfing.

Neben mir drehte sich der Morgenmuffel um seine eigene Achse, selbstverständlich ohne jegliche Muße, mich aus meiner misslichen Lage zu befreien. Da ich aber ungern in einem nassen Bett lag, beschloss ich, die Speichelreste mit meinen Händen auf seiner Bettdecke zu verteilen. Immerhin war er es ja auch gewesen, der mir dieses blöde Ding verpasst hatte. Und auf dem nassen Fleck lag doch schon seit jeher der Verursacher. Und so sabberte ich vor mich hin und jede Ladung versuchte ich dezent an seiner Bettdecke abzuwischen. Ich hielt das an diesem Morgen für eine gute und gerechte Idee. So als Verfechterin der Augenhöhe.

Irgendwann war dann auch der Muffel neben mir wach und ich erfreute mich an seinem Anblick. Ich selbst musste auf ihn ziemlich belämmert wirken, denn ich hatte das Gefühl, dass er Mitleid mit mir hatte. Ähnliches Mitleid wie mit einem kleinen Hund, der angeleint und traurig vor einem Supermarkt auf seinen Zweibeiner warten musste. Um dem Ganzen noch die Krönung zu geben, tätschelte er mir den Kopf.

»Mach dich nützlich, mach Kaffee«, motzte er mich an.

Ich war denkbar ungeeignet, um trinkbaren Kaffee zu machen, denn mein Kaffee regte entweder an, weitere Stunden im Bett zu verbringen, oder aber auch, selbiges sofort und auf der Stelle für die kommenden 24 Stunden zu verlassen, um dann wie ein Duracell-Hase durch die Gegend zu hüpfen.

Dave konnte das nicht wissen, und ich konnte es ihm auch nicht vermitteln. Mit einem unhöflichen Tritt beförderte er mich aus dem Bett und ich ging in die Küche und suchte alles zusammen, was man für einen Kaffee benötigte, und braute drauflos.

Während die Maschine vor sich hin gurgelte, dankte ich Gott für die Erfindung einer besseren Maschine, nämlich jener, die bei uns zu Hause stand und in die ich lediglich vorgefertigte Pads einlegen musste, etwas Wasser in einen Behälter füllte und schließlich auf den einzigen Knopf drückte, den das Ding hatte. Danach brauchte ich nur noch Zucker und/oder Milch, Letztere gab es ebenfalls in Pads, und der Kaffee war fertig und perfekt. Und keiner konnte sich darüber beschweren.

Ich angelte in den Schränken nach zwei Kaffeebechern, denn solidarisch wie ich war, wollte ich einen Kaffee mittrinken. Wie genau das aussehen sollte, wusste ich allerdings noch nicht. Vielleicht sollte ich mir das Gesöff einfach intravenös spritzen. Der Effekt wäre wahrscheinlich derselbe.

Da ich nicht wusste, wie der gnädige Herr Morgenmuffel seinen Kaffee trank, wühlte ich nach Zucker und Kondensmilch. Beides fand ich im Schrank, glücklicherweise nicht abgelaufen, also ab damit an den Nachttisch.

Als ich an seinem Bett vorbeiging, griff er schläfrig nach meiner Hand.

»Du keinen Kaffee. Es reicht, dass du als Kind in den Kaffeebottich gefallen bist«, nuschelte er und grub sein Gesicht wieder ins Kissen.

Na wir sind ja puppenlustig heute Morgen, dachte ich.

Gut, für mich war das kein Drama, ich benötigte keinen Kaffee und so stellte ich meinen Becher wieder zurück in den Schrank. Als die Brühe fertig war, brachte ich seine volle Tasse und einen Löffel zu ihm und stellte alles auf seinem Nachttisch ab. Dann stieg ich wieder zu ihm ins Bett und sabberte dort weiter vor mich hin.

Der Knebel nervte mich zusehends. Zum einen, weil ich mein wichtigstes Werkzeug nicht nutzen konnte, zum anderen, weil es nur bei Kindern niedlich aussah, wenn sie sabberten. Erwachsene Menschen, denen die Speichelfäden aus dem Mund liefen, waren mir suspekt, es sei denn, sie befanden sich bereits im Altenheim.

Müde und mit kleinen Augen setzte er sich auf, goss sich Kondensmilch in seinen Kaffee, nahm einen Schluck und verzog das Gesicht. Er sah mich an und ich versuchte, wenn schon nicht mit dem Mund, ihn mit meinen Augen anzustrahlen. Möglichst unschuldig, denn mein Name war Hase.

Tapfer nahm er einen weiteren Schluck und ich beobachtete ihn genau dabei, ob er selbigen nicht wieder zurücklaufen ließ.

»Danke für den Kaffee«, sagte er. »Er schmeckt ... sehr gut.«

›Lügner! Der lügt dich glatt an‹, rief mein Engelchen empört.

Schließlich stellte er seine Tasse zur Seite und nahm mir endlich diesen hässlichen Knebel aus meinem Mund. Ich knackte kurz mit meinem Kiefer, um zu prüfen, ob noch alles am richtigen Platz war.

Nein, Knebel waren definitiv nichts für mich. Und irgendwie fand ich, hatte man nach einem Knebel immer einen kleinen Pelz auf der Zunge.

»Noch gut geschlafen?«, fragte er mich.

»Ja doch. Danke der Nachfrage. Und selbst?«

»Ich hatte erwartet, dass du dich früher bemerkbar machen würdest.«

»Wie spät war es denn, als ich … durchdrehte?«

»Vier Uhr.«

Irgendwie war ich stolz auf mich, obwohl ich ja eigentlich nichts geleistet hatte. Freiwillig brachte mich in diesen Sarg jedenfalls niemand mehr.

Ich hüpfte aus dem Bett und direkt ins Badezimmer, um mir die Zähne zu putzen. Ich wollte diesen Pelz von meiner Zunge loswerden und natürlich auch den typischen nächtlichen Mundgeruch und -geschmack.

Als ich mit meiner morgendlichen Toilette fertig war, huschte ich wieder zurück ins Bett. Mister Schnarchnase lag zwar auf seinem Kissen, aber seine Augen waren offen und zeigten mir, dass er hellwach war.

»Woran denkst du?«, fragte ich und im nächsten Augenblick ärgerte ich mich über diese Frage, denn sie gehörte zu jenen Fragen, die man besser nie stellte. Die Antwort darauf konnte Scheidungen auslösen.

Nun, er wäre nicht Dave, wenn er nicht auch hier offen und ehrlich und herzerfrischend antworten würde: »An meine Frau.«

Ich glaubte, das Knarren des Tors, aus dem der Zonk herausspazierte, zu hören.

›Der liegt mit dir im Bett und denkt an seine Frau? Blas ihm doch mal sein Hirn frei‹, rief mein Teufelchen, und an sich fand ich diese Idee richtig gut.

Und so fing ich an, ihn zu befummeln, wanderte weiter nach unten und zog ihm seine Shorts aus. Sein Shirt zog er sich selbst aus und dann griff er auf den Nachttisch, nahm ein Kondom und reichte es an mich weiter.

Und ja, ich blies ihm sein Gehirn frei.

Er fing relativ schnell an zu stöhnen und sein Schwanz stand wie eine Eins. Blasen gehörte zu den Praktiken, die in meinen Augen nur dann Spaß machten, wenn zum einen der Schwanz gut in den Mund passte und man keine Kiefersperre davon bekam und zum anderen, wenn es dem Mitspieler auch sichtlich Spaß machte.

Seine Hand legte sich auf meinen Kopf, er griff in mein Haar und presste mein Gesicht kräftig in seinen Schoß. Eine Geste, die ich liebte und mir das Gefühl gab, dass ich jetzt nicht mehr wegkonnte. Speichel lief an dem Kondom entlang direkt in seinen Schoß.

Er keuchte hörbar.

»Ich dachte, du wolltest frühstücken?«, stöhnte er.

»Tu ich doch!«, lachte ich verschmitzt und leckte mit meiner Zunge über seinen Schaft.

Irgendwann schob er mich weg, packte mich am Hals und zog mich nahe an sein Gesicht. Relativ schnell saß ich auf ihm und er genoss, was ich da veranstaltete. Ich ritt auf ihm und spürte seine Hände an meinem Becken.

Nach einer Weile zog er mich zu sich und rollte sich auf mich. Und er mühte sich tatsächlich ab, nur für mich, damit ich einen Höhepunkt erlangen konnte. Ich spürte seine Stöße, berührte seinen Bauch, sein Gesicht, klammerte mich an seine starken Arme. Und schließlich gelang es mir zu kommen, offenbar gerade richtig, denn auch er war auf der Zielgeraden.

So ein Orgasmus am Morgen vertrieb mir Kummer und Sorgen.

7.

EINE ANDERE LIGA

W eißt du, womit du mir eine große Freude bereiten würdest?«, fragte er mich und schlang seine Arme von hinten um meine Taille.

Wir waren direkt nach dem gemeinsamen Frühstück zum
Hamburger Hafen gefahren und warteten nun darauf, dass
wir auf das kleine Ausflugsbötchen gehen konnten, das uns
eine kleine Rundfahrt bescheren sollte.

Ich zuckte mit den Schultern.

»Rate mal. Ich will wissen, ob du von selbst darauf
kommst.«

Ach Junge, was willst du von mir? Ich weiß was, was du
nicht weißt? Wie soll ich denn darauf kommen?, dachte ich.

Und weil ich mir nicht zu helfen wusste, packte ich meinen
unverbesserlichen Humor aus.

»Wenn ich hier jetzt ins Wasser springe und beim Miss-Wet-
T-Shirt-Wettbewerb gewinne?«, unkte ich.

»Ah nicht ganz. Aber auch eine sehr gute Idee.«

»Gegenfrage: Womit hat es zu tun?«, fragte ich.

Woher sollte ich denn wissen, was der Kerl sich wünschte?
Ich wünschte mir viel, wenn der Tag lang war. Strahlenden
Sonnenschein, wenn es regnete. Regen, wenn es zu heiß war.
Ein nettes und artiges Kind, wenn meins mal wieder einen
Tobsuchtsanfall bekam. Ein neues Auto, wenn mein Karli
wieder muckte. Eine Idee für den perfekten Mord, wenn mein
Partner doch mal unerträglich war.

»Na mit unserer Beziehung natürlich. Wenn ich das so sagen darf?«

Und er schien tatsächlich auf eine Antwort zu warten. Nicht
nur auf seine erste Frage, sondern auch auf die zweite.

›Beziehung! Er hat es tatsächlich benutzt, dieses Wort!‹, rief
mein Teufelchen aufgeregt.

Mein Engelchen hatte einen entsetzten Gesichtsausdruck.

›Wie stellt er sich das vor, eine Beziehung?‹, flüsterte es entgeistert meinem Teufelchen zu.

Mein Teufelchen zuckte mit den Schultern und beiden stand die Fassungslosigkeit ins Gesicht geschrieben.

Bedeutete Beziehung nicht, dass jeder am anderen zog? Gut, das mag stimmen, er zog immerhin häufig an meinen Haaren oder anderen Körperteilen. Und wenn man bösen Zungen Glauben schenken mochte, dann zog ich ihm ja auch das Geld aus der Tasche. Doch ja, unter diesem Aspekt hatten wir sicherlich eine Beziehung.

Ich bezog mich nun auf seine erste Frage.

»Hm, lass mich raten: Du willst wieder passiv sein und ich soll dich so richtig schön vertrimmen, bis dir das Blut aus der letzten Pore spritzt?«

Er lachte laut auf und schüttelte dabei den Kopf.

»Nein.«

Dann kam er ganz nah an mein Ohr. Ich konnte seinen Atem spüren.

»Meine Frau …« Da war er wieder, der Zonk mit seiner schrecklichen Fanfare. »Du und ich …«

»Bitte alle einsteigen, die Hafenrundfahrt geht gleich los, nech?«, brüllte mir Norbert, der Kapitän des Kahns, direkt ins Ohr, sodass Daves Satz sich im Lärm des Hafens und der hamburgisch sprechenden Leichtmatrosen verlor. Mein Teufelchen wippte ungeduldig mit dem Fuß.

Wir gaben unsere Tickets ab und sprangen in das kleine Boot, welches gerade direkt vor uns angelegt hatte. Ob man auf solchen Booten einen vorwitzigen Touristen über die Reling in die Elbe schubsen durfte? Dann müsste ich ihm nun nicht erklären, dass es einen Dreier in der Konstellation wahrscheinlich nie geben würde. Was sollte ich mit seiner Frau? Kurz dachte ich an den Film *Der Schuh des Manitu*. Jene Szene, in der Santa Maria der netten Uschi erklärte: »Vielleicht nehme ich dich zu meiner Frau.« Und die gute Uschi erwiderte: »Was soll ich denn bei deiner Frau?«

Ich wusste doch noch nicht mal, ob ich sie mögen würde, und bis dato, so musste ich eingestehen, waren meine Sympathien ihr gegenüber sehr gering. Hinzu kam, dass seine Frau dominant war und ich mit dominanten Frauen, wenn ich selbst die passive Rolle übernehmen sollte, absolut nichts anfangen konnte.

Wir nahmen am Ende des Bootes Platz und er legte wie selbstverständlich seinen Arm um meine Schultern und zog mich an sich. Ich konnte ihn riechen, ihn spüren und ich genoss seine Zuwendung. Ich hatte das Gefühl, zu ihm zu gehören. Eine Zusammengehörigkeit, die mir Sicherheit gab. Sicherheit, dass er auf mich aufpasste.

›Na klar passt er auf dich auf. Und wenn ihr einen Eisberg rammen solltet, dann wird er dafür sorgen, dass du in ein Rettungsboot kommst‹, erklärte mein Teufelchen eigenartig verklärt.

›Hier gibt es keine Eisberge!‹, erwiderte mein Engelchen lakonisch und fuchtelte dabei heftig mit den Armen.

Dann ging die Hafenrundfahrt los.

Wenn es etwas gab, was man sich ansehen musste, wenn man in Hamburg war, dann war es der Hafen. Ich liebte Hafenrundfahrten. Manches Mal fuhr ich auch alleine eine kleine Runde, aber meistens machte es zu zweit, zu dritt, zu viert wesentlich mehr Spaß.

»Spricht deine Frau eigentlich deutsch?«, fragte ich.

Er nickte.

»Zwar nicht fehlerfrei, aber sie kann es. Bevor wir Kinder hatten, war sie für dieselbe Firma unterwegs, für die ich arbeite.«

»Und jetzt?«

Erstaunt sah er mich an, legte dann die Stirn in Falten.

»Sie ist selbstverständlich zu Hause und kümmert sich um die Kinder.«

»Und wie lange?«

Ich war Österreicherin, ich war mal alleinerziehende Mama gewesen. Die wenigsten Frauen, die ich kannte, gingen in ihrer Mutterrolle so auf, dass sie für immer und ewig zu Hause blieben.

»Bis die Kinder groß sind.«

»Na das ist aber ganz schön lange.«

Jetzt runzelte er erneut die Stirn.

»Eine Mutter gehört nach Hause zu ihrem Kind«, erklärte er.

Na da saß er ja gerade neben der Richtigen, mit diesen hinterwäldlerischen Ansichten. Tolles Ding, so ein schöner Tag, und schon bahnte sich Streit an.

»Na ja, aber auch das Kind hat irgendwann das Gesicht der Mutter satt und will andere kennenlernen.«

Doch ich hatte keine Chance, egal welche Argumente ich anbrachte. Er war felsenfest davon überzeugt, dass eine Mutter nicht arbeiten gehen sollte. Dass er mir mit dieser Aussage mehr oder minder eine verbale Ohrfeige verpasste, schien er entweder nicht zu bemerken oder es war ihm egal. Denn immerhin war ich Mutter und saß hier neben ihm, um zu arbeiten.

»Und wenn sie arbeiten möchte?«

»Dann müsste sie mich um Erlaubnis fragen und wir würden sehen, was möglich wäre.«

Und ein weiteres Mal klappte meine Kinnlade runter.

»Dich fragen? Das ist nicht dein Ernst, oder?«

Ich lachte, wobei das Lachen unsicher war. Ich realisierte, dass er es tatsächlich ernst meinte. Ich kannte nun die portugiesischen Sitten so ganz und gar nicht, war aber davon ausgegangen, dass dieses Land mittlerweile auch im Heute angekommen war.

»Ich weiß, dass es in deiner Familie anders ist. Aber bei uns ist es so«, erwiderte er und seine Aussage ließ eigentlich keinen Widerspruch zu.

»Aber eben weil du weißt, dass es auch anders laufen kann, solltest du doch deine Meinung überdenken und vielleicht revidieren.«

»Unterstellst du mir gerade, dass ich nicht denke?«

›Sharon pass auf! Halt die Klappe‹, rief mein Engelchen.

Es hieß nicht umsonst, dass man über Politik und Religion nicht diskutieren sollte. Und offenbar auch nicht über familiäre Angelegenheiten.

»Nein natürlich nicht.«

Ich bemerkte, dass ich mit seiner Frau irgendwie Mitleid hatte, obwohl ich gar nicht wusste, ob sie überhaupt arbeiten wollte oder nicht.

»Wenn sie arbeiten möchte, muss sie mich fragen. Verstanden?«

Ich riss die Augen auf, denn er hatte mich in einem Ton angeherrscht, als wäre seine Frau persönlich bei mir gewesen und hätte mich um Rat gefragt.

»Ist gut, ich wollte dir nicht zu nahe treten. Tut mir leid«, lenkte ich ein.

Eine Diskussion mit einem aufbrausenden Portugiesen mitten auf einem Boot umgeben von Wasser war vielleicht keine kluge Idee. Und gerade wir Sadomasochisten schreiben uns doch immer so nett auf die Fahnen, tolerant zu sein. Also packte ich all meine Toleranz aus und versuchte, sie ihm entgegenzubringen.

Den Rest der Rundfahrt verbrachten wir schweigend und hörten der Stimme aus dem Mikrofon zu, was sie uns über Hamburg zu erzählen hatte. Vor allem die kleine Reise durch die Speicherstadt war immer wieder aufs Neue faszinierend. All diese Kanäle und Brücken und die vielen geschichtsträchtigen Ereignisse, die sich dort abgespielt hatten. Ich stellte mir gerne die Geschäftigkeit früherer Zeiten vor, als die Menschen noch keine Maschinenkraft nutzen konnten, die Schiffe noch in mühsamer Handarbeit beladen wurden und Reisen in ferne Länder viele Wochen dauerten.

Die Aufregung der Familienmitglieder, die bei der Abfahrt der Schiffe am Hafen versammelt den Reisenden zum Abschied winkten, um sich dann auf eine lange Wartezeit einzurichten, ehe sie die Liebsten wieder in ihre Arme schließen konnten. Und all der Schmerz und das Leid, welche diese Zeit auch mit sich brachte, weil eben die Uhren anders tickten und die Risiken andere waren.

Nach etwa 45 Minuten waren wir wieder an Land und beschlossen, an den Elbstrand zu fahren, um dort den sonnigen Tag am Strand zu genießen. So fuhren wir mit der kleinen Muschifalle zum Leuchtturm in Blankenese. Schnell hatte ich die Picknickdecke ausgebreitet und wir genossen unseren Nachmittag in der Sonne. Es passierte nichts mehr und ich war froh darüber, den Tag in aller Ruhe mit einem verdienten Eis auf einer Decke zu verbringen. Ich betrachtete Dave gerne und auch er schien mich gerne anzusehen.

Wie selbstverständlich berührte und streichelte er mich und ich ihn. Wir alberten herum und ab und zu kniff er mich oder packte mich im Nacken, um mir meine Position ihm gegenüber zu zeigen. Keiner um uns herum ahnte etwas von unserer Rollenverteilung, die auch hier immer noch galt, und mich reizte diese Tatsache. Dieses kleine »Mehr-Wissen«, das wir hatten.

Ich erfuhr, dass Dave seine geringe Freizeit in Portugal damit verbrachte, sich für Arme und vor allem für deren Kinder zu engagieren. Die Armut schien in Portugal extremer zu sein als bei uns, sodass es durchaus Kinder gab, die kaum Perspektiven hatten in ihrem Leben. Dave engagierte sich im Rahmen eines Vereins dafür, dass diese Kinder lesen und schreiben lernten, und wenn er Zeit hatte, besuchte er sie im Zentrum und organisierte Fußballspiele.

Wieder einmal überraschte er mich, denn er wirkte oft so geschäftlich, kalkulierend und unterkühlt. Er stieg in meiner Sympathieskala weit nach oben. Ich selbst setzte mich auch für karitative Zwecke ein und schätzte es, wenn andere Menschen mehr als nur Geld investierten, um zu helfen.

Ich nickte anerkennend und lauschte seinen Erzählungen, während ich mir vorstellte, wie er kickend durch die Meute Halbstarker rannte und sich mit ihnen freute, wenn sie einen Meilenstein in ihrem Leben erreicht hatten. Ein schöner Gedanke, der Dave für mich in ein anderes Licht rückte.

Wahrscheinlich ging es ihm nicht anders als mir. Der Beruf »Domina« gehörte zu jenen, die mit Vorurteilen nur so gespickt waren. Oftmals wurden wir als »geldgierige Nutten« verschrien, die den Job eiskalt und nur wegen des Geldes machten und die Männer und deren Sexualität ausnutzen würden. Er hatte mir gegenüber nie Derartiges verlauten lassen, aber dennoch war mir klar, dass kaum ein Mensch vorurteilsfrei ins Rotlichtmilieu, zu dem eben auch mein Beruf gehörte, reinmarschierte. All die schlimmen Geschichten über

Frauenhandel, erzwungene Prostitution, Zuhälterei, Drogen und Gewalt ließen ein einseitiges Bild meines Berufs entstehen. Wer würde denn freiwillig fremde Männer, die nun nicht allesamt überdurchschnittlich attraktiv waren, an sich ranlassen? Eben, das ging natürlich nur, wenn da ein Zuhälter war, der dazu zwang. Oder das Geld stimmte.

Oft wurde bei all den Vorurteilen vergessen, dass auch Sexworker nicht gefühllos waren. Im Gegenteil, die meisten waren normale Menschen mit einem normalen Alltag, mit Verpflichtungen wie Wohnung, Partner, Kinder, Haustiere und allem, was sonst noch zum Leben gehörte. Und auch das erwirtschaftete Geld war relativ, wenn man mal klar nachrechnete, was so eine Domina eigentlich unterm Strich verdiente.

Und doch spielte ich gerne mit den Vorurteilen, denn ich hatte es satt, ständig zu erklären, dass dem nicht so war. Außerdem waren manche Vorurteile hilfreiche Schutzmechanismen. Ich hatte niemals weder zugegeben noch abgestritten, einen Zuhälter zu haben. Die Tatsache, dass mein Gegenüber nicht sicher war, ob da ein dicker, tätowierter Mann mit Kampfhund in der Küche saß, gab mir die Sicherheit, auch alleine im Studio zu agieren. Ich konnte jene Kolleginnen, die voller Überzeugung erzählten, sie hätten keinen Zuhälter, nicht verstehen.

Natürlich war klar, dass Dave wusste, dass ich keinen Zuhälter hatte. Aber das war selbstverständlich etwas ganz anderes.

›Hätte er dich umbringen wollen, hätte er es sowieso längst gemacht‹, zwitscherte mein Engelchen, während es seinen Heiligenschein mit einem blauen Tuch polierte.

›Außerdem müsste er danach auch noch ihre Klappe extra totschlagen, damit endlich Ruhe im Karton ist. Und das schafft

keiner‹, erwiderte mein Teufelchen und füllte das Kreuzwort-
rätsel in seinem Höllenmagazin aus.

Schließlich brachte Dave mich abends wieder zurück an
jene Stelle, wo wir uns am Tag zuvor getroffen hatten. Er hob
meinen Trolley und mein kleines Köfferchen aus dem Auto.
Außerdem drückte er mir einen Umschlag in die Hand, den
ich sofort in einer Außentasche verschwinden ließ. Ich wollte
diesen Umschlag gar nicht. Danach umarmte er mich und flüsterte mir ins Ohr, dass er sich melden würde.

Samstagmorgen hatte mich ein Gast abgeholt. Sonntagabend hatte mich ein Freund verabschiedet. In nur zwei Tagen
hatte sich meine Sicht auf ihn erneut verändert. Die Schmetterlinge in meinem Bauch wurden intensiver. Ich fragte mich,
warum ich mich ausgerechnet darauf eingelassen hatte.

Die Struktur war klar. Unsere Basis war SM, nichts anderes.
Unsere Basis war unsere Verabredung. Alles, was wir darüber hinaus austauschten, war einfach nur ein kleiner Bonus,
der unnötig wäre, denn an unserem Miteinander würde sich
nichts ändern, egal was er erzählte. Ich war mir sicher, dass er
unser Beisammensein egoistisch als Geschäftsbeziehung sah.
Als etwas, das er sich kaufte. Er bezahlte dafür und bekam,
wofür er bezahlte.

Der Gedanke daran, dass er so denken könnte, verletzte
mich. Ich wollte etwas Besonderes für ihn sein. Ich überlegte,
ihn danach zu fragen. Ob das so klug war? Wie sollte die Frage aussehen?

Hör mal, bin ich für dich auch was Besonderes?, sinnierte
ich.

Was sollte er denn darauf sagen? Es war doch klar, dass
er Ja sagen würde, egal ob er es so meinte oder nicht. Er war
nicht dumm, er wüsste, was in mir passieren würde, würde er

Nein sagen. Er wusste, dass ich auf das Geld nicht angewiesen war und ihn problemlos zum Teufel schicken könnte.

Ich beschloss, ihn nicht zu fragen. Aber ich beschloss auch, diese Gedanken weiter wegzuschieben. Ich sah ihm noch hinterher, als er in seinem Porsche die Straße entlangfuhr, in Richtung Autobahn. Und als er aus meinem Sichtfeld verschwunden war, begann ich ihn zu vermissen. Träumend stand ich am Straßenrand.

›Sharon, aufwachen!‹, rief mein Engelchen.

›Lass sie doch träumen.‹ Mein Teufelchen schaukelte lässig in einer Hängematte.

›Siehst du nicht, was hier passiert?‹, rief mein Engelchen.

›Was soll schon passieren? Sie ist verliebt‹, konterte mein Teufelchen.

In diesem Moment stürzte sich das Engelchen auf das Teufelchen und verpasste ihm links und rechts ein paar Ohrfeigen.

›Das ist gefährlich!‹, rief es dabei immer wieder.

Wie gefährlich war es, sich das Unerreichbare zu wünschen? Logisch gedacht, war alles klar. Er bezahlte mich für meine Dienste, die mir glücklicherweise auch noch Spaß bereiteten. Ich nahm das Geld und die Lust herzlich gerne und fand ihn auch noch sehr nett.

Wenn Liebe logisch wäre, dann würde es sie nicht geben.

Aber konnte das Liebe sein? War das möglich?

Ich stand gerade massiv zwischen mir selbst. Ich seufzte.

›Wie stellst du dir das vor?‹, fragte mein Engelchen.

Tja, gute Frage. Wie stellte ich mir das vor, vor allem ab dem Zeitpunkt, wo ich kein Geld mehr nehmen würde?

Dass ich als Geliebte eines Menschen endete, der alle paar Monate mal für ungewisse Zeit in Hamburg weilte? Der mich vielleicht mochte und begehrte, aber der sich garantiert keine

Gedanken um mich machte? Ein Mann, der eine Frau hatte, die er sichtlich sehr liebte? Wo ich immer den letzten Platz in der Schlange haben würde?

Ich schnappte meine Koffer und gerade, als ich mich umdrehte, sah ich zwei Gestalten auf mich zukommen. Und unwillkürlich musste ich lachen.

Meine Tochter.

Wie groß sie doch schon war. Wie schnell die Zeit vergangen war. Und Patrick, der mir entgegenkam. Unsere Blicke trafen sich und in meinem Bauch mischte sich das Gefühl von Liebe mit dem eines schlechten Gewissens. Denn nicht nur Dave hatte eine Frau, die er liebte. Auch ich hatte einen Partner, den ich liebte. Ich würde ihn wahrscheinlich verletzen, wenn ich mir nun einen zweiten Mann angelte, den ich offenbar mehr begehrte als ihn.

»Mama!«, rief mein Töchterchen und rannte direkt in meine Arme. »Ich hab dich so vermisst. Kaufst du mir ein Eis?«

Das war mein Kind. Charmant und offen und immer für Eiscreme zu haben. Ich strich ihr zärtlich übers Haar, während Patrick mir einen Kuss auf die Lippen drückte. Gemeinsam liefen wir zur nahen Tankstelle und kauften ein Eis. Danach spazierten wir wieder zurück und ich war dankbar, dass mein Liebster keine Fragen stellte. So musste ich keine Antworten geben, denn die wusste ich gerade selbst nicht.

Patrick legte seinen Arm zärtlich um meine Hüften und kniff mich leicht. Ich kuschelte mich an ihn. Obwohl wir eine offene Beziehung hatten, fühlte ich mich schuldig. Ich wusste nicht genau warum, denn unsere Spielregeln waren geklärt und ich hatte sie nicht gebrochen.

Lange schwieg er und ich genoss seine Nähe, während wir gemeinsam zurück in unser Haus gingen. Später am Abend rief er mich zu sich. Er nahm mich fest in seine Arme, sog den Duft meiner Haare ein.

»Ich liebe dich«, flüsterte er leise.

Ich kannte das. Es war der Auftakt zum Sex. Patrick begann immer zärtlich und liebevoll. Er war diesbezüglich berechenbar. Anders als Dave.

»Ich liebe dich auch«, nuschelte ich in seine Brust. Ich fragte mich, ob ich gerade Lust hatte. Ob ich Lust hatte, mit Patrick zu schlafen?

Die Antwort darauf lautete Nein. Ich wollte Dave. Ich sehnte mich nach ihm. Dennoch rang ich mir ein Lächeln ab, als er mich von sich schob, mir die Haare aus dem Gesicht strich und mir direkt in die Augen sah. Dann nahm er mein Gesicht in beide Hände und küsste mich, lange und zärtlich.

Seine Hand wanderte weiter und relativ schnell hatte er mich aus meiner Kleidung geschält. Patrick verschwendete wenig Zeit dafür, mich auszupacken. Manchmal wünschte ich, er würde es zelebrieren. Er würde es genießen. Schon lange hatte ich aufgehört, mir schicke Unterwäsche zu kaufen, denn ich wusste genau, dass er so etwas nicht sah. Er riss es mir vom Leib, denn nackt war ich ihm am liebsten.

Instinktiv zog ich meinen Bauch ein. Selbst nach vielen Jahren der Beziehung hatte ich mir diese Eigenart nicht abgewöhnen können. Patrick sah mich nicht an. Er sah mich nie an, wenn ich nackt war. Er ging nie einen Schritt zurück, um mich zu betrachten, das Bild von mir und meiner Zerbrechlichkeit in sich einzusaugen.

Ich sehnte mich gerade nach einem Ende. Nach einem Ende dieser Situation zwischen uns. Ich wollte mich auf die Couch setzen, mir wie ein Teenie Musik in die Ohren dröhnen und in Erinnerungen schwelgen, das Wochenende noch einmal im

Kopf passieren lassen, anstatt mich mit Patricks Bedürfnissen auseinanderzusetzen.

Doch er bemerkte nichts von meinem Dilemma, sondern spielte zielsicher mit meinen Brustwarzen. Ich stöhnte leise auf, schloss die Augen. Sofort erschien Dave vor meinem inneren Auge. Ich riss die Augen entsetzt auf und erschrak.

»Alles okay«, nuschelte Patrick und küsste meinen Hals.

Ich entspannte mich und beschloss, die Situation zu genießen. Mich auf Patrick einzulassen.

Seine Hand wanderte zielsicher über meinen Körper. Er wusste genau, welche Knöpfe er drücken musste, um es richtig zu machen. Um mich zufrieden zu stimmen. Er schob mich auf die Couch und kniete sich vor mich. Bestimmend presste er meine Schenkel auseinander und begann, mich mit seiner Zunge zu verwöhnen. Ich wusste, dass er es genoss, mich derart zu verwöhnen. Ich selbst konnte dem wenig abgewinnen, ließ es aber über mich ergehen. Ich lehnte mich zurück, stöhnte.

›Genieß es‹, hörte ich eine Stimme. Es war nicht seine. Es war Daves!

Wieder erschrak ich.

»Schsch. Alles gut«, sagte Patrick und streichelte beruhigend meine Oberschenkel.

›Patrick wird es nicht bemerken, wenn du an Dave denkst, während du mit ihm fickst‹, flüsterte mein Teufelchen.

›Nein, das ist falsch. So etwas gehört sich nicht‹, winselte mein Engelchen.

Mein Teufelchen zauberte ein Lasso hervor und fing mein Engelchen damit ein. Er zerrte es zu Boden und ehe es weitere Einwände erheben konnte, war es auch schon außer Gefecht gesetzt.

Ich schloss die Augen.

›Genieß es. Genieß was er mit dir macht. Ich werde zusehen‹, flüsterte mein innerer Dave mir ins Ohr.

Ich spreizte meine Beine weiter auseinander und Patrick schob einen Finger in mich. Ich stöhnte auf.

›Fickt er dich auch schön?‹, fragte Dave.

»Ja«, keuchte ich.

»Ja?«, fragte Patrick.

Ich nickte.

Patrick schob einen weiteren Finger dazu und bewegte sie in mir, während er seine Zunge auf meinem Kitzler spielen ließ. Ich stöhnte laut, wand mich unter derartiger Zuwendung.

›Das magst du, nicht wahr?‹, fragte Dave.

»Ja«, stöhnte ich.

Patrick erhob sich, öffnete seine Hose.

Ich drehte mich um. Ich konnte ihm nicht in die Augen sehen, während ich an einen anderen Mann dachte. Das ging einfach nicht.

Patrick hielt kurz inne, beschloss dann aber, seinem Credo zu folgen und zu nehmen, was er von mir bekam. Er drang in mich ein, während ich über der Lehne der Couch hing und mir vorstellte, Dave stünde vor mir und würde mir ins Gesicht sehen dabei. Ich stellte mir vor, ich müsste ihn mit meinem Mund verwöhnen, während Patrick mich fickte.

Patrick bewegte sich zügig in mir. Immer wieder stieß er zu, brachte mich damit zum Schreien. Ich stellte mir vor, Dave würde mich ficken. Dave würde hinter mir knien und mich ficken. Patrick griff in mein Haar, zog meinen Kopf nach hinten.

›Du bist meine Schlampe‹, flüsterte mein innerer Dave mir zu.

›Meine Hure. Mein Mädchen‹, fügte er hinzu.

Patrick stöhnte.

»Oh bitte, bitte darf ich kommen?«, rief ich laut und deutlich.

»Nein«, sagte Patrick.

Ich kannte das schon. Er sagte immer erst Nein und sobald ich ein weiteres Mal fragte, sagte er Ja.

»Bitte«, flüsterte ich. »Bitte darf ich kommen?«

»Ja. Komm für mich«, sagte Patrick berechenbar.

›Du darfst kommen, mein Mädchen …‹, flüsterte Dave.

Patrick bewegte sich hart und fordernd, ich riss meine Augen auf und vor mir sah ich das Gesicht von Dave.

›Aber ruf meinen Namen dabei‹, flüsterte er immer wieder.

Ich schüttelte den Kopf, hielt mich zurück.

›Komm schon. Ruf meinen Namen!‹, forderte mich Dave auf.

»Nein«, rief ich.

»Komm«, befahl Patrick.

Ich stöhnte, ich schrie, ich kreischte panisch.

»Dave!«, schrie ich schließlich laut auf und erlebte einen intensiven Höhepunkt.

Patrick bewegte sich weiter, trieb sich ebenfalls auf die Spitze, während ich mit schlechtem Gewissen überlegte, ob ich Daves Namen gerade laut geschrien hatte oder ob ich mir das nur eingebildet hatte.

Patrick ließ sich erschöpft neben mir auf der Couch nieder. Er atmete schwer, während ich die Luft anhielt.

»Wow. Das war beeindruckend.«

Ich betrachtete ihn. Offenbar hatte ich den Befehl von Dave nur in meinen Gedanken umgesetzt. Erleichtert sank ich in die Arme meines Freundes und ließ mich von ihm streicheln.

»Darf ich denn fragen, wie dein Wochenende war?«, zerstörte er die idyllische Stille zwischen uns.

Ich seufzte.

»Ach es war ganz nett. Er ist schon ein netter Kerl. Und die Sessions waren schön mit ihm«, antwortete ich pauschal.

Das war auch nicht gelogen. Aber mehr wollte ich auch nicht erzählen.

»Solange es dir damit gut geht, geht es mir auch gut damit«, sagte Patrick. »Du weißt, ich vertraue dir da.«

Ich nickte.

Patrick vertraute mir. Das betonte er oft und er gehörte zu den Menschen, denen ich diese Aussage sofort glaubte. Patrick hatte es nicht nötig, eifersüchtig zu sein. Ich hatte immer den Eindruck, er würde über den Dingen stehen. Oft genug beneidete ich ihn um seine stoische Ruhe. Zwar war ich auch relativ eifersuchtsfrei, aber von Ruhe konnte keine Rede sein. Meine Gedanken rotierten, im Moment um Dave, um Patrick und um die aktuelle Situation. Ich fragte mich, wo mich all das hinbringen würde.

Wir gingen gemeinsam zu Bett und ich verbrachte eine traumlose Nacht neben ihm. Als ich am nächsten Tag erwachte, war ich allein. Patrick war bereits in seine Arbeit gefahren. Ich brachte meine Tochter in den Kindergarten und fuhr ins Studio. Meine Kollegin Andrea war bereits da und legte die Wäsche zusammen. Mein Terminplan sagte mir, dass ich heute zwei Gäste empfangen würde. Ich warf mich in Schale, wählte einen engen Lackrock, eine weiße Bluse und schnürte mir ein schwarzes Taillenkorsett um die Hüfte. Das alles passierte unaufgeregt und normal. Es war mein Alltag.

Ich warf einen Blick in mein heiliges Buch. Der erste Gast, Max, würde in einer halben Stunde kommen. Er galt als pünktlich. Ich erklärte Andrea, dass ich gerne den großen Raum nutzen würde, und sie war einverstanden.

Ich schminkte mich, ich wusste, Max stand auf rote Lippen. Dann ging ich ins Badezimmer, sah dort nach dem Rechten. Ich legte ein sauberes Handtuch bereit, prüfte, ob ausreichend Duschgel vorhanden war. Danach betrat ich den riesigen Raum. Ich liebte diesen Raum, es war der einzige Raum, in dem ich auch mit meinen langen Bullenpeitschen hantieren konnte. Ich öffnete die samtenen Vorhänge und die Fenster. Danach ging ich zur Musikanlage und legte eine passende CD ein. Die meisten meiner Kolleginnen hörten Carlos Peron. Ich selbst bevorzugte Musik von Project Pitchfork oder the Sisters of Mercy.

Max war ein Gast, bei dem ich etwas mehr sprach. Ich drehte den Lautstärkeregler runter, denn ich wollte nicht gegen die Musik brüllen müssen. Danach bereitete ich mein Equipment vor. Ich legte Hand- und Fußfesseln bereit. Außerdem wählte ich ein ledernes Halsband. Ich bereitete Brustwarzenklammern unterschiedlicher Stärke vor und legte sie auf einen kleinen Glastisch, der in einer Ecke des Studios stand. Dann prüfte ich, ob ausreichend Kondome, Einmalhandschuhe und Papiertücher vorhanden waren. Außerdem legte ich eine Tube mit Gleitmittel bereit.

Ich schloss die Fenster und Vorhänge, dann ging ich wieder zurück in die Küche. Meine Kollegin telefonierte gerade, als auch mein Handy klingelte.

»Ich bin's.«

Mein Herz sprang kurz auf.

»Dave«, sagte ich betont gelassen. »Was kann ich für dich tun?«

Ich hatte mit seinem Anruf nicht gerechnet oder ihn erwartet. Umso mehr erstaunte es mich, dass er sich jetzt meldete.

»Wie geht es dir?«, fragte er mich.

»Danke. Sehr gut. Und selbst?«

»Bist du noch gut nach Hause gekommen?«, überging er meine Frage.

»Ja«, gab ich zurück und ärgerte mich, dass er mich offenbar für unfähig hielt, die wenigen Meter zu meinem Haus zu schaffen. Ich schwieg und auch er schwieg einen Moment, als würde er überlegen.

»Dave, ich habe nicht viel Zeit. Ich muss arbeiten«, unterbrach ich die Stille.

»Was hast du an?«

Ich stutzte, beantwortete dann aber pflichtbewusst seine Frage.

»Du bist im Studio?«, fragte er.

»Ja. Sag mal, ist das ein Kreuzverhör?«

»Du hast gleich einen Gast? Wer kommt zu dir?«

Ich runzelte die Stirn.

»Dave, das geht dich nichts an.«

»Sag es mir!«, forderte er mich auf.

Ich haderte mit mir, denn meine Diskretion verbot mir eigentlich, mit ihm über andere Stammgäste zu sprechen.

»Dave, du weißt, das geht nicht«, gab ich zurück.

»Sharon! Wer kommt zu dir?«, polterte er mit harter Stimme.

Sofort wurde ich leise und winselte durchs Telefon alles, was ich über den Gast wusste.

»Wird er dich ficken?«

»Mal sehen. Er sieht ja ganz nett aus«, kokettierte ich, obwohl ich die richtige Antwort darauf kannte. Max war in den südlicheren Regionen nicht so gut bestückt, dass es mich reizen würde, Sex mit ihm zu haben.

Er schwieg.

»Stört dich das?«, fragte ich nach einiger Zeit.

»Nein. Schon okay«, antwortete er, obwohl ich spürte, dass es ein Problem war für ihn.

»Wie lange bist du im Studio?«, fragte er schließlich.

Ich hatte das Gefühl, etwas falsch gemacht zu haben. Vielleicht war ich zu ehrlich zu ihm gewesen? Manche konnten eine derartige Offenheit nicht ertragen. Vielleicht gehörte Dave da ebenfalls dazu?

»Bis 15 Uhr. Dann fahre ich wieder nach Hause. Warum?«

»Okay«, sagte er und legte auf.

Ich starrte irritiert auf mein Handy. Andrea indes starrte mich perplex an.

»Was war das denn?«, fragte sie, als sie sich wieder gefangen hatte. Ich zuckte mit den Schultern.

»Keine Ahnung.«

»War das Patrick?«, rief sie ungläubig.

Ich schüttelte den Kopf.

»Nein, der würde so etwas nie machen. Es war Dave.«

»Dein Stammgast?«

Ich nickte.

»Was ist denn in den gefahren? Hat er Anwandlungen von Eifersucht?«

Ich verzog das Gesicht und schüttelte den Kopf.

»Ich habe nicht die geringste Ahnung.«

In diesem Moment klingelte es an der Tür. Ich blickte hoch zur Videoüberwachung, die wir zu unserer eigenen Sicherheit installiert hatten, und prüfte, ob er alleine war. Dann ging ich zum Türsummer, hob ab und sagte: »Ja bitte?«

»Max hier. Ich hab einen Termin bei Sharon«, antwortete er.

Ich drückte den Summer und hörte, wie sich die Tür öffnete. Danach ging ich zur Studiotür und öffnete sie. Diese Prozedur war immer gleich, bei nahezu jedem Gast. Ich begrüßte Max mit einer herzlichen Umarmung und führte ihn in das große Zimmer. Dort bat ich ihn, Platz zu nehmen, und bot ihm etwas zu trinken an.

Wie fast alle meine Stammgäste hatte mir Max eine Kleinigkeit mitgebracht. Einen kleinen, aber hübschen Blumenstrauß, den ich dankend entgegennahm.

Ich ließ meinen Gast kurz alleine und ging damit in die Küche, um eine Vase vorzubereiten und Getränke für uns zu holen.

»Wie machst du das, du Blumenfee?«, rief Andrea ungläubig, als ich die Blumen neben all die anderen stellte. Langsam gingen uns die Vasen aus.

»Frag nicht«, sagte ich, drehte die Augen hoch und verließ mit zwei Gläsern Mineralwasser die Küche.

Ich hasste es, wenn man mir Blumen schenkte. Das wussten meine Gäste natürlich nicht und so brachten sie mir immer Blumen mit. Diese musste ich dann im Studio stehen lassen, denn zu Hause würden sich meine Katzen sofort darauf stürzen und so lange an ihnen herumziehen, bis nichts mehr davon übrig war.

Max und ich verbrachten etwas Zeit mit Small Talk. Wir rissen kurz an, ob er etwas anderes ausprobieren wollte, und er erwähnte, dass ich eine Kollegin dazuholen könnte, sodass wir gemeinsam unseren Spaß an ihm haben würden. Ich freute mich darüber, denn Gemeinschaftserziehung war immer ein großes Highlight und bereitete mir sehr viel Freude. Und zu zweit konnte man sich auch gut den Ball zuwerfen, sodass spannende Spielereien entstanden, die eine eigene Dynamik entwickelten.

»Was bekommst du von mir dafür?«, fragte er.

Ich rechnete kurz durch und beschloss, einen niedrigeren Preis zu nehmen als sonst für zwei Frauen üblich. Max war Stammgast, er kam in steter Regelmäßigkeit.

»400 Euro«, gab ich an.

Dann brachte ich ihn ins Badezimmer. Er kannte die Regeln. Er duschte und würde dann klingeln, sobald er zum Abholen bereit war. Alleine durfte er nicht durch das Studio gehen, denn die Gefahr, einem anderen Gast zufällig über den Weg zu laufen, war schlichtweg zu groß.

Ich nutzte die Zeit, um in die Küche zurückzugehen und Andrea zu instruieren. Andrea war sowohl aktiv als auch passiv, sie bot sexuelle Dienste an, also wollte ich das mit einbinden. Ich würde eine Hierarchie aufbauen und sie würde über meinem Gast, aber unter mir stehen. Andrea zog sich eilig um und gemeinsam warteten wir auf das Klingeln.

Es klingelte tatsächlich, aber nicht im Badezimmer, sondern an der Tür.

»Ich geh schon«, rief Andrea.

Zwei Minuten später stand Andrea wieder in der Küche.

»Für dich. Er sitzt im kleinen Raum. Er möchte ein Glas Mineralwasser.«

Ich runzelte die Stirn und gab Andrea die Instruktion, mit Max anzufangen und ihm Halsband, Hand- und Fußfesseln anzulegen. Meine Kollegin war lange genug im Geschäft, sie wusste, wie man Wartezeit strecken konnte, ohne dass eine peinliche Leere entstehen würde.

Als ich die Tür öffnete, stand mein Gast am Fenster. Dave!

»Was machst du hier?«, rief ich erstaunt. »Du weißt doch, dass ich einen Termin habe.«

»Komm her zu mir«, sagte er laut.

Ich blieb stehen.

»Ich habe selbst nicht viel Zeit, also beweg deinen Arsch und komm zu mir.«

Ich ging zu ihm und drückte ihm sein Glas in die Hand. Er sah gut aus. Er trug einen schneidigen dunkelblauen Anzug, der ihm ausgezeichnet stand. Er roch unglaublich gut. Ich blieb vor ihm stehen und er musterte mich. Im Hintergrund hörte ich das Klingeln aus dem Badezimmer, das Öffnen von Türen und Schritte auf dem Flur.

Dave strich mir über die Wange.

»Schön, dich zu sehen«, sagte er sanft.

»Schön, dich zu sehen«, erwiderte ich.

»Nimm deine Hände auf den Rücken und lass sie da«, sagte er.

Ich tat, was er befahl. Seine Hand wanderte zwischen meine Beine und seine Finger begannen, mich zu streicheln. Er schob mein Höschen zur Seite und drang in mich ein.

Ich stöhnte auf.

»Hör mir gut zu. Ich möchte nicht, dass er dich fickt. Hast du mich verstanden?«

Ich stöhnte.

»Dave, ich …«, weiter kam ich nicht, denn er unterbrach mich barsch.

»Ich habe eine einfache Frage gestellt. Die Antwort sollte klar formulierbar sein.«

»Ja«, wimmerte ich stöhnend.

»Er wird dich nicht anfassen! Verstanden?«

»Ja.«

Seine Finger bewegten sich schnell und monoton in mir. Ich hatte Mühe, mich auf den Beinen zu halten. Er stellte das Wasserglas auf die Fensterbank und griff an mein Kinn, zog mich zu sich und presste sein Gesicht an meine Wange.

»Braves Mädchen. Ich mag brave Mädchen, die mir gehorchen«, flüsterte er und fingerte mich weiter.

Abrupt ließ er von mir ab und zog sich zurück. Er gab mir einen Kuss auf die Wange.

»Ordne deine Kleidung und dann gehst du rüber. Verstanden.«

Ich nickte enttäuscht.

Seine Hand strich über mein Haar, er blickte in meine Augen. Dann griff er in seine Hosentasche, zog einen 20-Euro-Schein hervor und steckte ihn mir in mein Dekolleté.

»Du wirst von mir hören.«

Mit diesen Worten ließ er mich stehen.

›Was war das denn?‹, fragte mein Engelchen entsetzt.

›Wie geil!‹, rief mein Teufelchen.

›Was ist daran geil? Das war ein Eifersuchtsauftritt samt Erniedrigung‹, posaunte der Heiligenscheinträger.

›Ja. Er will sie ganz für sich. Ist das nicht schön?‹, fragte mein Teufelchen und kleine Herzen poppten in seinen Augen auf.

Mein Engelchen starrte irritiert in die Luft.

Na toll. Da stand ich jetzt im vollen Devot-Modus und fühlte mich das erste Mal wie eine billige Hure. Und nebenan wartete ein Gast, der die große Domina haben wollte und von alldem nichts mitbekommen durfte. Ich kratzte alles, was noch an Dominanz verfügbar war, zusammen und ging erhabenen Schrittes in den großen Raum.

Andrea hatte Max bereits ans Andreaskreuz gefesselt und quälte ihn an seinen Brustwarzen, als ich dazukam. Ich ging direkt auf ihn zu, packte nach seinem Hodensack und quetschte ihn zwischen meinen Fingern, als würde ich eine Nuss knacken wollen.

Max stöhnte auf.

Ich war so wütend auf Dave, dass er mich so eingrenzte. Dass er mich so für sich nutzte, mir verbat, mir zu nehmen, was ich wollte.

»Gnade, Herrin«, winselte Max.

Ich griff nach einem abgeschnittenen Nylonstrumpf und band seinen Hodensack ab.

Wer glaubt er eigentlich, wer er ist?, fragte ich mich giftig.

Ich griff nach Max' Brustwarzen und zwirbelte sie zwischen meinen Fingern.

»Mein Sklave! Du gehörst mir, deine Brustwarzen gehören mir, dein Schwanz, dein Sack, alles an dir gehört mir. Hast du mich verstanden?«, sagte ich mit bedrohlicher Stimme. Max' Augen glänzten.

»Ja, Herrin«, sagte er und senkte den Blick.

Was zum Teufel redete ich denn da? Er war nicht mein Sklave. Er bezahlte mich dafür, dass er für eine Stunde mein Sklave sein durfte. Egal. Klappern gehört immerhin zum Handwerk.

»Du wirst tun, was ich dir sage«, sagte ich ihm.

»Ja, Herrin.«

In meinem Kopf hörte ich die Stimme von Dave. Dieselben Worte hatte auch er benutzt. Was war der Unterschied? Mir war vollkommen klar, dass ich von Max nicht verlangen konnte, keine andere Frau anzufassen. Ich meine, er war mein Gast, er bezahlte für die Zeit, die er nun mit mir verbrachte. Er war für eine Stunde mein Eigentum, über das ich im Rahmen seiner Tabus verfügen konnte.

Warum sollte ich mich an das halten, was Dave mir gerade eben gesagt hatte? Was er von mir gefordert hatte? Er war mein Gast. Oder etwa nicht?

›Oder etwa nicht!‹, erklärte mein Teufelchen.

Ich wollte daran festhalten.

»Herrin, darf ich um Erlaubnis bitten und Ihre Brüste anfassen?«, fragte Max keck und riss mich damit aus meinen Gedanken.

Ja. Nein.

Max hatte schöne Hände. Ich ließ mich gerne von ihm streicheln … Ich starrte ihn entgeistert an, unfähig, eine Entscheidung zu treffen.

Ich hörte Daves Stimme in meinem Ohr.

»Andrea!«, rief ich und sofort war meine Kollegin an meiner Seite.

»Zeig ihm deine Brüste. Nein, er darf sie nicht streicheln oder berühren«, befahl ich mit lauter Stimme, ehe ich für einen Moment das Geschehen verließ und in die Küche ging, um mich zu sammeln.

Auf meinem Handy blinkte eine SMS:

»Du wirst tun, was ich sage. Ich weiß es. Ich mag brave Mädchen und du bist gerne mein braves Mädchen.«

Ich ärgerte mich. Ich ärgerte mich über mich selbst. Dass ich gehorchte. Mich ihm unterwarf, obwohl ich es nicht musste. Er zwang mich in die Knie. Mein Teufelchen hatte recht: Dave war kein Gast. Dave war eine andere Liga. Er wusste, dass er es fordern konnte, weil er wusste, dass ich mich daran halten würde. Weil er mir wichtiger war als Max oder andere meiner Stammgäste.

Ich hatte noch nie meine Gäste klassifiziert. Doch in diesem Moment begann ich damit.

8.

DER HIMMEL
VOLLER GEIGEN

Die kommenden Wochen erlebte ich das Auf und Ab einer unberechenbaren Beziehung mit einem Menschen, mit dem mich mehr als nur das Geschäft verband. Ich hatte beschlossen, unsere Beziehung als »eigenartige Sache« zu titulieren, denn damit fühlte ich mich am wohlsten und musste mich nicht in irgendwelchen Definitionslabyrinthen verirren.

Wann immer Dave Zeit und Lust hatte, pfiff er mich zu sich und ich tat, was er sagte. Ich wusste selten, was er mit mir vorhatte und was als Nächstes kam. Manchmal erzählte er mir von seinen Plänen, die er dann aber kurzfristig doch wieder verwarf, weil etwas anderes spannender war.

Er schlug mich nach Lust und Laune. Mal erklärte er, dass er es täte, um mich zu bestrafen, mal erklärte er, dass er es machte, weil es ihm Spaß bereite, mich leiden zu sehen. Es gab Abende, an denen er kein Wort mit mir sprach oder mich zum Schweigen verdonnerte. Dann gab es Abende, an denen er mich mit Worten erniedrigte, so lange, bis ich in Tränen ausbrach. Und dann gab es Zeiten, in denen er charmant und liebevoll mit mir umging, in denen seine Worte mich und meine Seele streichelten.

Manchmal hatten wir täglich Kontakt und sobald ich mich daran gewöhnte, Sicherheit dadurch erlangte, antwortete er nicht mehr auf meine Mails oder Chatanfragen und ließ mich ratlos sitzen. Meist vergingen mehrere Tage, manchmal auch eine Woche, aber oft so viel Zeit, dass ich kurz davor war, alles hinzuwerfen. Dann meldete er sich plötzlich wieder und alles war wieder gut.

Ich drehte fast durch, litt unter dieser Unberechenbarkeit, die mir Sicherheit gab, wenn ich sie nicht brauchte, aber keine Sicherheit bot, wenn ich sie eigentlich nötig hatte. Genau dann, wenn ich wissen wollte, dass alles gut war, wie es war, gab er mir das Gefühl, dass nichts so war, wie es sein sollte. Ich ließ es zu, dass er so mit mir umsprang. Grund dafür war auf keinen Fall das Geld, ich hätte es auch zugelassen, wenn er mir nichts bezahlt hätte.

Ich genoss es, wenn er mir eine Tracht Prügel verpasste, die meine Tränenschleusen öffnete. Ich genoss es zusehends, dass er mich danach begehrte und mich brutal nahm. Dafür nahm ich auch sein respektloses Verhalten mir gegenüber in Kauf.

Ich hasste seine Verbalattacken, und je mehr er bemerkte, dass ich es hasste, umso mehr setzte er sie ein. Dabei ging er nie unter die Gürtellinie, er wandte nie Gossensprache an. Aber er nutzte die kleinen feinen Spitzen, von denen er wusste, wie sehr sie mich trafen. Er fand meine Schwachstellen und pikte in sie hinein. Er zwang mich, Worte in den Mund zu nehmen, mich selbst damit zu reduzieren und genoss es zu sehen, wie sehr ich mich überwinden musste.

Stand ich kurz davor zu weinen, forderte er mich regelrecht dazu heraus:

»Fängst du gleich an zu weinen? Mach schon, du weißt, ich mag es, wenn du weinst.«

Manchmal trotzte ich und drückte die Tränen wieder weg, aber dann führte er sein Spiel fort, so lange, bis sich meine Augen füllten und ich kaum noch fähig war, etwas zu sehen. Hatte er sein Ziel erreicht und war zufrieden, gestattete er mir, ihn zu befriedigen. Er liebte es, wenn ich weinend vor ihm kniete und seinen Schwanz tief in meinen Mund nahm. Sex wurde zum zentralen Teil seines Machtspiels. Er nahm mich dort, wo er Lust bekam, ob ich wollte oder nicht.

Eines Tages rief er mich an, lud mich ein, ihn von seiner Arbeitsstelle abzuholen. Als ich ankam, schlug er vor, doch einen kleinen Spaziergang zu unternehmen. Es war sommerlich warm und die Dämmerung zog langsam über die Stadt. Wir gingen über das Firmengelände und kamen zu einem kleinen Park. Er erzählte mir, dass er seine Pausen gerne hier verbrachte. Ich konnte ihn verstehen, denn die Anlage war gepflegt und voller Blumen. Es war wirklich ein sehr schöner, sehr romantischer Ort. Ich mochte die Rosen, die dort gepflanzt waren, und beneidete das Unternehmen um ihre Gärtner.

Wir kamen zu einer schönen, alten Eiche, die prachtvoll am Rand einer Wegabzweigung stand. Er trat auf mich zu, zog am Reißverschluss meines Kleides und beobachtete, wie mein Kleid zu Boden fiel. Ich wurde nervös, sah mich um. Ich hatte Angst, dass jemand kommen würde. In einigen Büros brannten noch Lichter. Außerdem war es ein schöner Abend, irgendjemand würde bestimmt auf die Idee kommen, einen Abendspaziergang zu machen.

»Dave, nicht hier!«, forderte ich, doch ich kannte ihn gut genug. Ich wusste, dass ihn meine Worte nicht aufhalten würden. Er schob mich gegen den Baumstamm und fesselte mich mit einem Seil, welches er aus seiner Tasche zog, an den Baum. Er erzählte mir, wer hier wann vorbeikommen würde und dass wir nicht viel Zeit hätten, ehe die Büros zwei Etagen über dem seinigen Feierabend machen würden. Und die Angestellten würden hier vorbeikommen.

Nachdem er mich festgebunden hatte, trat er einen Schritt zurück und betrachtete mich, wie ich nackt, nur in Heels, an dem Baum stand. Ich sah mich nervös um, hoffte, dass er mich bald wieder befreien würde. Sex in der Öffentlichkeit war eindeutig nicht meine Vorliebe. Ich fühlte mich alles andere als wohl.

»Dave, bitte mach mich los«, bettelte ich. Er schüttelte den Kopf und betrachtete mich weiter. Dabei strahlte er eine enorme Ruhe aus.

Ein Geräusch ließ mich aufhorchen.

»Dave, bitte.«

Meine Verzweiflung klang in meiner Stimme und ich versuchte, mich aus seiner Fesselung zu lösen.

»Bleib so. Wehe dir, du befreist dich«, drohte er und seine Augen sahen mich gefährlich an.

»Bitte. Wenn jemand kommt?«

Er lächelte, trat auf mich zu und berührte meine Brust, spielte mit meinen Brustwarzen.

Ich stöhnte auf.

»Sei leise. Ich will keinen Ton von dir hören, hast du verstanden. Keinen einzigen.«

Ich nickte und presste meine Lippen aufeinander, während er mich berührte. Ich hörte, wie er den Reißverschluss seiner Hose öffnete.

»Dave, nicht hier«, wimmerte ich.

Er hob seine Hand und gab mir eine Ohrfeige.

»Was habe ich gesagt?«

Ich nickte leise und ergab mich in mein Schicksal.

Er öffnete seine Hose, sah mir tief in die Augen, umfasste meinen Hals und drückte zu. Dann fickte er mich, schnell und rücksichtslos, während er mir immer wieder einschärfte, meinen Mund zu halten und keinen Ton von mir zu geben.

Er benutzte mich, als wäre ich sein Eigentum. Ich hatte keine Möglichkeit, ein Muster zu erkennen. Festzustellen, wann etwas richtig war und wann nicht. Seine Ambivalenz trieb mich in eine ungeahnte Verzweiflung, in einen Teufelskreis aus Lust und Schmerz, aus Liebe und Hass.

Es gab Tage, an denen ich wütend auf ihn war. Wütend darüber, was er mit mir machte, wie er mit mir umging. Wütend, dass er mich nach seinen Launen tanzen ließ, dass ich sprang, wann immer er es verlangte. Ich war wütend auf mich.

Dann wiederum war ich glücklich darüber, jemanden gefunden zu haben, der mit mir meine Neigung auslebt. Der meine Vorlieben erfüllt und sich über meine Ablehnungen hinwegsetzt. Jemand, der es schaffte, mich nach seinem Tempo laufen zu lassen. Ich war glücklich, jemanden gefunden zu haben, dem ich gehorchen konnte.

Per Mail bekam ich seine Kleidungswünsche. Zu gerne ließ er mich im Bleistiftrock und weißer Bluse antanzen, nur um mir dann entweder zu erklären, dass ich aussähe wie eine Schlampe, oder mir zu sagen, wie schön ich sei. Es gab keine Regeln und seine Unberechenbarkeit stieß mich einerseits ab, andererseits verfiel ich ihm immer mehr, denn der Kick war enorm.

Die Tatsache, nicht zu wissen, was passieren würde, trieb meinen Puls schon ab dem Moment in die Höhe, in dem ich wusste, dass er mich sehen wollte. Ich fragte mich, wie wir wohl ficken würden. Ich fragte mich, ob er mich schlagen würde oder ob er eine seiner Androhungen durchsetzen würde. Immer wieder stellte er klar, dass ich ihm gehörte. Dass ich tun würde, was er sagte. Verneinte ich es, lachte er und sagte nur: »Ich habe gerufen, und du bist hier. Ist das nicht Beweis genug?«

Er wusste, welche Wirkung er auf mich hatte, und er wusste, dass er recht hatte. Ich ließ für ihn alles stehen und liegen, organisierte verplante Abende oder Wochenenden um, nur um bei ihm zu sein. Manchmal nahm er mich auch zu Treffen mit Freunden oder Geschäftspartnern mit.

Das war kein Problem für mich, ich bot schließlich auch Begleitservice an und fühlte mich dementsprechend auch in feinerer Gesellschaft relativ wohl. Auch verbal konnte ich mich gut anpassen, sodass es seinen Geschäftspartnern oder Freunden nicht auffiel, was ich beruflich so machte oder in welchem Verhältnis wir zueinander standen.

So spielte ich öfter eine Arbeitskollegin, Freundin oder die Lebensgefährtin für meine Kunden, ehe ich sie nach dem oscarreifen Auftritt im Hotelzimmer oder Studio mit der Peitsche schlug, gebetsmühlenartig ihre Verfehlungen des Abends wiederholte, während sie sich in ihren Fesseln wanden.

Gut, mit Dave sah das etwas anders aus. Da war es umgekehrt. Da betete er mir meine Verfehlungen gebetsmühlenartig vor, während ich an meinen Fesseln zerrte und die Schläge einsteckte. Und dennoch flüsterte er mir danach gerne ins Ohr, dass er stolz auf mich war, dass ich meine Sache gut gemacht hätte und dass er sehr zufrieden mit mir war.

Eines Tages rief er mich an und erzählte mir ohne Umschweife, dass er abends spontan eine kleine Firmenfeier besuchen würde und mich gerne an seiner Seite hätte. Ich organisierte einen Babysitter und fuhr zu Dave ins Hotel.

Ich trug ein schwarzes, kurzes Kleid, dazu Pumps, Feinstrumpfhose und eine silberne Kette um den Hals. Meine Haare hatte ich elegant hochgesteckt und in meiner Hand hielt ich eine kleine Tasche, die mit silbernen Perlen bestickt war.

Ich klopfte an die Tür und als er sie öffnete, sah ich, dass ihm der Atem stockte. Seine Augen glänzten, er schien das Bild zu mögen, das er sah. Das erfreute mich sehr.

»Schön, dich zu sehen«, sagte er, zog mich zu sich und gab mir einen langen, intensiven Kuss.

»Schön, auch dich zu sehen«, erwiderte ich, als er seine Finger wieder von mir ließ und mich von sich schob, um mich erneut zu betrachten.

Er sah gut aus. Er trug einen edlen grauen Anzug, dazu ein weißes Hemd. Er roch verführerisch und ich hätte kein Problem damit gehabt, auf die Feier zu verzichten und mit ihm im Hotelzimmer zu bleiben.

»Wollen wir nicht lieber hierbleiben?«, fragte ich frech und zwinkerte ihm zu.

Er betrachtete mich erneut eingehend und ich hatte den Eindruck, als würde er tatsächlich kurz überlegen, die Pläne für den Abend zu ändern.

»Das geht nicht. Außerdem habe ich Hunger.«

»Wir könnten den Zimmerservice rufen«, erwiderte ich, blinzelte und nahm zeitgleich Platz auf dem edlen Sofa. Dabei sorgte ich dafür, dass mein Kleid hochrutschte. So hoch, dass er kurz sehen konnte, dass ich keine Unterwäsche darunter trug.

Mein Flirt zeigte volle Wirkung, denn die Hose seines Anzugs beulte sich aus. Ich lächelte süffisant. Er dachte kurz noch etwas nach, dann verschwand er für einen Augenblick.

»Steh auf«, sagte er im Befehlston, als er wiederkam. Er hatte etwas in der Hand, ich konnte aber nicht erkennen, was es war.

»Geh dorthin. Gesicht zur Wand, Hände auf den Rücken«, bedeutete er mir.

In mir schrillten sämtliche Alarmglocken. Was hatte er vor? Skeptisch sah ich ihn an.

»Mach schon«, befahl er.

Ich erhob mich und stellte mich an die Wand. Er trat hinter mich, hob mein Kleid hoch und zog meine Strumpfhose über meinen Hintern. Ich spürte etwas Kaltes an meinem Po.

»Nein, warte«, wimmerte ich und meine Hände zuckten, um meinen Hintern zu schützen.

»Die Hände bleiben, wo sie sind, verstanden?«

Ich nickte und nahm sie wieder zurück. Ich lehnte mich an die Wand und verrenkte mir den Hals, um über die Schulter sehen zu können, was er vorhatte.

»Wo bleiben die Hände?«, fragte er und erneut spürte ich etwas Kaltes zwischen meinen Pobacken.

»Auf dem Rücken«, erwiderte ich mit zittriger Stimme.

»Braves Mädchen«, sagte er leise.

Ich winselte erneut auf, als er versuchte, etwas in mich zu schieben.

»Na komm, entspann dich. Es muss dir ja nicht wehtun«, sagte er leise.

»Was ist das?«, flüsterte ich und meine Hände umklammerten sein Sakko.

»Nur ein Plug«, raunte er mir leise ins Ohr.

»Bitte nicht.«

»Doch. Und jetzt entspann dich. Letzte Chance.«

Er erhöhte den Druck und schob den Plug in mich. Ich keuchte wie eine kleine Dampflok, drängte mich hilflos an ihn, versuchte, mich zu entspannen, und schrie kurz auf, als der Plug in mir verschwand. Nur noch gehalten durch sein kleines flaches Ende.

»Der Plug bleibt, wo er ist. Du kannst dich wieder anziehen, dann gehen wir los«, sagte er.

Ich fragte mich, wie ich das aushalten sollte, zog aber dennoch meine Strumpfhose hoch und ordnete mein Kleid.

Der Abend war im Großen und Ganzen sehr ruhig. Ich unterhielt mich gut und solange ich saß, hatte ich keine Probleme. Dave jedoch sorgte dafür, mich ab und an zu scheuchen, und beobachtete meine Reaktionen. Wann immer mein Gesicht zu viel verriet, zog er mich zu sich und flüsterte mir leise ins Ohr: »Lächeln, Süße. Es muss keiner wissen, was noch in dir steckt.«

Ich war froh, als wir nach einem langen Abend endlich wieder im Hotelzimmer ankamen.

»Nimm ihn raus«, bettelte ich.

Er drängte mich gegen die geschlossene Tür, schob mein Kleid hoch und meine Strumpfhose weit nach unten, bis sie in den Kniekehlen hängen blieb. Dann drehte er mich um, drückte meine Beine auseinander und meinen Kopf gegen den Türrahmen.

»Nicht. Nimm ihn erst raus«, winselte ich.

»Nein. Er bleibt drin. Und ich will dich jetzt ficken«, sagte er.

Ich warf den Kopf nach hinten.

»Nein!«, rief ich.

»Sag es noch mal«, raunte er mir ins Ohr, während er seine Hose öffnete.

Ich zitterte, schüttelte den Kopf, hörte, wie er sich vorbereitete. Als ich seinen Schwanz zwischen meinen Beinen spürte, war es um mich geschehen.

»Nein, bitte nicht!«, rief ich.

»Noch mal. Ich will es immer wieder hören«, sagte er mir, packte mich an meinen Haaren und schob sich in mich.

Ich schrie laut auf.

»Komm, sag es!«

»Nein, bitte nicht, bitte nicht«, jammerte ich.

Ich hatte das Gefühl, zu zerreißen, als er komplett in mir war.

»Zu viel!«, keuchte ich angestrengt.

»Zu viel Dave?«, fragte er herausfordernd.

»Ja. Nein. Ich weiß es nicht«, jammerte ich, unschlüssig, wofür ich mich entscheiden sollte.

Er drehte meinen Kopf an sein Gesicht und gab mir einen tiefen Kuss, während er hart in mich stieß. Ich stöhnte, fühlte, wie seine Hand meinen Hals umfasste. Er drückte zu, fest und unnachgiebig. Die Luftzufuhr wurde mir verwehrt, ich fühlte mich wie ein Fisch an Land. Ich schnappte nach Luft, aber nichts, gar nichts, kam in meiner Lunge an.

Nach einer nicht enden wollenden Zeit ließ er los und ich spürte, wie das Leben in mich schoss, abrupt und mit nur einem einzigen Atemzug. Ja, genau so musste es sich anfühlen, wenn man geboren wurde.

In meinem Kopf rauschte es und ich fühlte eine Welle über mich kommen, die mich mitriss.

»Mehr«, hörte ich mich betteln und war unsicher, ob ich das gesagt oder gedacht hatte.

Mein Engelchen fuhr entsetzt hoch.

›Lass sie‹, ging mein Teufelchen dazwischen und hielt den Heiligenscheinträger fest.

»Mehr, ich brauche mehr. Bitte, ich brauche mehr«, keuchte ich.

Was redete ich denn da?

Dave drückte erneut zu und abermals unterlag ich dem Kick der totalen Machtlosigkeit. Mein Leben in seinen Händen, mehr Macht konnte ein Mensch nicht haben.

Ich spürte, wie mein Gesicht sich verkrampfte, ich panisch nach Luft schnappte, aber nichts bekam. Nichts.

Daves Blick ruhte auf mir, monoton und mechanisch fickte er mich. Aber seine Augen blitzten, glänzten fasziniert und ich sah, dass es ihn anmachte, wie ich um mein Leben rang.

Als er mir wieder Luft zum Atmen zugestand, schrie ich laut aus mir heraus, hatte das Gefühl, ein unendlicher Druck, der auf mir lastete, würde abfallen.

»Alles! Ich will alles, bitte!«, bettelte ich, als ich mich wieder beruhigt hatte, und war erstaunt über mich selbst.

Mein Heiligenscheinträger wurde nervös, aber mein Teufelchen legte ihm ein Stromhalsband um, und jedes Mal, wenn es den Mund auftat, um etwas zu sagen, drückte das Teufelchen auf einen Knopf und man hörte nur noch ein schrilles Quieken.

Dave zog sich aus mir zurück und bevor ich meiner Enttäuschung Luft machen konnte, zerrte er mich an den Haaren Richtung Bett. Kurz davor gab er mir einen Stoß, sodass ich bäuchlings auf das Bett fiel. Er blieb einen Moment stehen, genoss das Bild, mich darauf zu sehen, halb liegend, halb kniend. Ich spürte seine Hand zwischen meinen Beinen, er schob einen oder gar zwei Finger in mich.

»Mehr. Bitte mehr«, bettelte ich heiser.

Ich hatte das Gefühl, in einen Rausch zu verfallen, alles aufnehmen zu wollen, alles ertragen zu wollen. Nur eins würde ich nicht ertragen können: dass er aufhörte damit!

Nein, er durfte nicht aufhören damit, mich zu bearbeiten, mich zu bespielen, mich zu ficken, mich zu befriedigen. Er durfte nie aufhören damit, mich zu begehren. Niemals.

»Mehr, bitte!«

›Das ist nicht sie‹, hörte ich mein Engelchen schimpfen.

Mein Teufelchen hob die Fernbedienung und drückte genussvoll auf den einzigen Knopf darauf.

›Du hast jetzt Sendepause!‹, rief es dabei mit einem diabolischem Grinsen im Gesicht.

Dave zog seine Finger aus mir und ich spürte, wie er sich an dem Plug zu schaffen machte. Ich verkrampfte, als er ihn herauszog, der Schmerz holte mich wieder in die Realität zurück.

»Dreh dich um, leg dich auf den Rücken«, sagte er leise und ich tat, was er von mir verlangte.

Er hockte sich zwischen meine Beine, seine Finger fanden wieder ihren Weg in mich. Abermals riss mich diese riesige Welle mit sich.

Ich wusste nichts mehr, nur, dass ich ihn in mir haben wollte. Viel. Alles. Ich wollte alles von ihm. Ich wollte alles für ihn sein.

»Mehr«, jammerte ich und Dave schob einen dritten Finger dazu.

Ich spürte, wie mein Körper arbeitete. Mit ihm, gegen ihn. Mein Herz jagte das Blut durch meinen Körper und ich beschloss, das zu tun, was mir am meisten half, um diesen enormen Druck abzubauen: Ich schrie.

Eine Ohrfeige holte mich wieder in die Realität zurück.

»Mehr?«, fragte Dave.

Ich nickte, lachte, weinte, war völlig überfahren.

»Mehr! Alles, ich brauche alles.«

Dave schob einen vierten Finger dazu und ich keuchte. Ich suchte nach einem Fixpunkt, etwas, woran sich meine Augen festhalten konnten. Etwas, was Sicherheit bot vor einem Sturz in die emotionale Finsternis. Etwas, was mich rettete davor, Teil eines Erlebnisses zu sein, gegen welches der härteste Porno ein romantischer Liebesfilm war.

Vor meinen Augen flimmerte es und urplötzlich erreichte er einen Punkt in mir, der mich innehalten ließ.

»Oh«, rief ich und starrte ihn entsetzt an.

Na super, ausgerechnet jetzt musst du pinkeln, dachte ich.

»Ich muss mal«, jammerte ich.

»Nein, tust du nicht«, sagte er trocken und fuhr fort, erhöhte den Druck, seine Finger rieben in mir.

Ich hielt es zurück, merkte aber, wie schwer mir das fiel.

»Ich kann es nicht halten«, keuchte ich erschrocken und lehnte mich dann zurück.

Es war zu spät. Ich hatte keine Möglichkeit mehr, es aufzuhalten, und ich entspannte mich. Ein Schrei, eine Mischung aus Lust, Scham und Erniedrigung kam aus meinem Mund. Und ich spürte und hörte, wie alles nass wurde. Seine Bewegungen wurden schneller und es war ein unglaubliches Gefühl.

»Es tut mir leid«, flüsterte ich, als es vorbei war. Es war mir wahnsinnig peinlich und mein Kopf war feuerrot.

Dave bewegte sich weiter, überging meine Scham, was mir half, mich erneut fallen zu lassen. Er spielte mit mir, drei Finger, dann vier Finger, dann wieder nur zwei. Er zog, er schob, er penetrierte. Ich wusste nicht, wo ich endete und wo er anfing. Immer wieder spürte ich, wie ich nass wurde, wie ich regelrecht auslief. Ich schloss die Augen, schrie und keuchte.

Jemand streichelte mich. War es seine Hand? Meine Hand? Immer wieder ließ er mich nass werden, er hatte es in der Hand. Er konnte es steuern, wollte er es, dann bespielte er diesen Punkt und ließ meinen Körper parieren und folgen und sofort wurde alles nass. Ich hatte das Gefühl, mich selbst nicht mehr unter Kontrolle zu haben.

»Mehr«, keuchte ich, wusste nicht, wie ich mich drehen und wenden sollte. Mein Körper erschien mir grenzenlos. So endlos. So vollkommen.

Ich bemerkte es nicht, dass er einen fünften Finger dazu schob, lediglich ein kurzer Schmerz, dem aber sofort wieder die Welle des Rausches folgte.

»Alles bitte, alles!«, rief ich verzweifelt und herausfordernd zugleich.

»Du hast alles.«

Ich stockte. Hielt einen Moment inne. Was meinte er damit?

»Du hast alles«, wiederholte er und schlug mich.

Der Schmerz holte mich zurück, ich tastete mit einer Hand zwischen meine Beine und umfasste anstatt der erwarteten Hand lediglich sein Handgelenk.

Er steckte völlig in mir.

»Oh Gott«, flüsterte ich leise.

Erneut verpasste er mir einen Schlag.

»Nicht schlagen, bitte nicht«, keuchte ich. In diesen Momenten konnte und wollte ich keinen Schmerz ertragen müssen. Er war in mir. Seine Hand war komplett in mir.

»Schau mich an«, sagte er und ich hatte den Eindruck, dass er bemerkte, wie ich abhob.

Ich zögerte kurz, wusste, dass er alles sehen würde. Die Scham, etwas Derartiges mitzumachen, die Lust, die es mir bereitete. Den Schmerz, den ich verspürte.

»Bleib bei mir«, sagte er, als er mir in die Augen sah, um meinen Blick zu fixieren.

Er hielt still in mir und ich spürte nur die Kontraktionen meines Körpers.

Mit der anderen Hand begann er, meinen Kitzler zu reiben. Ich keuchte, stöhnte, aber jedes Mal, wenn ich die Augen schloss, hörte ich seine Stimme, die mir wie aus dem Off sagte: »Schau mich an. Bleib hier.«

Und ich öffnete meine Augen und starrte ihn an.

»Bitte, darf ich kommen?«, japste ich nach einiger Zeit.

Er sah mich an, rieb an mir, arbeitete mit mir.

»Ja.«

Und die Welle erfasste mich, zog mich mit sich. Ich spürte, wie ich enger wurde, wie ich seine Hand mit meinen Muskeln in mir hielt. Mein Körper bog sich und ich hörte und fühlte nichts mehr. Es war, als würde ich für einen Moment schweben, abheben, verschwinden. Zeitlos, endlos, gefühllos.

Irgendwann war ich wieder da und beobachtete Dave dabei, wie er seinen Schwanz rieb, während er mich regelrecht mit den Augen verschlang. Sein Blick war wirr und sein Haar durcheinander. Er sah gefährlich aus, mitgenommen, unzurechnungsfähig.

Trotz der Schmerzen, die ich nun verspürte, weil meine Erregung abfiel, hielt ich stöhnend still, versuchte, ihn nicht zu stören. Ich beobachtete ihn dabei, wie er kam. Sein Gesicht verzog sich, seine Muskeln verkrampften. Sein Blick war glasig, als schien er durch mich durchzusehen. Er schrie laut und kurz auf, ehe er sich wieder im Griff hatte.

Dann zog er seine Hand vorsichtig und langsam aus mir, stand auf und verschwand kurz im Bad, um sich sauber zu machen. Ich lag völlig reglos im Bett. Alles war nass.

Und als mir bewusst wurde, dass ich womöglich ins Bett gepinkelt hatte, während er mir seine Finger in den Körper geschoben hatte, dass er seine Hand in mir stecken hatte und es mir auch noch gefallen hatte, da schämte ich mich für das, was ich gerade mitgemacht hatte.

›Wieso? War doch geil!‹, rief mein Teufelchen völlig begeistert von meiner Haltlosigkeit, die ich an den Tag gelegt hatte.

»Es tut mir leid«, sagte ich.

»Was tut dir leid?«, fragte Dave, als er wieder zu mir kam.

»Ich hab meine Blase sonst gut im Griff«, erklärte ich.

Er lachte.

»Du hast nicht ins Bett gepinkelt. Du hast einfach sehr heftig abgespritzt«, sagte er und setzte sich neben mich.

›So etwas ziemt sich nicht für eine Dame‹, beschwerte sich hingegen mein Engelchen.

Und obwohl mir die Schamesröte ins Gesicht stieg, wenn ich daran dachte, was gerade passiert war, so wusste ich: Ich musste das noch mal erleben. Unbedingt.

Mit einem verschmitzten Grinsen gab ich meinem Engelchen recht. Für eine Dame ziemte sich so etwas natürlich überhaupt nicht. Aber in diesem Moment war ich einfach keine Dame gewesen.

9.
BEZIEHUNGSSUCHT

Dave führte weiter fort, was er begonnen hatte. Er demonstrierte mir seine Macht, nach und nach, zeigte mir, wie sehr und wie oft ich ihm doch gehorchte. Er liebte es, mir ins Ohr zu flüstern, was er mit mir anstellen wollte, und er wusste, dass seine Worte mir den Boden unter meinen Füßen nahmen. Er genoss es, wenn ich ihn in aller Öffentlichkeit anbettelte, diskret, sodass niemand es mitbekam, endlich ins Hotel oder Apartment zu fahren. Er liebte es, wenn er mich so weit hatte, dass ich ihn um einen schnellen Fick in einer Restauranttoilette oder in seinem Auto anflehte. Er reizte mich daraufhin noch mehr.

Wenn wir dann im Auto saßen, auf dem Weg ins Hotel, dann schob er seine Hand zwischen meine Beine und ließ mich erneut um das eine, um mehr davon, betteln.

Häufig passierte es, dass wir nebeneinander einschliefen, nachdem er mit mir fertig war. Dann kam es vor, dass er mich nachts weckte, um erneute Begierden zu befriedigen. Ob ich wollte oder nicht, war ihm völlig egal, manchmal steckte er bereits in mir, während ich noch gar nicht richtig wach war. Oder ich erwachte, weil ich spürte, wie er mich fesselte.

Am nächsten Morgen brachte er mich dann zu meinem Auto und flüsterte mir leise ins Ohr: »Ich will mehr! Ich ruf dich an.«

Wenn er dann zeitnah anrief oder sich per Mail meldete, freute ich mich. Wenn nicht, fiel ich in ein tiefes Loch und war unfähig, mein Leben zu gestalten.

Die folgenden Tage nach unserem letzten Treffen stellte ich fest, dass ich alle paar Minuten auf mein Handy starrte und meine Mails überprüfte. Ich sehnte mich danach, dass er anrief, und war jedes Mal Feuer und Flamme, wenn der

Mobilknochen klingelte. Und ich tat mich schwer, meine Enttäuschung zu verbergen, wenn es nicht er war, der anrief.

»Ach du bist es«, gab ich am vierten Tag enttäuscht durch die Sprechröhre, an deren Ende Kathi, meine Freundin, war.

»Was ist los? Man hört und sieht gar nichts mehr von dir«, warf sie mir vor.

Und es war richtig. Ich funktionierte, soweit das nötig war. Ich brachte meine Tochter morgens in den Kindergarten, hockte dann den ganzen Tag vor meinen E-Mails und meinem Telefon und hoffte auf eine Meldung von Dave. Abends, sobald mein Kind im Bett lag, versuchte ich, meine Arbeit so gut wie möglich zu erledigen, denn sehnsüchtiges Träumen war nicht möglich, da Patrick öfter zu Hause war. Ich setzte ein fröhliches Gesicht auf, obwohl ich innerlich litt.

»Wahrscheinlich hat er zu tun«, beruhigte ich mich, wenn sich keine Meldung von Dave in meinem Mailposteingang befand.

Seit Tagen hatte ich nichts Vernünftiges mehr gegessen, ich war ausgezehrt und zittrig auf den Beinen. Nein, ich hatte gar keine Zeit, mich darauf zu konzentrieren, denn mein Leben bestand aus Warten und Hoffen. Warten auf eine Nachricht von Dave. Hoffen auf eine Nachricht von Dave.

»Komm vorbei. Wird Zeit, dass du mal rauskommst«, sprach meine kluge Freundin und lud mich kurzerhand zu sich auf einen Kaffee ein.

Ich wurschtelte meine morschen Knochen in eine saubere Jeans und fuhr zu ihr.

»Oh Gott, wie siehst du denn aus?«, begrüßte mich Kathi entsetzt.

»Danke, wegen dir werde ich jetzt eine Schönheitsoperation machen«, gab ich zynisch zurück.

Aber sie hatte recht. Unter meinen Augen waren dicke Ringe, Zeugen meiner Schlaflosigkeit, und wahrscheinlich sah man mir meinen unfreiwilligen Hungerstreik auch schon im Gesicht an. Meine Haare lagen wie Algen um mein Gesicht, strähnig und glanzlos. Aus dem schönen Schwan war ein hässliches Entlein geworden.

Als ich dann bei ihr auf der Couch saß, brach schließlich alles aus mir heraus. Ich berichtete ihr von Dave, von unserer Wette und davon, was danach passiert war. Ich erzählte ihr alles, ließ kein Detail aus und stellte fest, wie gut es doch tat, darüber zu reden.

Sie hörte mir lange zu und dann sagte sie genau das, was auch mein Engelchen mir die ganze Zeit riet: »Du musst damit aufhören. Triff dich nicht mehr mit ihm.«

Ich zog die Augenbrauen zusammen und setzte einen leidenden Blick auf.

»Wenn das so einfach wäre«, gab ich zurück.

Kurz musste ich daran denken, wie ich Dave vom ersten Studio erzählt hatte, in dem ich gearbeitet hatte: Zwischen gehen können und gehen können gab es einen Unterschied.

Ich war wie eine Süchtige, die es nicht schaffte, ihre Sucht aufzugeben. Ich wusste, wie schädlich es war, sich einem Menschen auf diese Art und Weise zu vergeben und zu versprechen, hatte aber keine Ahnung, wie ich damit aufhören konnte. Immerhin war alles gut, wenn wir uns sahen. Ich war glücklich, ausgelassen, fühlte mich akzeptiert und begehrt und für diese Gefühle tat ich fast alles.

Wir sprachen lange darüber, auch über mein brachliegendes Sexleben mit Patrick, worunter er mittlerweile sehr litt. Es war nicht so, dass ich keine Lust hatte. Ich konnte einfach nicht. Ich war unfähig, selbst eine Entscheidung zu treffen, wie oder was ich wollte. Ich war abhängig davon, dass Patrick die Initiative ergriff, mit mir machte, was er machen wollte.

Ich hatte nicht mal mehr Lust, mich selbst zu befriedigen. Auch das erzählte ich Kathi. Sie kannte meine Meinung zu Selbstbefriedigung sehr gut, wusste, dass ich den besten Spaß immer mit mir selbst hatte. Dass es, wie ich immer zu sagen pflegte, keiner so gut macht wie ich mir selbst. Sie war erstaunt darüber.

Dave war ständig da. Er hatte mehr Macht über mich, als er selbst forderte.

Und selbst die von Kathi angebotenen Schokobons lehnte ich ab, ein untrügliches Zeichen dafür, dass es mir nicht gut ging, denn normalerweise konnte ich dazu nicht Nein sagen. Ich hatte mir sogar abgewöhnt, Coca-Cola zu trinken. Ich trank nur noch Mineralwasser, im Glauben und der Hoffnung, ihm dadurch näher zu sein.

Es war eigenartig, er hatte es nicht ein einziges Mal von mir verlangt, dass ich nur noch von Wasser lebte und Schokolade links liegen ließ. Aber ich hatte das Gefühl, dass er in mir war, und dieser innere Dave tief drinnen, der verlangte es. Der wollte eine gesunde, attraktive, schlanke Partnerin, und da gab es einfach keine Cola und keine Schokolade.

»Ich kann nicht ohne ihn. Warum ruft er nicht an?«, jammerte ich Kathi an.

Vor allen Dingen half es mir unglaublich, über ihn zu reden. Denn nur dadurch, dass ich über ihn sprach, fühlte ich mich ihm näher.

Kathi schüttelte den Kopf.

»Das klingt gar nicht gut und vor allem nicht gesund.«

Sie sah aus wie eine Ärztin, als sie sich besorgt unter ihr Kinn griff und daran rieb, während sie nachdachte, wie sie ihre Freundin aus der Situation retten konnte. Aber wollte ich überhaupt gerettet werden? Konnte ich gerettet werden?

»Pass auf, was hältst du davon, wenn wir kommenden Samstag einkaufen gehen? Hm?«

Ich schüttelte den Kopf. Selbst der Anblick von Schuhen und Taschen konnte mich nicht trösten. Normalerweise gehörte ich der Gattung »Frust-Shopper« an; sobald es mir nicht gut ging, erhöhte ich meinen eigenen Wert, indem ich mir selbst schicke Dinge schenkte. Normalerweise tröstete mich allein der Gedanke daran schon massiv, und wenn dann die hübschen Jimmy Choos oder Louboutins vor mir standen und ich aus dem Jubelkreischen nicht herauskam, war irgendwie fast alles wieder in Ordnung. Aber diesmal half auch das nichts.

Ich war völlig depressiv.

Meine Freundin nahm mich in den Arm.

Wir verbrachten noch viele Stunden damit, die Situation von allen Seiten zu betrachten. Endlich jemand, der mit mir diskutierte, wie ich das wollte und brauchte. Endlich jemand, der mir zuhörte, wie ich Dave beschrieb.

Aber egal, wie wir die Situation beleuchteten, wie wir sie drehten und wendeten. Es gab nur eine Lösung, die aber war für mich völlig inakzeptabel: Ich musste mich trennen.

Würde ich Dave als Gast behalten, würde er weiter auf diese Art und Weise mit mir spielen. Er konnte das, er hatte das Geld dazu. Ich würde leiden.

Würde ich sein Geld ablehnen, würde er noch tiefer greifen, noch mehr verlangen. Durch meine Bezahlbarkeit war immer noch ein gewisses Maß an Restdistanz da.

Würde ich ihn gar in einen polyamourösen Kreis aufnehmen, würde ich komplett verfallen. Ich wäre glücklich, wäre er hier, ich wäre todtraurig, wäre er in seinem Heimatland.

Und ihn wieder auf geschäftliche Distanz zu bringen, dafür wäre es zu spät, meinte Kathi. Denn dazu war unsere Beziehung schon zu tief und zu intensiv. Wir waren genau in den Strudel geraten, vor dem ich immer gewarnt hatte. In den ich nie hineinwollte, ja von dem ich sogar dachte, dass er mich, die Domina mit der gesunden Einstellung zum Leben und dem riesigen Selbstwertgefühl, niemals erfassen könnte.

Doch irgendwann, nach Stunden harter Arbeit hatte Kathi es geschafft, mich wieder aufzubauen. Ja, ich ging sogar mit dem Entschluss, diese Geschäftsbeziehung zu beenden, aus ihrem Haus. Die Logik sagte mir, dass Kathi recht hatte. Es fühlte sich komisch an, aber sie hatte recht.

›Sharon du packst das. Beende es einfach!‹, rief mein Engelchen. Vorsorglich hatte es meinem Teufelchen mit Gaffa-Tape mehrfach den Mund verklebt, damit es keinen weiteren Einfluss auf mich nehmen würde und konnte.

Ja, ich würde diese Beziehung beenden. Es tat mir nicht gut, Dave tat mir nicht gut.

Als ich abends vor dem Rechner saß, blinkte mein E-Mail-Account auf. Neue Mails waren in meinem Postfach zu finden. Und ja, da war eine von *ihm*. Mein Herz sprang und ich bemerkte, wie meine Stimmung einen Aufschwung erlebte. Dennoch versuchte ich, hart zu bleiben, ignorierte die Mail, indem ich all die anderen abarbeitete.

Da war der Gast, den wir im Studio »das Gürteltier« nannten, ein Grieche, der wieder zu einem Besuch vorbeikommen wollte. Ein humorvoller gemütlicher Mann, dessen Vorliebe darin bestand, dass man ihm verschiedene Gürtel, die man vorher aus den Laschen der Hosen zog, auf den Hintern klatschte. Dabei war es egal, welche Domina das machte, die Hauptrolle spielten die Gürtel.

Dann hatte sich auch der »Ladykiller« wieder gemeldet, ein Latexfetischist namens Nico, der liebend gerne Sessions mit mehreren Frauen wollte, allesamt in Latex gekleidet, und oftmals waren wir danach völlig durchgeschwitzt und erledigt. Ich schickte die Anfrage sofort an die Kolleginnen weiter, sodass wir einen gemeinsamen Termin für ihn finden konnten.

Und dann war da noch Sven, ein Anfänger, der mir vor einiger Zeit eine erste Mail geschickt hatte und jetzt um einen Termin bat. Ich beantwortete auch diese und schließlich öffnete ich Daves Mail:

»Hallo Schönheit. Geht es dir gut? Was machen die blauen Flecken? Ich freue mich schon, dich bald wiederzusehen.«

Darunter stand, dass seine Familie in zwei Wochen nach Hamburg käme und er uns gerne am Samstag einladen möchte. Ich klickte mutig auf Antworten.

›Bleib stark, Sharon‹, rief mein Engelchen. ›Los, schreib: Lieber Dave, wir können uns leider nicht mehr sehen. Ich wünsche dir alles Gute und jedes Glück dieser Erde. Sharon!‹

»Hallo Dave«, schrieb ich. »Ich würde mich sehr freuen, dich bald wiederzusehen, und gebe dir Bescheid, sobald ich das Wochenende organisiert habe. Liebe Grüße, Sharon.«

Mein Engelchen war bitter enttäuscht und zog sich schmollend zurück. Selbst mein Teufelchen hatte Mitleid mit ihm und legte seinen Arm um den kleinen Nachthemdträger, während es mich mit einem Kopfschütteln bedachte.

Ich stellte fest, dass ich es gar nicht beenden wollte. Ich brauchte diese Beziehung fast wie die Luft zum Atmen. Ich brauchte den Sex, den SM und ich brauchte Dave!

Ich würde sterben, würde ich diese Beziehung beenden. Ich wollte ihn nicht verlieren. Ich wollte seine Zuwendung, dafür würde ich alles tun. Was immer er wollte. Mich behandeln lassen, wie er mich behandelte. Ich würde mich lieber von ihm wegschieben lassen und darauf warten, dass er mich wieder zu sich zog, als dass ich ihn für immer in meinem Leben missen müsste.

Als ich die Mail abgeschickt hatte, fühlte ich mich wie ein Junkie, der endlich seine Drogen bekommen hatte. Ich erhob mich, stellte die Musikanlage, aus der mein Lieblingslied klang, lauter und tanzte glücklich durchs Wohnzimmer. Ich schwebte. Ja doch, ich hatte meine Drogen bekommen und nun musste ich keinen Entzug mehr erleiden.

10.
VERHÄNGNISVOLLE ENTSCHEIDUNG

Ich war wie ausgewechselt. Die nächsten zwei Wochen war ich glücklich und fröhlich, so wie man mich eigentlich auch kannte. Im Studio verbreitete ich gute Laune, meine Gäste waren allesamt zufrieden.

Und Klaus, einem Petplayer, fiel ich sogar spontan um den Hals, als er mir eine Tüte Schokobons mitbrachte. Dankbar riss ich sie auf und hamsterte sofort fünf kleine Bons weg. Den Rest schenkte ich meinen beiden Kolleginnen, Emma und Nicole, die sich sehr über die Nervennahrung freuten, da sie gerade einen sehr nerven- und zeitintensiven Gast gehabt hatten.

Meine Augen glänzten und ich hatte das Gefühl, die Welt würde mir gehören. Ich war stark, denn ich wusste: Er wollte mich wiedersehen.

Dave hatte angeregt, an dem Samstag einen Babysitter für die Kids zu organisieren. Er selbst nahm dafür einen Service des Hotels in Anspruch, ich hingegen zückte mein Handy, um den Vater meiner Tochter anzurufen. Er sollte seine bezaubernde Tochter nach dem gemeinsamen Tag mit Dave und seiner Familie zu sich nehmen und sie bis zum darauffolgenden Abend beherbergen. Das war glücklicherweise, in Anbetracht unserer wirklich guten Beziehung zueinander, absolut kein Problem. Er freute sich, unser Kind freute sich und so konnte ich der Dinge harren, die an diesem Samstag auf mich zukommen sollten.

Ich war wirklich nervös und stellte mir vor, wie das Treffen ablaufen könnte. Zum einen wusste ich nicht, wie sich Patrick und Dave miteinander verstehen würden, und ob überhaupt, zum anderen wusste ich nicht, wie ich mich mit seiner Frau verstehen würde. Und dann gab es da natürlich noch die Schwierigkeit, dass mein Liebster auch auf Daves Frau treffen würde, und ich auch da nicht wusste, wie das ablaufen würde.

Daves Frau und meinen Freund verband etwas sehr Intimes: Die beiden kannten sämtliche Details unserer Sessions. Sie waren also, wenn man es so nennen wollte, voll im Bilde.

In den Nächten vor dem Treffen quälten mich Albträume. Ich träumte davon, dass das Treffen gut lief, Dave aber dann zum Abschied erklärte, dass er mich nie wieder sehen wolle. Als er mich in den Arm nahm, lächelte er mich debil an, und als ich mich umdrehte, stand meine Freundin Kathi hinter mir. Sie sagte mir, dass sie es immer gewusst habe, ging an mir vorbei und ließ sich von Dave mit einem Handkuss begrüßen. Er legte seinen Arm um ihre Hüfte und rief mir zu:

»Nimm es mir nicht übel!«

Ich blieb weinend zurück und so erwachte ich dann auch: weinend und in Schweiß gebadet.

Wir hatten uns am Hamburger Hafen verabredet, denn Dave wollte mit uns allen eine Hafenrundfahrt machen, da ihm die letzte ausnehmend gut gefallen hatte. Er hatte danach auch noch begeistert davon geschwärmt.

Und so trafen vier Erwachsene und drei Kinder in einem schmucken kleinen Café in einer Seitengasse zum allerersten Mal aufeinander. Dave war offenbar der Einzige, der völlig entspannt war. Patrick merkte man es nicht richtig an, ob er nervös war. Er war, was das betraf, völlig undurchschaubar. Und ich? Meine Nerven flatterten und hätte jemand einen Schuss abgegeben, wäre ich wahrscheinlich wie ein aufgescheuchtes Hühnchen durch die Straßen gelaufen und der nächste Bus hätte mich überfahren.

Und in Anbetracht der Situation klang das für mich gerade sehr verführerisch.

Dave begrüßte mich wie immer und dann stellte er mir seine Frau vor. Ich wiederum, ebenfalls Kniggegenießer, stellte den

beiden meinen Liebsten vor. Zu guter Letzt wurde die Kinder-
schar, bestehend aus zwei vierjährigen Prinzessinnen und einer
knapp einjährigen, einander vorgestellt, in den jeweiligen Lan-
dessprachen, versteht sich.

Faszinierenderweise verstanden sich ausgerechnet die
Kleinen, die nun nicht einmal ansatzweise dieselbe Sprache
sprachen, bestens. Sie waren sich sofort einig, in allem, was
sie taten, und unterhielten sich mit Händen und Füßen oder
verwandelten gemeinsam schweigend weiße Blätter zu kleinen
Kunstwerken.

Seine Frau, sie hörte auf den wirklich schönen Namen
Madalena, war einen Kopf kleiner als ich. Allerdings war sie
tatsächlich beneidenswert schlank, wenngleich ihre Hüfte im
Verhältnis zu ihrer restlichen Figur ausladend war. Das tat jedoch ihrem guten Aussehen keinen Abbruch, ich mochte es,
wenn man bei Frauen Weiblichkeit sehen konnte, in Form von
Brüsten und Hüften. Sie hatte dunkelbraunes Haar, das leicht
gewellt auf ihre Schultern fiel. Ihr Gesicht war, ja wie sollte
man sagen, nicht hübsch, aber auch nicht hässlich. Es war das,
was ich ein »Allerweltsgesicht« nannte.

Die beiden passten irgendwie zusammen.

Madalena trug ein kurzes Kleid, etwas, was ich mir schon
seit Langem nicht mehr leistete, zumindest nicht ohne die dazu
passende Feinstrumpfhose. Das blaue Erbstück an meiner
Wade sollte nicht jeder sehen.

Und sie trug auffälligen Schmuck. Kette, Armreifen und
Uhr waren fein säuberlich aufeinander abgestimmt. Ich selbst
gehörte zu den eher dezenteren Frauen, die kaum Schmuck
trugen. Zum einen vergaß ich oft, welchen anzulegen, zum
anderen störte er mich schnell und ich neigte dazu, ihn abzu-
legen, wo immer ich war, und ihn dann zu vergessen.

Da saßen wir nun zu viert und ich erkundigte mich, ob sie einen guten Flug gehabt hatten, wann sie angekommen waren und wie lange sie bleiben würden. Und dabei kam ich mir vor, als würde ich sie verhören. Als würde ich nur darauf warten, dass sie wieder abreiste, damit ich ihren Mann für mich alleine haben konnte.

Doch auch Madalena stellte uns einige Fragen. Ob meine Tochter unser einziges Kind sei, wie alt ich sei, woher aus Österreich ich komme und wie es mich hierher verschlagen habe. Und so hatte auch ich bald das Gefühl, sie würde mich verhören. Als sie fragte, ob ich denn vorhabe, wieder nach Österreich zurückzugehen, gab es nur eine Erklärung, warum sie das tat.

›Die wartet doch nur darauf, dass du wieder in der Versenkung verschwindest, aus Angst, du könntest ihr den Mann stehlen‹, flüsterte mir mein Teufelchen mit verschwörerischem Gesichtsausdruck zu. Ich kniff die Augen zusammen.

»Ich habe vor, hierzubleiben«, antwortete ich und beobachtete sie eindringlich. Aber sie reagierte nicht, nickte nur und wandte sich dann Patrick zu, mit dem sie sich ein wenig über Hamburg unterhielt.

Dave lächelte mich an.

Ich bemerkte, dass Madalena wenig empfänglich für meine zynischen Sprüche war, was daran lag, dass ihr Deutsch bei Weitem nicht so gut war wie das ihres Mannes. Also hielt ich mich möglichst zurück, denn ich wollte sie nicht auflaufen lassen. Ich wollte nicht, dass drei Erwachsene über einen Spruch lachten und sie die Einzige in der Runde war, die nichts verstand und sich dadurch vielleicht ausgelacht fühlte.

Nachdem jeder ein Stück Kuchen und seinen Kaffee vertilgt hatte, die Kinder ihren Kakao wahlweise in ihren Mägen oder altersgemäß auch auf ihrer Kleidung verteilt hatten, beschlossen wir, zu den Landungsbrücken zu gehen.

Seine Frau erzählte uns, dass sie nahe am Meer wohnten, direkt am Atlantischen Ozean, und teilweise sehr unbeständiges Wetter hatten. Wir hingegen, so meinte sie, hätten es ja schön sonnig hier.

Es stimmte schon, Hamburg zeigte sich wirklich von seiner besten Seite, der Himmel war königsblau und die Sonne brannte. Man könnte tatsächlich glauben, wir hätten hier immer so schönes Wetter. Dass sie die anderen Seiten nicht kannte, lag daran, dass sie sich weigerte, im Herbst und Winter nach Deutschland zu kommen, wie mir Dave erzählt hatte. Das verschwieg sie selbst natürlich, wahrscheinlich, weil sie uns nicht beleidigen wollte.

Ich lachte kurz auf, erklärte ihr, dass in Hamburg das Wetter sehr wechselhaft sei. Was aber immer gut sei, in Hamburg, sei die Luft. Ich erklärte ihr, dass wir so gut wie nie Smog hätten, anders als in anderen Städten, die eben nicht so nahe an der Küste lagen.

Dave und mein Liebster verstanden sich ausnehmend gut. Sie unterhielten sich überwiegend über Autos, das schien eine große Gemeinsamkeit der beiden zu sein. Denn just nachdem mich Dave mit diesem Aufreißerschlitten abgesetzt hatte, hatte ich Patrick natürlich gefragt: »Würdest du dir einen Porsche kaufen?«

Mein Liebster, ebenfalls Realist, hatte darauf geantwortet: »Klar, wenn ich die Kohle und die Weiber dazu hätte.«

Natürlich ließ Patrick es sich nicht nehmen, Dave von meinen Porschebemerkungen zu erzählen, denn immerhin hatte ich nach dem Treffen ordentlich über den Porsche gelästert. Dave kniff die Augen zusammen und betrachtete mich eingehend, während ich befehlsartig rot wurde und versuchte, Patrick mit Zischlauten zum Schweigen zu bringen. Der wiederum amüsierte sich köstlich über meine Reaktion.

Meine Tochter lief artig an meiner Hand und neben ihr und an ihrer Hand die neue kleine Freundin. Manchmal tobten die beiden los, kletterten auf Mauerkanten und balancierten dort kichernd entlang. Ja, aus den beiden könnten Freundinnen werden, selbst wenn sie nicht dieselbe Sprache sprachen.

Die Kleinste hockte im pinken Buggy und zerlegte eine Brezel, die ihr Madalena in die Hand gedrückt hatte. Sie war von oben bis unten mit Krümeln übersät, sah aber sehr glücklich aus. Zwischendurch steckte sie sich immer wieder den Schnuller in den Mund, ehe ihr wieder einfiel, dass sie eine Brezel in der Hand hatte. Sie war wirklich süß anzusehen.

Wir mieden bestimmte Themen ganz bewusst und so hatten wir und vor allem die Kids sehr viel Spaß. Und dennoch fiel mir auf, dass Madalena und Dave keinerlei körperliche Nähe zueinander suchten. Im Gegenteil, es war fast so, als würden sie einander meiden. Während Patrick wie selbstverständlich nach meiner Hand griff, gingen die beiden nebeneinanderher, ohne sich zu berühren.

Ab und zu suchte Dave meine Nähe, berührte mich leicht im Rücken oder strich vorsichtig über meinen Oberarm. Jedes Mal, wenn er mich berührte, lief mir ein wohliger Schauer durch den Körper. Er wusste das, lächelte dann hochmütig, ehe er wieder so tat, als wäre nichts geschehen.

Als wir in einer Schlange standen, umgeben von mehreren Menschen, da drängte er sich von hinten dicht an mich. Er schlang seinen Arm um mich, presste sich an mich und ich konnte fühlen, dass er erregt war.

»Ich würde dich jetzt gerne ficken«, flüsterte er mir ins Ohr. Sofort stieg mir die Schamesröte ins Gesicht und ich blickte mich um, mit der Befürchtung, es hätte jemand gehört, was er mir da gerade gesagt hatte.

Madalena schien nichts davon zu bemerken oder es interessierte sie nicht. Ich empfand die Beziehung zwischen den beiden sehr eigenartig. Sie irritierte mich, ja es erschien mir befremdlich.

Natürlich neigte ich dazu, andere Beziehungen mit der zwischen Patrick und mir zu vergleichen. Wir hatten eine enorme Nähe und zeigten, dass wir uns liebten, und es gab Phasen, in denen konnten wir die Finger nicht voneinander lassen. Andererseits war mir natürlich klar, dass man auch anders eine glückliche Beziehung haben konnte, und ich wusste auch nicht, wie Beziehungen in Portugal geführt wurden. Denn es gab ja durchaus auch Länder, in denen es nicht üblich war, seine Zusammengehörigkeit offen auf der Straße zu zeigen. Ob Portugal zu diesen Ländern gehörte?

Ich beschloss, nicht mehr weiter darüber nachzudenken. Dennoch schmiegte ich mich oft und demonstrativ an Patrick. Irgendwann saßen wir am weiter entfernten Elbstrand und Madalena setzte sich neben mich in den Sand. Ich ließ den Sand durch meine Hände gleiten und streute ihn wie Puderzucker über meine Füße. Madalena schwieg einige Zeit, harrte aus, überlegte, ob sie mit mir reden sollte oder nicht. Ich wusste kein Thema, also seufzte ich nur ab und zu und blickte wehmütig in die Ferne.

»Ist es nicht schön hier?«, sagte ich leise und ließ meinen Blick über die Elbe schweifen.

»Du bist nicht sein Typ«, brach sie heraus. Ich stutzte kurz, fragte mich, was sie damit bezwecken wollte.

›Sprich über das Wetter mit ihr. Schnell! Oder erzähl ihr etwas über den verdammten Leuchtturm. Aber wechsle das Thema!‹, rief mein Engelchen panisch.

»Äh?«, reagierte ich und ärgerte mich über meine verbale Unfähigkeit.

»Dave. Er steht auf langbeinige Blondinen mit einer großen Oberweite.«

Meine Kinnlade kippte nach unten. Die hatte Nerven, mir das zu sagen, so völlig unverblümt und offen.

»Aha. Dann scheinst du auch nicht sein Typ zu sein«, antwortete ich leicht zickig.

Mein Engelchen zog sich resignierend den Heiligenschein übers Gesicht und war auf das Schlimmste gefasst. Kopfschüttelnd verfolgte es das Gespräch. Es hätte mich nicht gewundert, hätte es seinen Kopf immer wieder gegen eine Wand gedonnert.

»Sharon. Du verstehst nicht.«

Sie hatte recht. Ich verstand wirklich nicht. Ein riesiges Fragezeichen hing über meinem Gesicht und ich hoffte, dass sie etwas genauer beschreiben konnte, was sie meinte.

»Du bist nicht sein Frauentyp. Aber in Frauen wie dich verliebt er sich.«

Ich starrte sie an. Da erzählte sie mir doch völlig unverblümt, dass ich eine Frau sei, in die ihr Mann sich verlieben würde oder sogar bereits verliebt hätte. Ich war nun völlig geplättet. Ein stupides »Aha« verließ meine Lippen, während sie sich erhob und mich mit meiner Ratlosigkeit alleine ließ.

War das tatsächlich etwas, was ich wissen sollte? Und war es etwas, was ich wissen wollte?

›Freu dich doch. Er liebt, vögelt und bezahlt dich. Was willst du eigentlich mehr?‹, sinnierte mein Teufelchen, während es aus dem kalten Wasser sprang und sich ein Handtuch um die Hüften wickelte.

›Das ist doch keine gesunde Liebe‹, fauchte mein Engelchen, das sich nun wieder im Griff hatte und den Heiligenschein wieder über dem Kopf drapierte. Zufrieden blickte es in den Spiegel und als es sich unbeobachtet fühlte, drehte es sich seitlich, presste mit einer Hand sein Hemdchen an den Bauch und zog selbigen weit ein, während es zeitgleich die Brust nach außen reckte.

›Es ist, was es ist, sagt die Liebe‹, zitierte mein Teufelchen und zwickte es neckisch in den Po.

›Komm mir jetzt nicht mit Erich Fried‹, fauchte mein Engelchen fuchsteufelswild, ›sonst vergesse ich für einen kleinen Augenblick meinen Heiligenschein.‹

Mein Teufelchen stutzte irritiert und trollte sich und so blieb ich rätselnd zurück.

Ich beobachtete Dave noch eine Weile, wie er mit den Kindern über den Strand tobte. Wo sollte das hinführen? Wie sollte eine Beziehung in dieser Form aussehen? Kinder, Partner, und mittendrin dann wir? Es war ja nun nicht so, dass ich nichts für ihn empfand, aber konnte man das tatsächlich Liebe nennen? Ich kannte ihn schließlich kaum und unsere Beziehung baute ausschließlich auf Sex auf. Wie konnte sie also davon sprechen, dass ich die Frau war, in die er sich verlieben würde.

Schließlich wurde es Abend und wir mussten uns kurzzeitig trennen. Wir hatten uns für ein Essen zu viert verabredet und Patrick und ich wollten noch meine Tochter bei ihrem Vater abgeben. Ich wollte auch die Chance nutzen, mich dort umzuziehen und für den Abend aufzuhübschen. Als ich meine Abendgarderobe auspackte, stellte ich fest, dass ich keine Unterwäsche eingepackt hatte. Ich war schon so sehr auf Dave konditioniert, dass es für mich eine Selbstverständlichkeit war. Wie der Abend enden würde, wusste ich nicht, aber Hauptsache, ich trug keine Unterwäsche und war allzeit bereit für ihn.

Zwei Stunden später trafen wir wieder aufeinander, direkt im Hotelrestaurant. Jetzt, wo die Kinder nicht mehr dabei waren, kamen relativ zügig die härteren Gesprächsthemen auf den Tisch. Vor allem Daves Frau wollte wissen, wie ich darauf gekommen war, Domina zu werden.

Ich erzählte ihr, dass ich mir mit Hilfe dieses Jobs hier in Hamburg mein Studium finanziert hatte. Und dass ich irgendwie dabeigeblieben war, da mir dieser Beruf wirklich gefiel, so anstrengend er manchmal auch war.

Ich erwähnte, dass ich, ehe ich ein Kind bekommen hatte, als Switcherin gearbeitet hatte, und somit nicht nur dominante, sondern eben auch devote oder passive Dienste angeboten hatte. Dass ich dies aber mittlerweile nicht mehr machte, da die wenigsten Männer mich kickten, wenn es darum ging, dass ich die passive Seite übernehmen sollte.

Dave kannte die ganze Geschichte, schwieg aber. Er zwang mich nicht, auch vor Madalena alles zu erzählen, und ich war dankbar dafür. Ich vermied es, Fragen über ihre Arbeit oder Arbeitsmotivation zu stellen, denn ich wollte einen Streit tunlichst vermeiden. Ich hatte aus meinem Umgang mit Dave gelernt, dass es gewisse Themen gab, die man besser gar nicht ansprach.

Wir unterhielten uns nun relativ entspannt über unsere jeweiligen Neigungen. So erfuhr ich, dass Madalena ebenfalls versucht hatte, auf der passiven Seite zu spielen, um SM mit ihrem Mann erleben zu können. Dass das aber genauso wenig klappte wie der Versuch, dass er die passive Seite übernahm.

Dass sie sich dann gegenseitig zugestanden hatten, andere Partner zu haben, mit denen sie SM ausleben konnten.

Dass er dabei auf eine Bezahlbare stieß, habe sie zwar anfangs irritiert und auch besorgt gemacht, allerdings hätte sie mittlerweile ihre Meinung darüber geändert, denn er schien glücklich mit mir zu sein. Diese Aussage hinterließ ein eigenartiges Gefühl bei mir. Ob sich ihre Meinung tatsächlich zum Positiven verändert hatte? Die Beantwortung dieser nicht gestellten Frage ließ sie offen.

Unsere Gespräche wurden jäh von dem Klingeln eines Mobiltelefons unterbrochen und Patrick erhob sich mit einer Entschuldigung und verschwand. Als er nach zehn Minuten wiederkam, erklärte er, dass er einen Notfall in der Praxis hätte und deshalb nicht weiter bleiben könnte.

»Willst du mitkommen oder willst du hierbleiben?«, wandte er sich an mich.

›Fahr mit ihm‹, rief mein Engelchen leise.

›Ach komm, bleib, das könnte noch ein spannender Abend werden‹, entgegnete mein Teufelchen.

Und wieder einmal mehr war es mein Teufelchen, welches als Gewinner dieser innerleiblichen Diskussion hervorging.

Ich entschied, zu bleiben.

Ich begleitete meinen Freund noch zur Tür, um mich dort von ihm zu verabschieden.

»Du kommst zurecht? Sicher?«, fragte er mich.

»Ja klar«, antwortete ich lapidar.

»Dave fährt dich dann nach Hause?«, hakte er nach.

Ich nickte.

»Heute oder morgen früh«, antwortete ich.

Mein Freund vertraute mir blind. Obwohl ich ihm ansah, dass es ihm lieber gewesen wäre, wenn ich mit ihm gefahren wäre. Aber Patrick war es immer wichtig, dass ich meine Entscheidungen selbst traf. Auch wenn es nicht immer die richtigen Entscheidungen waren, so stand er dennoch immer hinter mir. Ich würde sogar so weit gehen, zu behaupten, dass genau das eins der großen Geheimnisse unserer glücklichen und stabilen Beziehung war.

Er gab mir noch einen Kuss und ich hatte den Eindruck, er achtete darauf, dass Dave dies auch bemerkte, und wünschte mir noch einen schönen Abend. Und als ich durch das Panoramafenster des Restaurants zusah, wie er losfuhr, wäre ich am liebsten hinter ihm hergelaufen und mit ihm nach Hause gefahren.

11

KEIN ZURÜCK

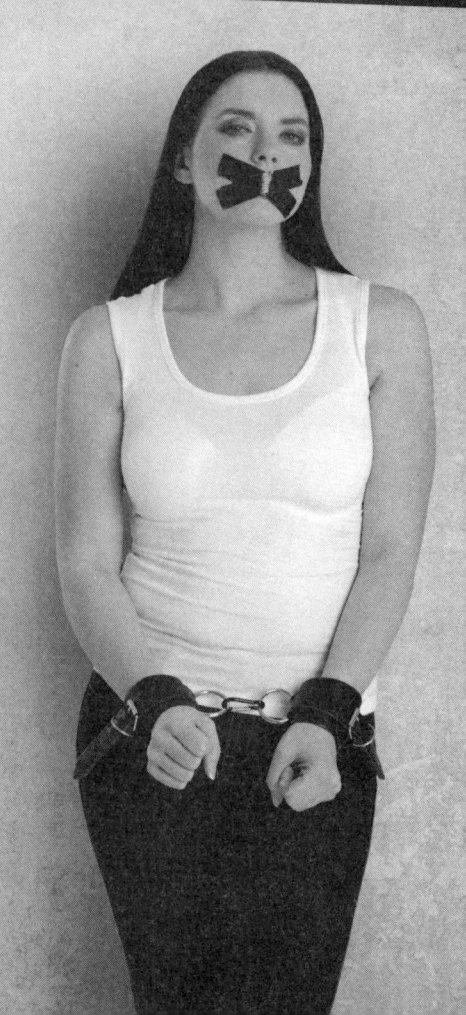

D ave lächelte mich bei meiner Rückkehr an.
»Schön, dass du bleibst«, sagte er leise.

Er betonte, dass ich einen sehr netten und sympathischen Lebensgefährten hätte, der gut zu mir und meiner Art passen würde. Auch meine Tochter sei sehr bezaubernd und hätte viele Charakterzüge von mir geerbt.

Irgendwann stand er auf, um auf die Toilette zu gehen. Er ging an mir vorbei, neigte sich zu mir und flüsterte mir ins Ohr: »Es wäre schön, wenn wir gleich in die Suite wechseln.«

Dann ging er weiter.

Ich war mir sicher, dass dort auch ihre Kinder schliefen, weshalb ich davon ausging, dass wir vielleicht noch einen kleinen Digestif tranken, ehe er mich nach Hause bringen würde. Und so willigte ich ein und als Dave wiederkam und die Rechnung übernommen hatte, gingen wir nach oben.

»Wir müssen bestimmt leise sein, oder?«, fragte ich, als er die Tür aufschloss.

»Weshalb?«

»Na wegen der Kids. Die schlafen doch bestimmt schon.«

Dave lachte.

»Meine Frau und die Kinder bewohnen ein anderes Appartement. Die Kinder schlafen dementsprechend auch darin.«

Nach diesen Worten kam die gekannte Nervosität zurück. Er schob mich durch die Tür, es folgte mir seine Frau und schließlich betrat auch er den Raum, ehe die Tür hinter ihm ins Schloss fiel. Und dieser bereits vertraute Raum ängstigte mich plötzlich ganz gewaltig.

Mitten auf dem Couchtisch lag die kleine Errungenschaft unseres Reeperbahnbummels: die Knebelbirne.

›Geh!‹, rief mein Engelchen.

›Bleib!‹, konterte mein Teufelchen.

Ich fühlte mich wie damals, im ersten Studio. Ich wusste genau, dass es besser wäre, nicht weiterzugehen. Aber ich konnte nicht gehen. Ich war zu neugierig, zu unterwürfig und zu abhängig von Dave. Obwohl ich mir immer einredete, dass ich die Wahl hätte, so hatte ich sie schon lange nicht mehr.

»Okay, hör zu. Ich kann mit Frauen nicht so«, wandte ich mich unverblümt an Dave, der uns gerade Gläser bereitstellte.

»Also mit Frauen, die mich dominieren«, fügte ich hinzu und blickte ihn an.

Und damit hatte ich tatsächlich ein Problem. Ich schaffte es nicht, mich meinesgleichen zu unterwerfen. Es fehlte ihnen der typisch männliche Geruch, die männliche Gewalt und letztlich auch ein wichtiges Teil zwischen ihren Beinen.

»Sharon!«, er wandte sich mir zu und nahm mein Gesicht in seine Hände. »Es ist alles okay.«

Nichts war okay. Mir war klar, was er erwartete.

»Zieh dich aus. Entspann dich.«

»Nein. Das ist ein Tabu für mich«, beharrte ich.

»Was denn? Ausziehen?«, fragte er belustigt.

»Nein, das meinte ich nicht«, erwiderte ich pampig, woraufhin Dave dann doch auf mich einging.

»Steht es denn auf der Liste?«, fragte er mit ruhigem Ton, obwohl er die Antwort darauf zu kennen schien.

»Nein, weil gar nicht zur Debatte stand, dass mal jemand Fremdes mitmacht«, gab ich zurück. Ich fühlte mich in eine unfaire Position gedrängt.

»Jemand Fremdes? Das ist meine Frau.«

Er lächelte mich an und gab mir einen Kuss.

Vielleicht würde sie nur zusehen? Das wäre für mich in Ordnung.

Seine Frau hatte sich zwischenzeitlich auf die Couch gesetzt und die Situation zwischen uns beobachtet.

»Zieh dich aus«, wiederholte er und goss Mineralwasser in unsere Gläser.

Ich stand immer noch reglos mitten im Raum, unschlüssig, was ich tun sollte.

›Lauf weg!‹, rief mein Engelchen.

›Bleib hier. Er kann dich nur ficken, wenn du hierbleibst‹, riet mein Teufelchen.

›Sie sollte weglaufen! Es geht nicht immer alles nur um diese unwichtige Sache‹, entgegnete mein Engelchen dem Teufelchen.

›Unwichtige Sache? Das klang aber letzte Nacht ganz anders bei dir, mein Engelchen.‹

Während mein kleiner Heiligenscheinträger feuerrot wurde, überlegte ich, was ich machen sollte.

»Wenn du dich nicht gleich ausziehst, werde ich dir dabei helfen. Du weißt, wie das dann ablaufen wird«, drohte er mir flüsternd und strich mit seinen Fingern über meinen Rücken. Dabei öffnete er den Reißverschluss meines Kleides.

Ich überwand mich, zog die Träger über die Schultern und ließ es zu Boden fallen. Direkt danach schloss ich meine Augen. Ich wollte nicht sehen, wie sie mich musterte, denn wenn sie ähnlich agierte wie er, würde die Fleischbeschau von vorne losgehen.

»Geht doch«, lobte Dave mich und zwirbelte mit seinen Fingern zärtlich meine Brustwarzen.

Ich fühlte mich ganz und gar nicht wohl in meiner Haut. Ich hegte den intensiven Wunsch, zu verschwinden.

»Zieh die Schuhe aus.«

Eine Frauenstimme. Sie!

Ich reagierte nicht. Nein, ich konnte und wollte keine Befehle von Frauen entgegennehmen. Ich hoffte, dass sie es akzeptierte. Mein Nacken zog und versteifte sich. Das tat er immer, wenn ich mich verweigerte und dabei Angst hatte, eine Ohrfeige zu erhalten.

Madalena räusperte sich.

Dave packte mich an meinen Haaren und zischte mich an: »Hörst du nicht, was sie gesagt hat? Schuhe aus!«

Ich zog meine Schuhe aus und stand nackt mitten im Raum, in dem sich eine Person befand, die ich begehrte, und eine Person, die ich vollkommen ablehnte.

Dave gesellte sich zu seiner Frau und ich hörte, wie er sich zu ihr setzte. Trotz geschlossener Augen spürte ich, dass die beiden mich betrachteten. Ihre Blicke waren überall und sie unterhielten sich in ihrer Muttersprache, sodass ich kein Wort verstand. Mir war aber klar, dass sie über mich sprachen.

»Deine Brüste gefallen mir«, sagte sie schließlich. Ich zuckte innerlich zusammen. Ich wollte nicht, dass sie über mich urteilte, was ihr gefiel und was nicht.

»Und deine Beine. Dave, diese Beine«, rief sie begeistert.

»Ja. Beneidenswert und schön«, bestätigte er.

»Mach deine Augen auf, schau mich an«, befahl er mir und ich ließ mich von seiner Stimme leiten.

Ich sah ihm direkt in die Augen, versank regelrecht darin.

»Wirklich eine wunderschöne Frau mit einem wunderschönen Körper. Begehrenswert, wie ich finde. Sehr begehrenswert«, sagte er, während er meinem Blick problemlos standhielt. Ich öffnete erstaunt den Mund.

»Danke«, flüsterte ich. Damit hatte ich nun nicht gerechnet. Ich fühlte mich wertvoll und entspannte mich etwas, denn ich hatte nicht mehr das Gefühl, dass er einer Fleischbeschau der unangenehmen Art stattgeben würde. Auch wenn sie seine Frau war, ich war mir sicher, dass sie nichts Negatives über mich sagen durfte. Das würde er verhindern. Er, der mich für begehrenswert hielt und zu seinen Aussagen auch stand.

»Knie dich hin.« Wieder diese zarte Frauenstimme, die so gar nicht in meinen SM passen wollte.

Ich schüttelte leicht den Kopf. Es ging nicht. So sehr ich mich auch bemühen wollte, ich schaffte es nicht, über diesen Schatten zu springen.

Dave beobachtete mich mit Argusaugen.

Er erhob sich, ging um mich herum. Er packte mich von hinten und eine Hand lag auf meinem Hals. Er drückte sie zusammen, sodass mir die Luft wegblieb. Reflexartig langte ich mit beiden Händen nach seinem Würgegriff und versuchte, seine Hand zu lösen, während ich panisch nach Luft schnappte.

»Pass mal auf, ich habe keine Lust, jeden Satz meiner Frau zu wiederholen, hast du gehört? Du wirst tun, was sie sagt, verstanden? Ihr Befehl ist mein Befehl.«

In seinen Augen eine völlig logische Sache.

In meinen Augen unlogisch. Denn für mich war ihr Befehl eben nicht sein Befehl. Ich wollte nur ihn und jetzt bekam ich die beiden im Doppelpack, womit ich nicht klarkam.

»Lass es einfach zu«, fügte er zärtlich hinzu und löste sich von mir.

Es einfach zulassen? Etwas, was ich nicht wollte?

Ich wusste gar nicht, warum ich es nicht wollte. Mir fehlte die Erfahrung mit einer dominanten Frau.

Ich beschloss, Dave zuliebe mein Bestes zu geben, und hoffte, dass es gut genug sein würde. Auch wenn sich alles in mir dagegen sträubte. Ich hoffte, dass es ihn milde stimmen würde, er vielleicht stolz auf mich wäre, dass ich mitgemacht hatte, obwohl ich es ausdrücklich nicht wollte.

Und so kniete ich mich hin, direkt vor die beiden. Dave hatte sich wieder gesetzt und unterhielt sich mit seiner Frau.

»Nimm deine Hände hinter den Kopf.«

Ich tat, was sie sagte, ohne meinen Blick von Dave zu wenden. Er gab mir die Sicherheit, die ich gerade brauchte. Auch er schien das zu spüren.

Ihre Hände, sie trug die Nägel kurz und rot lackiert, berührten meine Brustwarzen und kniffen sie. Ich jaulte auf, doch sie drehte weiter daran und meine Hände verließen reflexartig ihren Platz und schoben ihre Hand energisch weg.

Sie schüttelte arrogant und ungläubig den Kopf.

»Hände hinter den Kopf«, gab sie an.

Ich tat wieder wie befohlen und abermals erreichte ihre Hand meine Brustwarze. Dasselbe Spiel. Sie waren einfach superempfindlich. Diesmal rief ich Aua und schob ihre Hand weg.

Madalena sah nun Dave an, der sich daraufhin erhob und hinter mich trat. Er nahm meine Arme, drehte sie hinter meinen Kopf und hielt sie fest. Schweiß trat mir auf die Stirn. Ich spürte seine Knie in meinem Rücken und ließ mich dagegen sinken. Und ein weiteres Mal drehte sie meine Brustwarze wie einen Radioknopf. Diesmal konnte ich mich nicht wehren.

Ich biss mir auf die Lippen, wollte verhindern, dass Tränen in meine Augen stiegen. Sie sollte es nicht sein, die mich zum Weinen brachte. Nicht sie, nicht so, nicht hier, nicht heute und vor allem nicht jetzt.

Ich lehnte mich in Daves Griff und versuchte, mich zu entwinden. Madalena schien unzufrieden mit einem so renitenten Wesen wie mir. Natürlich wusste sie, dass ich sie ablehnte. Sie wusste auch, dass ich ihren Mann begehrte, sie war eine Frau, mein Gott, sie war nicht blöd!

Sie verlangte absoluten Gehorsam und damit etwas, was ich ihr weder geben konnte, noch geben wollte. Meine Droge hieß nun mal Dave. Je unzufriedener sie wurde, umso mehr drehte sie an meinen Brustwarzen, was mich irgendwann dazu veranlasste, nach oben zu drängen und aufzustehen. Ich hielt die Schmerzen nicht länger aus, wollte mich ihrem Zugriff entziehen.

Dave ließ mich los, um aus seiner Tasche ein paar Handschellen zu holen. Diese legte er mir an, meine Hände waren auf dem Rücken gefesselt. Dann stellte er sich hinter mich, legte einen Arm über meine Brust und den anderen Arm um meine Taille.

»Komm nicht auf die Idee zu treten«, flüsterte er mir ins Ohr.

Seine Frau schien nun etwas zufriedener und erhob sich. Und wieder ging der Griff an meine Brustwarzen. Die Domina in mir hatte vollstes Verständnis. Ich liebte es, meine Opfer so zu quälen. Es war immer, als wären kleine Minuspole in den Brustwarzen und kleine Pluspole in meinen Fingerspitzen. Ich genoss es, wenn meine Opfer aufschrien. Madalena schien das genauso zu sehen und wahrscheinlich hätten wir großartige Sessions miteinander haben können. Pech für mich, dass ich auf der falschen Seite stand.

Ich lehnte meinen Kopf zurück auf Daves Schulter und schrie auf. Er presste eine Hand auf meinen Mund und ließ zu, dass seine Frau mich weiter quälte.

Irgendwann war sie fertig mit meinen, mittlerweile wunden, Brustwarzen. Sie wandte sich dem Spielzeug auf dem Couchtisch zu.

»Was ist das?«, fragte sie.

Ich schwieg, obwohl mir klar war, dass sie mich gefragt hatte.

»Ich fragte: Was ist das?«, wiederholte sie.

Ich räusperte mich und hoffte, dass meine Stimme so klar und fest wie möglich war.

»Eine Knebelbirne.«

Ja, meine Stimme war solide, ich war zufrieden mit mir. Sie sollte ruhig merken, dass ich keinen devoten Ton anschlug.

»Ich möchte sehen, wofür sie ist«, sagte sie und blickte ihren Mann an.

»Knie dich hin«, flüsterte dieser und ich ließ mich auf den Boden fallen.

Er ging zum Bett, schob die Tagesdecke zur Seite. Außerdem zog er sich sein Hemd aus, denn es war wirklich sehr warm in diesem Zimmer. Und wir beiden anwesenden Frauen taten noch unseren Rest dazu. Ich konnte mir gut vorstellen, dass gerade seine Fantasie mit ihm durchging.

Dann klopfte er aufs Bett und ich erhob mich und ging zu ihm. Auf dem Bett löste er kurz die Handschellen, allerdings schloss er sie vor meinem Körper wieder.

»Leg dich hin.«

Ich fühlte mich ganz und gar nicht wohl, vor allem in Anbetracht dessen, was er gleich machen würde. Und das vor ihr. Was, wenn sie mich berühren wollte? Er würde es ihr erlauben, aber ich würde es nicht wollen. Und weil ich es nicht wollte, würde er ihr es erst recht erlauben.

Er schob zärtlich meine Beine auseinander und seine Hand fand meinen Schoß und ein Finger schob sich in mich. Ich stöhnte leise auf. Ja, das war genau das, was ich haben wollte und brauchte. Er schob einen weiteren Finger in mich, was mich noch mehr aufheizte.

Seine Frau legte die Knebelbirne auf meinen Bauch.

Wie grauenvoll für mich, sie war mir tatsächlich sehr ähnlich. Ich legte Folterinstrumente ebenfalls gerne in die Sichtweite meiner Opfer, damit sie sich schon mal damit anfreunden konnten. Manchmal brachte ich den Spruch: »Sag Hallo zu deiner neuen besten Freundin«, ehe ich dann die Bullwhip knallen ließ oder andere Dinge ansetzte. Und ich amüsierte mich köstlich über jene Männer, die dann tatsächlich Hallo sagten.

Aber das waren alles Masochisten, die Schmerzen und Erniedrigungen aushalten konnten. Ich war dafür nicht geschaffen, definitiv nicht. Ich zweifelte gerade massiv an meiner eigenen Neigung.

»Kannst du mir die Augen verbinden?«, fragte ich.

Ich wollte verschwinden, wollte die Augen schließen und wegtauchen, wollte nicht, dass er oder sie in meine Augen sahen und darin erkannten, dass es mich vielleicht doch erregte. Oder auch nicht.

»Nein«, gab Madalena zurück.

Dave griff nun zum Gleitmittel und positionierte sich zwischen meinen Beinen.

Ich atmete schwer.

Er begann, mich vorzubereiten. Unsere Blicke trafen sich. Ich sah ihm tief in die Augen, keuchte leise und verhalten. Schließlich sank ich zurück, schloss meine Augen und es gelang mir, mich auf Dave einzulassen und Madalena zu ignorieren. Für einen kurzen Moment war sie nicht mehr da. Sie war kein Teil mehr meiner Gedanken.

Dann spürte ich, wie jemand dieses Folterinstrument von meinem Bauch nahm. Ich öffnete die Augen und sah, dass es seine Frau war.

Dave erhob sich, ließ von mir ab und zog sich aus. Auch Madalena hatte sich entkleidet und trug mittlerweile nur noch Unterwäsche. Ein hübsches Set, bestehend aus einem schwarzen Slip und einem schwarzen, mit Spitzen besetzten BH.

Madalena setzte sich zwischen meine Beine. Sie berührte mich und ich räusperte mich, um eine klare Stimme zu bekommen. Ich hörte, wie Dave ein Kondom auspackte, und beobachtete kurz, wie er es überstreifte.

Madalena griff in meinen Schritt.

Ich sagte klar und deutlich: »Nein!«

Außerdem legte ich meine gefesselten Hände davor, um meiner Aussage Nachdruck zu verleihen. Dave griff sich die Kette dazwischen und zog daran meine Arme nach oben über meinen Kopf. Mit einem Knie fixierte er sie. Er setzte sich direkt über meinen Kopf und schob seine Hand unter meinen Nacken, um meinen Kopf nach hinten zu kippen. Der Überraschungseffekt verfehlte seine Wirkung nicht, ich öffnete automatisch meinen Mund und er schob mir seinen Schwanz in den Rachen.

»Wehe dir, du beißt«, mahnte er mich.

Sein Schwanz glitt direkt in meinen Hals, ich würgte und meine Augen füllten sich mit Tränen. Ich spürte, wie er mit einer Hand über meine Brüste strich und sie knetete. Das alles passierte unspektakulär und völlig unaufgeregt.

Er ließ dann einen Moment von mir, eher er seinen Schwanz erneut in meinen Rachen schob, um mich würgen zu lassen. Madalena setzte derweil die Knebelbirne zwischen meinen Beinen an. Mein Körper verkrampfte und ich unterbrach meine Zungenspiele, wurde allerdings sofort zum Weitermachen ermahnt. Und so nutzte ich meine Tätigkeit, mich von anderen Regionen meines Körpers abzulenken.

Die Knebelbirne verfügte über ein Gewinde, welches aus meinem Körper herausragte. Mithilfe dieses Gewindes konnte man die aus drei Blättern bestehende Birne öffnen, sodass nach und nach eine Dehnung entstand.

Ich spürte, wie sie drehte, und atmete schwer.

Jetzt, wo ich sie nicht sah, versuchte ich mir vorzustellen, es wären zwei Männer, die mich bearbeiteten. Dadurch fiel es mir leichter, mich auf diese Situation einzulassen. Am besten wäre es für mich, Dave würde mir eine Augenbinde und ihr einen Knebel verpassen. Dann wäre es ein tolles Erlebnis für uns alle.

Wieder drehte sie ein Stück, was mich abermals dazu anhielt, schwerer zu atmen. Mittlerweile spürte ich die Dehnung schon ganz schön intensiv. Sie streichelte meine Beine und war dabei sehr zärtlich, was mich erstaunte. Trotzdem war ich Dave dankbar dafür, dass er mich beschäftigte.

Ein weiteres Mal drehte Madalena am Gewinde und ich fing an, unruhig zu werden. Ich brauchte Penetration, um aushalten zu können. Dieses starre Instrument in mir fing an zu schmerzen und strengte mich an.

Ich hörte, wie die beiden sich unterhielten, und ein weiteres Mal wurde gedreht. Ich umklammerte mit meinem Mund und meiner Zunge Daves Schwanz und gab einen kehligen Schrei von mir.

»Nicht beißen!«, ermahnte er mich ruhig.

Ich hatte nicht gemerkt, dass meine Zähne an seinem Schwanz schabten.

Ich begann zu treten und wand mich dabei. Raus damit, ich wollte es raus haben.

»Vergiss nicht, meinen Schwanz zu blasen«, ermahnte mich Dave.

Sobald ich mich wieder auf seinen Schwanz konzentrierte, lag ich entspannt und ruhig da und bewegte nur meine Zunge und meine Lippen. Speichel lief mir aus den Mundwinkeln über die Wangen. Dieser Moment wurde wieder ausgenutzt für eine weitere Drehung.

Ich schrie lauter und langsam dämmerte es mir, warum er mir seinen Schwanz in den Mund geschoben hatte: Damit dämpfte er wunderbar meine Schreie, sodass kein Mensch in diesem Hotel gestört wurde.

Mittlerweile zuckte ich auch mit meinen Armen und bog meine Wirbelsäule durch.

»Komm schon, Sharon, blas meinen Schwanz.«

Ich konzentrierte mich darauf, umspielte ihn mit meiner Zunge, wollte ihn zufriedenstellen. Wieder hielt ich still, gab mich ganz seinem Schwanz hin und versuchte, ihm ein schönes Gefühl zu geben.

Die Stimmung war zum Zerreißen – und ich fühlte mich auch so. Erneut drehte sie und ich spürte, dass Dave über meinen Körper griff und meinen Kitzler fand. Er begann, ihn zu reiben. Ich stöhnte, öffnete meine Beine, so weit ich konnte.

Es dauerte wirklich nicht lange und ich begann, schwer zu atmen. Meine Hände griffen ins Leere, versuchten, sich irgendwo festzuhalten. Dave gab mir seine linke Hand, an die ich mich klammerte. Mit seiner rechten reizte er mich bis ins Unermessliche.

Ich atmete immer tiefer und schließlich stöhnte ich auf und sämtliche Muskeln zogen sich zusammen. Ich keuchte und mein Herz raste. Jemand streichelte meine Brust, ich wusste nicht wer von beiden.

Die einzige Problematik, die es nun gab, war die Tatsache, dass sich meine Muskulatur nach dem Höhepunkt schnell wieder zusammenzog, sodass die Knebelbirne für mich unerträglich wurde. Ich stöhnte auf, löste mich von Dave und jammerte schließlich, dass sie das Ding aus mir rausnehmen sollten.

Und erstaunlicherweise waren beide so gütig und befreiten mich.

Ich stöhnte erleichtert auf und harrte der Dinge, die noch folgen sollten. Dave strich mir über die Haare und Madalena, eben noch relativ auf Augenhöhe, verfiel sofort wieder in ihr altes Muster.

»Bedanke dich«, befahl sie.

Dies war der Punkt, an dem ich völlig irritiert war.

»Danke sehr«, sagte ich.

Sie sprach wieder mit Dave, ich vermute, genau um dieses Thema: das Bedanken.

»Man bedankt sich durch Küssen der Füße«, gab sie vor und versuchte, mich mittels der Handschellenkette auf den Boden zu ziehen.

Das ging zu weit. Das war mir persönlich zu viel. Nicht mal Dave hatte ich bisher die Füße geküsst. Es gab niemanden, bei dem ich das jemals gemacht hatte.

»Das ist nicht dein Ernst, oder?«, brach es aus mir heraus und ich setzte mich an die Bettkante.

Dave lehnte sich erstaunlich ruhig zurück. Da ich nicht wusste, was die beiden miteinander besprochen hatten, war mir nicht klar, ob er damit einverstanden war oder nicht, was hier gerade ablief.

»Auf keinen Fall werde ich das tun.«

Sie stand auf und baute sich vor mir auf, sofern man das mit einer geringen Körpergröße konnte. Ich schmunzelte innerlich darüber.

»Tu es«, befahl sie.

»Nein. Auf keinen Fall! Sagte ich bereits«, erwiderte ich.

Sie holte aus und verpasste mir eine Ohrfeige.

Und damit kippte die Situation, merklich für alle Beteiligten.

Ich stand auf.

Im selben Moment sagte ich laut und deutlich: »Okay, ich möchte hier bitte abbrechen.«

Madalena kam erneut zu mir und bevor sie Hand an mich legen konnte, gab ich ihr einen Schubs. Diese Handlung ließ Dave eingreifen. Er packte mich sehr fest an meinen Haaren und zerrte meinen Kopf zurück. Innerhalb kürzester Zeit war er über mir und hielt meine Arme über meinen Kopf und mich auf das Bett gedrückt.

Er spuckte mir direkt ins Gesicht.

»Dave. Abbruch, bitte!«, sagte ich laut, deutlich und selbstsicher.

»Du glaubst doch nicht, dass ich es zulasse, dass du meine Frau schubst?«

Nein, natürlich dachte ich das nicht. Patrick würde ebenso nicht zulassen, dass mich jemand schubste. Allerdings sah die Situation hier anders aus. Ich hatte mich gegen etwas gewehrt, was ich ausdrücklich nicht wollte.

Ich schüttelte trotzdem unterwürfig den Kopf, in der Hoffnung, ihn damit milde zu stimmen.

Er zwang meinen Mund mit seinen Fingern auf, schob abwechselnd Finger oder Zunge hinein.

Danach schob er sich zwischen meine Beine.

Ich versuchte, mich von ihm zu lösen.

»Abbruch bitte!«, rief ich, obwohl ich genau wusste, dass ein Abbruch nicht möglich war. Ich hoffte, dass er verstand.

Dass er aus seinem Spielmodus rauskam, realisierte, dass die Situation ernst war. Dass ich in Not war.

Doch keine Chance, rücksichtslos drang er in mich und ich schauderte. Für mich war das Spiel zu Ende. Ich wollte, dass er aufhörte.

Er schob sich tief in mich und als ich schreien wollte, presste er seine Hand auf meinen Mund.

Mein Engelchen und mein Teufelchen schnallten sich ihre Fallschirme um und sprangen, ohne ein weiteres Wort zu verlieren, aus dem imaginären Düsenjet. Tränen schossen mir in die Augen, ich starrte an Dave vorbei an die Decke.

Mittlerweile hatte ich aufgehört zu schreien und auch aufgehört, mich zu wehren. Ich lag teilnahmslos unter ihm, in der Hoffnung, dass er begriff, dass es nicht mehr aushaltbar war für mich.

Doch er begriff es nicht.

Ich spürte den dumpfen, wiederkehrenden Schmerz seiner brutalen Stöße und kurze Zeit später verließ ich meinen Körper und sah mich auf diesem Bett liegen. Unter ihm. Seine Hand auf meinem Mund, wie er immer wieder und wieder in mich stieß, während er mich in seiner Landessprache beschimpfte.

Es war nichts mehr da, kein gutes Gefühl mehr. Ich hasste ihn in diesem Moment. Ich hasste ihn dafür, dass er meine Machtlosigkeit und meine Schwächen ausnutzte. Ich hasste mich, dass ich mich auf ein derartiges Spiel eingelassen hatte.

Und dennoch musste ich eingestehen, dass er immer noch gut aussah.

Seine Frau hatte sich gesetzt und schaute zu. Reglos. Ich wusste nicht, ob sie die Situation einfach nicht begriff oder ob sie nicht wusste, wie sie mir helfen konnte. Oder ob sie mir nicht helfen wollte?

Nach einer Weile erhob er sich und ließ von mir ab.

Ich nutzte die Gelegenheit und sprach ihn nochmals an: »Dave! Abbruch.«

Er zerrte mich hoch und warf mich bäuchlings aufs Bett.

»Mayday!«, schrie ich nun mit all meiner Kraft.

Ich wusste, was nun folgte. Es war nicht nötig zu hoffen, dass er es sich anders überlegte.

»Mayday!«

Im nächsten Moment presste er seine Hand auf meinen Mund.

»Halt still. Du gehörst mir und wirst alles für mich aushalten!«

»Nein! Nein!«, immerwährend hämmerte es in meinem Kopf. Wäre ich doch nicht geblieben, verdammt. Wäre ich doch mit Patrick gegangen. Hätte ich mich nicht darauf eingelassen. Ich weinte verzweifelt, ich hatte das Gefühl, im falschen Film zu sein.

Ich spürte, wie er an meinem Hintern ansetzte.

Ich schrie mit voller Kraft in seine Hand hinein, doch er griff hinter sich und plötzlich hatte er ein Seil, das er mir um den Hals legte. Dann zog er es fest und ich hörte auf zu schreien.

In dem Moment, als er in mich eindrang, verließ meine Seele abermals meinen Körper.

Er gab mir keine Hilfestellung, keine Zärtlichkeit, keine Unterstützung. Nicht wie damals, als ich vor Angst kaum existieren konnte, kurz bevor er es zum ersten Mal tat. Diesmal war er grob, rücksichtslos und ich hatte keine Möglichkeit, meinen inneren Druck abzubauen.

Der Schmerz war unglaublich und doch war er weit weg. Es rauschte, ich hatte das Gefühl, von Watte umgeben zu sein.

Wieder beobachtete ich die Situation von meinem Plätzchen, welches ich mir an der Decke gesucht hatte. Mein Körper wehrte sich nicht, er zeigte keine Regung, außer dass mir ständig Tränen über das Gesicht liefen. Es sah sogar so aus, als würde ich nicht atmen, als wäre ich gar nicht mehr am Leben.

Mir war, als hätte es ewig gedauert, und endlich war er fertig mit mir. Ich konnte wieder zurück in meine geschändete, vergewaltigte und erniedrigte Hülle.

Dave erhob sich und ich blieb still liegen. Abwartend.

Er erlöste mich schweigend von dem Seil und von meinen Handschellen, die tiefe Abdrücke und Schürfwunden mit blutigen Rändern an meinen Handgelenken hinterlassen hatten. Ich hatte mich massiv gewehrt.

Er sprach nun gedämpft und leise mit seiner Frau.

Ich nutzte die Chance, schnappte mir mein Kleid und verzog mich ins Badezimmer. Dort wusch ich mich und versuchte, mich wieder zu fangen.

Engelchen und Teufelchen sprachen kein Wort, aber ich wusste, dass beide wieder da waren.

Ich fühlte mich wie in Watte gepackt, hatte das Gefühl, nichts mehr zu hören, und konnte kaum etwas sehen, obwohl meine Augen offen waren.

Ich sah in den Spiegel. Wie oft hatte ich hier schon gestanden, überlegt, wie ich welche Erlebnisse einsortieren sollte? Wie oft hatte ich schon Gespräche mit mir selbst, mit meinen beiden Bewohnern geführt, während ich mich kritisch in diesem Spiegel betrachtet hatte? Diesmal war es anders. Diesmal war alles anders.

Ich wusste, dass ich noch mal raus musste. Zu ihm musste.

Tapfer öffnete ich die Tür. Beide hatten sich wieder angezogen und saßen nebeneinander auf der Couch. Auf dem

Sideboard lag mein Umschlag. Als ich den Raum betrat, stand Dave auf und kam auf mich zu.

»Nein, nicht«, sagte ich und wehrte ihn mit meinen Händen ab.

Zügig ging ich zur Tür, auf dem Weg dorthin angelte ich nach meinen Sachen und meinen Schuhen. Als ich die Klinke runterdrückte, stellte ich fest, dass die Tür verschlossen war.

»Du glaubst doch nicht, dass ich dich in diesem Zustand auf die Straße lasse, oder?«, fragte er mit sanfter Stimme.

Ich drehte mich zu ihm um.

»Ich will nur nach Hause«, flüsterte ich resigniert und erschöpft.

Er schüttelte leicht den Kopf.

»Nicht so. Ich bringe dich nach Hause, wenn du dich wieder gefangen hast.«

Tränen liefen mir über meine Wangen.

Ich hatte keine Kraft mehr, wütend zu werden. Auch keine Kraft mehr, trotzig zu sein. Ich hatte all meine Energie dafür verbraucht, mich zu wehren und dennoch zu ertragen, was geschehen war.

Ich zuckte mit den Schultern.

»Und jetzt?«

Er deutete auf die Couch.

Ich schüttelte den Kopf.

Er deutete aufs Bett und ich ging langsam hin und setzte mich an die Kante und starrte in die Luft. Dabei klammerte ich mich hilflos an meine Tasche.

Die beiden ignorierten mich und unterhielten sich leise. Im Laufe der Zeit liefen mir immer wieder Tränen über die Wangen und ich versuchte, möglichst leise und versteckt zu weinen. Irgendwann bekam ich mit, dass seine Frau sich verabschiedete und in ihr eigenes Appartement ging. Zurück zu den Kindern, zurück in ihr normales Leben.

Ich wusste immer noch nicht, ob sie die Situation gerade verstanden hatte oder nicht. Letztlich war es auch egal.

Nun war ich mit ihm alleine. Er setzte sich neben mich aufs Bett und lange Zeit schwiegen wir. Ab und zu sah er mich an oder folgte meinen Blicken ins Nichts. Als würde er erraten wollen, hinter welcher Unebenheit, hinter welchem Bild oder Spiegel ich meinen Blick versteckt hatte.

Sessions gingen schief. Das passierte mir genauso wie vielen anderen. Es gehörte zum Sadomasochismus dazu. Nach einem Abbruch versuchte ich immer, mich selbst und meinen Partner wieder zu stabilisieren und aufzufangen. Es war wichtig, um erneut Vertrauen zu fassen.

Anders sah es aus, wenn es keine Möglichkeit des Abbruches gab. Und genau das war ein Grund, warum ich, warum der Sicherheitsfanatiker in mir niemals ohne Safeword spielen wollte. Erfolgreich hatte ich mich jahrelang gegen derartige Anfragen gewehrt und nun erlebte ich genau das, wovor ich meine Gäste bisher geschützt hatte. Nun war ich die Gelackmeierte.

Ich hatte mit all meiner Kraft Mayday gerufen und dennoch war mir klar gewesen, dass mir niemand helfen würde. Es wäre schon ein enormer Zufall gewesen, wenn ein Eingeweihter und Wissender ausgerechnet in jenem Moment an der Hotelzimmertür gelauscht und die Situation begriffen hätte, um helfend einzugreifen. Auf einer SM-Party hingegen wären mir genug Leute zu Hilfe geeilt.

Aber wäre das auch legitim, wenn sie gewusst hätten, dass unser SM darin bestand, keine Chance des Abbruches zu haben? Dass jedes Spiel dadurch automatisch zum Tunnelspiel wurde?

Jetzt war alles anders als vorher. Und es fühlte sich nicht gut an und ich fühlte mich nicht wohl in meiner Haut und ich war ungeübt darin, auf eine derartige Situation angemessen zu reagieren. Gab es denn eine angemessene Reaktion?

»Der Abend sollte so nicht laufen.«

Sein erster Satz. War das eine Entschuldigung? Eine Rechtfertigung? Eine Beruhigung?

Ich wollte ihn ignorieren, aber ich schaffte es nicht.

»Wie sollte er denn sonst laufen?«, fragte ich mit leiser, aber dennoch sehr trotziger Stimme.

Dave starrte in die Luft.

›Arschloch‹, flüsterte mein Engelchen. ›Er wusste, dass das, was er tat, unrecht war. Und er hat es trotzdem getan.‹

Dann zuckte er mit den Schultern.

»Anders.«

Mehr hatte er nicht zu sagen?

Manchmal wünschte ich mir, ich wäre ein tobsüchtiger und cholerischer Egoist. Dann könnte ich hier jetzt meine Wut rauslassen, toben und mit der Polizei drohen. Ich könnte das ganze Hotelzimmer zerlegen, jeder hätte Verständnis dafür.

Aber nein, ich saß brav auf dem Bett und sprach mit ihm in einem ruhigen Ton.

»Wie, anders?«

Ich wollte ihn nicht einfach so gehen lassen. So billig sollte er nicht davonkommen. Jetzt drehte er sich zu mir und berührte meinen Unterarm. Ich zog mich zurück.

»Hör zu. Ich wollte heute kein Spiel. Madalena wollte sehen, was wir machen, und hatte sich dann entschieden, auch mit dir zu spielen.«

Es war praktisch, die Schuld Madalena zuzuschieben.

»Und dir fiel nicht zufällig auf, dass sie und ich absolut ungeeignet sind, um miteinander zu spielen?«

Mein Zynismus war nicht zu überhören.

»Ich hab es am Anfang nicht ernst genommen, was du gesagt hast.«

Nicht ernst genommen? Er nahm mich nicht ernst? Was war
ich für ihn? Ein kleines bezahlbares Flittchen, mit dem er machen konnte, was er wollte?

›Ja‹, beantwortete mein Teufelchen diese innerlich gestellte
Frage. ›Und es ist genau das, was du dir in deinen geheimsten
Träumen gewünscht hast.‹

Na toll! Seit wann gingen Wünsche eigentlich in Erfüllung?
Ich runzelte die Stirn und nickte.

»Nicht ernst genommen. Und was war mit meinem Wunsch
nach Abbruch?«

Er schüttelte zögernd den Kopf.

Meine Stimme wurde jetzt lauter.

»Und mein Mayday?«

Wieder schüttelte er den Kopf.

Er hatte alles nicht ernst genommen und trotzdem wusste
er, dass er zu weit gegangen war.

»Dann sag mir mal eins: Wann genau wusstest du, dass es
kein Spiel mehr war?«

»Ab dem Moment, wo du Madalena geschubst hast.«

Normalerweise war ich kein aggressiver Mensch. Innerhalb
einer Session war es für mich in Ordnung, körperliche Gewalt
anzuwenden, aber außerhalb meiner Sexualität hatte Gewalt
nichts zu suchen. Aber dieser Satz, dieser letzte Satz war genug
für mich. Er machte mich wütend und hilflos.

Und im nächsten Moment verpasste ich ihm eine schallende
Ohrfeige, so hart, dass meine Handflächen danach brannten.

Er rieb sich die Backe.

»Es tut mir leid, Sharon«, flüsterte er. »Es tut mir so leid. Wenn ich könnte, würde ich es rückgängig machen.«

»Kannst du aber nicht!«, giftete ich zurück.

Ich schwieg und sah, dass es ihm nicht gut ging.

Verdammt noch mal, das konnte doch nicht sein, dass er mich vergewaltigt hatte und ich saß hier und stellte fest, dass es ihm nicht gut ging. Und er tat mir auch noch leid.

Ich schloss die Augen und als ich sie wieder öffnete, fragte ich: »Wie soll es weitergehen?«

Er schwieg und schaute mich lange an. Dann rutschte er näher und in dem Moment stellte ich erschrocken fest, dass es immer noch nicht heftig genug gewesen war, was er getan hatte. Nicht heftig genug, um ihn zu hassen. Im Gegenteil: Ich fühlte mich nach wie vor zu ihm hingezogen.

Er strich mir durchs Haar und ich ließ es zu.

›Wehr dich doch! Knall ihm noch eine‹, rief mein Engelchen mir zu.

»Ich begehre dich«, sagte er.

»Ich will dich nicht verlieren«, betonte er.

Als ich ihn ansah, mit Tränen in den Augen, gab er mir einen leichten Kuss. Und direkt danach lag ich in seinen Armen. Mir war unwohl dabei, aber ich tat es und ich wusste nicht, warum ich es tat. Vielleicht weil gehen gar nicht so einfach war?

Wir saßen eine ganze Weile so.

»Bring mich bitte nach Hause«, löste ich die Situation auf.

Als ich das Hotelzimmer verließ, vergaß ich absichtlich den Umschlag mit dem Geld. Ich wollte kein Geld dafür nehmen, dass die Situation außer Kontrolle geraten war. Womöglich würde Dave dadurch denken, es wäre doch in Ordnung gewesen.

Ich war dankbar, dass meine kleine Familie bereits schlief. Doch ich selbst fand nicht in den Schlaf, weshalb ich mich anzog und zu meiner Freundin fuhr.

Müde, im Pyjama, öffnete sie auf mein Klingeln die Tür.

»Ach du …« Mehr kam nicht aus ihrem offen stehenden Mund. Ich musste schrecklich ausgesehen haben.

Sie bat mich sofort in ihr Wohnzimmer, rückte mir ein paar Kissen zurecht, deckte mich fürsorglich mit einer Decke zu und machte für uns Tee.

Und dann hörte sie sich an, was passiert war. Das Entsetzen stand ihr ins Gesicht geschrieben und sie litt mit mir, je mehr ich erzählte. Ich ließ nichts aus. Kein Detail. Ich legte alles auf den Tisch.

»Du musst ihn anzeigen! Das war eine Vergewaltigung.«

Ich schüttelte den Kopf.

»Wir hatten die Vereinbarung, dass keiner aussteigen kann.«

»Hey, du hast mir doch immer gesagt, dass so etwas gar nicht geht. Vereinbarungen hin oder her, wenn einer aussteigen will, kann er das immer.«

Stimmt. Das hatte ich wohl gesagt.

»Doch schon«, gab ich zurück. »Aber wer würde mir das schon glauben? Außerdem hat er meine Unterschrift, mit der ich unsere Vereinbarung besiegelt habe.«

»Noch mal, Sharon: Das ist egal. Deine Unterschrift zählt hier nicht so viel wie die Tatsache, dass er etwas gemacht hat, was du nicht wolltest.«

Ich seufzte. Dann sah ich sie an: »Ich kann nicht!«

Sie nahm mich in den Arm.

»Warum nicht?«, fragte sie mich.

»Es geht nicht.«

»Du magst ihn immer noch?«

Ihre Stimmlage zeugte von Unglauben. Sie konnte sich nicht vorstellen, wie komplex meine Gefühle für Dave waren. Sie hatte ihre kleine Blümchenwelt, in der es darum ging, mit dem Partner Sex zu haben, einvernehmlich und nach moralischen Regeln. Dass meine Moral eine andere war, konnte und würde sie niemals verstehen.

Ich nickte.

»Sharon, ich bin deine Freundin und kenne dich lange genug, um dir das jetzt sagen zu dürfen: Diese Beziehung tut dir absolut nicht gut. Du bist süchtig nach einem Mann, der sich nicht im Geringsten dafür interessiert, wer oder was du bist, und dich wie Dreck behandelt. Du musst da raus!«

»Stimmt nicht. Er behandelt mich nicht wie Dreck.«

»Ach so? Und wie würdest du denn den Abend beschreiben? Also wenn das nicht ›wie Dreck‹ war, dann weiß ich auch nicht.«

Ich zuckte mit den Schultern.

»Sharon, wenn es andersherum wäre und ich jetzt hier säße und dir das alles erzählen würde, was würdest du mir raten?«

Ich schwieg lange, ehe ich leise gestand: »Trenn dich.«

Sie hatte recht. Und ich unrecht.

Ich verbrachte die Nacht bei ihr auf der Couch und am nächsten Morgen sprachen wir darüber, wann Dave die Stadt wieder verlassen würde. Ich erzählte ihr, dass er in zwei Wochen gemeinsam mit seiner Familie abreisen würde.

Wir feilten an einer Strategie, der ich folgen sollte. Ich würde offiziell Urlaub nehmen und somit Grund haben, mein Mobiltelefon auszustellen. Außerdem verplante sie meine freie Zeit mit gemeinsamen Aktivitäten wie Sport, Schwimmen, Kino oder Shopping.

Doch war ich bereit dazu? Bereit dazu, ihn gehen zu lassen?

Der Sonntag verging und ich hatte das Gefühl, in einer Traumwelt gefangen zu sein. Meine Freundin rief häufiger an, um sich zu erkundigen, wie es mir denn ginge. Patrick beobachtete mich mit Argusaugen, bot mir immer wieder an, dass ich ihm alles erzählen könne, doch ich war noch nicht so weit. Dennoch tat es gut zu wissen, dass er da war.

Dave rief nicht an. Ich hatte es noch nicht geschafft, mein Handy auszustellen. Ich konnte es nicht.

Der Wochenanfang kam unspektakulär und ich versuchte, mich abzulenken, indem ich ein halbes Dutzend Schuhe kaufte und meinen Kleiderschrank umsortierte.

Mitte der Woche erhielt ich eine Mail von Dave, in der er sich nach meinem Befinden erkundigte. Ich rief meine Freundin an, um zu beratschlagen, was ich nun tun sollte. Denn ich wusste, dass ich es alleine nicht schaffen würde. Ich würde ihm wieder verfallen und psychisch noch tiefer hineingleiten.

Sie riet mir, die Mail zu ignorieren.

Ich verschob sie in einen anderen Ordner, um sie nicht ständig zu sehen.

Einen Tag später folgte eine weitere Mail. Und einen Tag drauf folgte die dritte. Und ich wurde rückfällig. Ich beantwortete seine Mail, schrieb ihm, dass es mir den Umständen entsprechend ginge, und wünschte ihm ein schönes Wochenende.

Ohne weiteren Kontakt mit mir aufzunehmen, reiste er ab.

Als er weg war, genoss ich die Hitze Hamburgs und verbrachte viel Zeit im Garten. Immer noch dachte ich oft an ihn, sehnte mich nach einem Anruf. Und immer wieder starrte ich auf mein Handy und prüfte meine Mails.

Es war wie ein Entzug, ich kam mir vor wie eine Süchtige auf der Suche nach ihrem nächsten Schuss. Niemals hätte ich gedacht, dass es so schwer sein würde, sich von einem Menschen zu trennen. Das erste Mal in meinem Leben erlebte ich den kalten, emotionalen Cut.

Egal wo ich war, egal wo ich stand, immer wieder schweiften meine Gedanken zu ihm ab. Er war überall.

Nachts träumte ich von ihm.

Also beschloss ich, entgegen meinem Vorsatz, ihm eine Mail zu schicken. Ich wollte wissen, wann wir uns wiedersehen würden, ich wollte ihn wieder zurückhaben. Ich hatte das Gefühl, nicht anders zu können, nicht ohne ihn leben zu können.

Ich schickte sie ab und harrte der Dinge, die auf mich zukommen würden. Ich hoffte so sehr, dass er sich melden würde. Täglich inspizierte ich meinen Posteingang, war tieftraurig, wenn ich sah, dass keine Nachricht von ihm da war.

Ich weinte, stundenlang, denn ich wusste, dass er Kontakt halten würde, würde er es wollen. Er wollte es also nicht. Das tat weh.

Einige Tage danach passierte das Unglaubliche: Durch kurzes Pinkeln auf einen Streifen stellte ich fest, dass ich abermals Mutter werden würde. Ich war völlig geplättet, freute mich aber unbändig darüber.

Auch Patrick, mein Fels in der Brandung, freute sich über diese Nachricht, denn wir hatten schon länger beschlossen, ein gemeinsames Kind zu bekommen. Wir waren völlig außer Rand und Band und mein Fokus verschob sich wieder auf andere Dinge, sodass ich Dave nach und nach vergessen konnte. Ich ertappte mich nur noch selten dabei, dass ich an ihn dachte, mich an gemeinsame Zeiten erinnerte.

Ich beschloss, diesen tiefen Abgrund in mir zu verschließen und ihn nicht mehr zu betreten. Mein Engelchen griff nach dem Schlüssel und verschloss den Eingang. Ein dickes Schloss verbarrikadierte die einstigen Bedürfnisse, in der Hoffnung, es möge niemals aufgebrochen werden.

Mein Teufelchen war tieftraurig darüber.

Die dunkle Jahreszeit zog über uns und mittlerweile war Dave das geworden, was alles irgendwann einmal wird: eine Erinnerung, blass, unklar und schemenhaft.

12

HERZRASEN

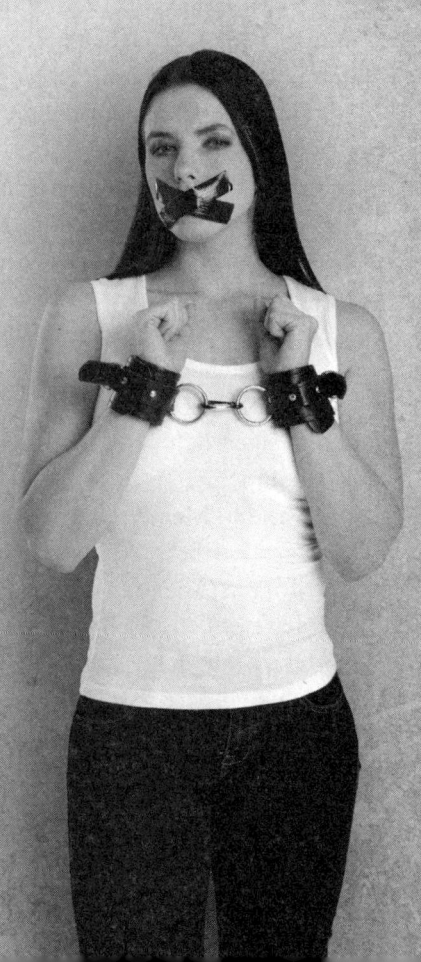

Ein Schneesturm fegte ums Haus und ich saß vor dem flackernden Kaminfeuer und las in einem Buch, als mein Handy klingelte. »Unbekannter Teilnehmer« stand auf dem Display.

Ich ließ es ein paar Mal läuten, ehe ich mit einem möglichst charmanten »Hallo?!« drangging.

»Ich bin's«, meldete sich der unbekannte Teilnehmer und anhand seiner Stimme und seines Akzentes wusste ich, wer er war: *Dave.*

Ich erhob mich und wanderte durch den Flur, wo mein Blick in den großen, goldenen Spiegel fiel. Ein kleiner Bauch wölbte sich unter meinem Shirt.

»Hallo«, gab ich zurück und musterte mein Spiegelbild.

»Ich will dich sehen.«

Seine Stimme klang verführerisch und ich stellte mir vor, wie gut er wohl aussah. Sofort hatte ich seinen Geruch in der Nase.

Ich strich über meinen Bauch und atmete tief ein.

›Los, sag ihm, dass ihr euch nicht mehr treffen könnt!‹, rief mein Engelchen.

›Lass sie‹, erwiderte mein Teufelchen mit einem Blick auf den riesigen Schlüssel, der am Gürtel meines Nachthemdträgers baumelte.

»Wann?« Meine Stimme piepste und war leicht belegt. Ich räusperte mich.

»Morgen Abend. 19 Uhr. Dasselbe Hotel. Zimmer 230«, erwiderte er lakonisch.

»Okay«, hauchte ich.

Meine Güte, wie schaffte er es, innerhalb kürzester Zeit alles kaputt zu machen, was ich über viele Wochen und Monate aufgebaut hatte?

»Sharon?«, fragte er. Seine Stimme war schön, sanft und sie lullte mich ein. Ich hätte sie am liebsten den ganzen Tag gehört.

»Ja?«

»Ich freue mich auf dich.«

Ich sah meinem Spiegelbild in die Augen und hatte ein schlechtes Gewissen. Ich wusste, dass es falsch war, was ich tat. Ich wusste, dass ich ihm wieder verfallen könnte. Dass ich in eine Abwärtsspirale gezogen werden würde, tief in einen Sumpf, aus dem ich alleine sicher nicht mehr herauskommen könnte.

Der monotone Ton im Mobiltelefon sagte mir, dass er aufgelegt hatte.

›Wohin soll das noch führen? Wo soll es enden?‹, fragte mein Engelchen traurig.

›Sie weiß, was sie tut‹, erwiderte mein Teufelchen.

›Eben nicht! Sie weiß es eben nicht!‹, brüllte mein Engelchen verzweifelt und zog sich schließlich schmollend zurück. Mein kleiner Heiligenscheinträger war mit seinem Latein am Ende.

Ich entschied mich am nächsten Abend für einen dunkelblauen Hosenanzug und eine weiße Bluse. Meine Babysitterin übernahm pünktlich und ich fuhr los, nachdem ich gegen die Nervosität noch einen Kaffee getrunken hatte.

Ich hatte das Gefühl, direkt in einen Tornado zu fahren. Ja, so musste sich das anfühlen. Dave erschien immer wieder vor meinem inneren Auge. Er sah gut aus, seine Stimme war so sanft.

Ich ertappte mich dabei, wie ich mich fragte, was er wohl mit mir anstellen würde. Ob er mich ficken würde? Ob er mich schlagen würde? Er würde Rücksicht nehmen müssen auf meinen Babybauch.

Mein Engelchen drohte mir mit einem riesigen Holzhammer, den es selbst kaum heben konnte.

Ich kam zehn Minuten zu spät zum Hotelparkplatz und prüfte noch kurz mein Make-up, ehe ich ins Hotel ging. Dave erwartete mich in der Lobby, wahrscheinlich wollte er noch etwas essen gehen, bevor er sich mit mir beschäftigen würde.

Er erhob sich aus dem edlen Sofa, als er mich sah. Ja, ein Gentleman war er. Seine Manieren waren tadellos, zumindest außerhalb des Schlafzimmers. Er hofierte, war charmant, rückte Stühle zurecht, nahm Taschen und Mäntel ab. Er öffnete Türen, bot auf der Straße seinen Arm zur Unterstützung an und er verwendete Worte wie »bitte« und »danke«. Ja, er war immer freundlich, zu jedem, und allen voran zu mir.

»Du siehst toll aus«, sagte er, als er mich in seine Arme schloss. Er drückte mich leicht an sich, dann trat er einen Schritt zurück und betrachtete mich.

»Ich gratuliere!«, rief er schließlich, als er meinen Bauch entdeckt hatte, und wie selbstverständlich legte er dabei seine Hand auf meine leichte Wölbung.

›Sharon!‹, rief mein Engelchen wütend und schwang ächzend den Holzhammer, als es mich dabei ertappte, wie sehr ich diese Berührung genoss.

»Danke«, erwiderte ich leise. Meine Souveränität war wie weggeblasen. Ich hatte das Gefühl, dass Dave der einzige Mensch war, der mir all meine Errungenschaften, all mein Selbstbewusstsein und jegliche Form der Entscheidungsfähigkeit nehmen konnte. Und das innerhalb von wenigen Sekunden.

Dave sah gut aus. Er trug einen gut sitzenden dunklen Anzug, dazu ein weißes Hemd. Er roch gut und ich hätte mich am liebsten an seinen Hals gekuschelt und seinen Duft in mir aufgesogen. Er hätte danach seine Arme um mich schließen und mir sagen können, dass alles in Ordnung wäre. Dass ich wunderschön sei. Danach hätte er mich küssen, mein Haar und meinen Rücken streicheln können. Er hätte mir vielleicht auf den Hintern geschlagen.

›Sharon!‹, rief mein Engelchen lautstark und stoppte den Film meines Hirnkinos.

Ich war wieder da, raus aus meinem Traumland.

»Ich hab Hunger, lass uns vorher noch etwas essen gehen«, sagte er nach einer Weile, in der er mich angeschaut und seinen eigenen Gedanken nachgehangen hatte.

Ich war perplex. Ich hatte irgendwie erwartet, dass er zumindest kurz auf das Thema zu sprechen kam. Doch auch während des gemeinsamen Essens wurde ich enttäuscht. Er verlor nicht ein Wort darüber. Keine Erklärung, kein Versuch der Rechtfertigung. Kein Schwur, dass er so etwas nie wieder machen würde. Keine Frage danach, wie es mir damit seither ergangen war. Nichts. Er tat beinahe so, als hätte es die Situation nie gegeben. Als wäre unwichtig, was damals passiert war.

Das machte mich wütend.

Wie lange hatte ich gebraucht, um das zu verarbeiten? Und ihm war es nicht einen Satz wert?

Dave bezahlte die Rechnung.

»Wollen wir?«, fragte er und ein leichtes, herausforderndes Lächeln huschte über sein Gesicht und für einen kurzen Moment ließ es mein Herz höher springen. Doch dann fasste ich meinen ganzen Mut zusammen, nahm noch einen großen Schluck aus dem Wasserglas und versuchte, die letzten Überbleibsel meiner inneren Domina zusammenzusammeln und nach außen zu kehren.

Ich lehnte mich zurück und musterte ihn.

Und auf einmal fiel mir auf, dass er gar nicht so schön war. Mir fiel auf, dass er einen verbitterten Zug um seinen Mund trug.

»Nein!«

Dave sah mich irritiert an. Ich dachte kurz daran, dass er mich für diese Ablehnung bestrafen würde, doch da übernahm schon wieder meine innere Domina.

»Pass auf. Du kannst mich nicht einfach vergewaltigen, dann im Sumpf zurücklassen und Monate später wiederkommen und so tun, als wäre nichts gewesen«, keifte ich.

Dave seufzte und ich hatte den Eindruck, es war ein genervtes Seufzen. Ich ließ ihn nicht zu Wort kommen, als ich merkte, dass er etwas sagen wollte.

»Und wenn es dich nervt, dass ich vielleicht darüber reden möchte, dann solltest du solche Sachen einfach nicht machen«, fuhr ich fort.

»Sharon, ich dachte, wir hätten das geklärt.«

Seine Stimme zog mich weg, aber meine innere Domina blieb standhaft.

Mein Engelchen ließ im Hintergrund die Sektkorken knallen und mein Teufelchen begab sich freiwillig auf die Knie und senkte devot sein Haupt. Der Auftritt meiner inneren Domina war für den Kleinen immer ein besonderes Highlight, sie war sein großes Vorbild.

»Auch wenn wir eine Vereinbarung hatten und die Vereinbarung war, ohne Safeword zu spielen, heißt das nicht, dass du dich aufführen darfst wie die Axt im Wald«, erklärte ich weiter mit gefährlicher Stimme.

Dave versuchte etwas zu sagen, doch ich fuhr ihm weiter gnadenlos über den Mund.

»Und deine tolle Frau, auch sie hätte als normal denkender Mensch die Situation erfassen können. Warum zum Geier habt ihr beide das zugelassen? Dass es so weit kommt? Ich habe dir vertraut! Blind. Hab mich zu Dingen hinreißen lassen, die völlig gegen meine Einstellung sind. Und du hast es gnadenlos ausgenutzt.«

Mein Teufelchen seufzte verliebt und ich war beeindruckt von meiner eigenen Courage, denn meine Stimme überschlug sich nicht hysterisch, sondern blieb weiter sachlich und ruhig. Und weil ich gerade so gut in Fahrt war, erhob ich mich und beschloss, ihn zum Teufel zu jagen. Und das musste nicht mal meine innere Domina übernehmen.

»Du kannst mich mal kreuzweise. Ruf mich nie wieder an, schreib mir nie wieder Mails. Und so gut du auch aussiehst, so toll viele unserer Sessions waren, die letzte war zu viel.«

Dave erhob sich ebenfalls und versuchte, mich zu beschwichtigen. Er hatte längst begriffen, dass nichts mehr zwischen uns stattfinden würde.

»Sieh zu, dass du Land gewinnst, du Arsch«, rief ich giftig und mein Teufelchen war erfreut darüber, dass meine gute Erziehung nun doch den Bach hinunterging.

Dave sah mich an und in seinen Augen sah ich eine Mischung aus Trauer, Enttäuschung und … Respekt?

»Willst du das wirklich, Sharon?«, fragte er.

Ich starrte ihn an, meine Hände zitterten vor Wut und in mir brodelte es wie in einem Vulkan.

»Ja«, rief ich, drehte mich auf dem Absatz um und verließ das Hotel.

Ich zitterte und hoffte, dass er mir hinterherkommen würde. Gleichzeitig hoffte ich, dass er blieb, wo er war.

Er kam nicht.

Als ich mich umdrehte, sah ich, wie er mich musterte. Er nickte mir zu, es war ein anerkennendes Nicken.

Vielleicht war es ihm lieber, wenn er wusste, dass er nicht alles mit mir machen konnte? Dass auch ich Grenzen hatte, die es zu respektieren galt? Dass ich nicht hörig und abhängig von ihm und seinen Taten und seiner Meinung enden würde? Vielleicht war es ihm lieber, wenn er wusste, dass ich meinen Prinzipien zwar untreu werden konnte, aber die Treue wiedererlangte, wenn ich bemerkte, dass es mir schadete, was ein anderer mit mir anstellte?

Ich stieg in mein Auto und blickte mich im Rückspiegel an.

›Geschafft! Sharon, du hast es geschafft!‹

Mein Engelchen war stolz auf mich.

13

NICHTS IST, WIE ES WAR

Als ich nach Hause kam und Patrick in die Augen sah, brach alles aus mir heraus. All die Dinge, von denen er nichts erfahren hatte. All die kleinen Geheimnisse, die ich für mich behalten hatte. Er erfuhr von meinen Gefühlen Dave gegenüber. Von meiner Abhängigkeit, die ich vor Patrick versteckt hatte. Von der Vergewaltigung, die mir widerfahren war.

Patrick hörte mir zu. Wie immer. Ich hatte das Gefühl, diesen Mann nicht verdient zu haben. Denn nach meiner Erzählung nahm er mich in den Arm, strich mir über das Haar und drückte mir einen Kuss auf die Stirn.

Er vermied es, ein Urteil über mich zu fällen, auch wenn ich durchaus bemerkte, dass es ihn wütend stimmte, was ich erzählte. Was ich über Dave erzählte.

Vieles davon schockte ihn nicht. Daran erkannte ich, dass er durchaus gesehen hatte, worin ich mich da verstrickt hatte. Aber Patrick kannte mich gut genug. Er wusste, dass ich meine Erfahrungen selbst machen musste. Er wusste, dass er mir meine Entscheidungen lassen musste, auch wenn sie falsch waren.

Und was viel wichtiger war für mich: Er liebte mich trotz dieser falschen Entscheidungen.

Patrick regte an, zur Polizei zu gehen und Dave anzuzeigen. Ich lehnte jedoch ab. Natürlich hatte ich selbst schon darüber nachgedacht, aber was brachte eine Anzeige schon? Es machte das Geschehen nicht ungeschehen.

Ich war mir meines Anteils an dieser Geschichte durchaus bewusst. Wer die Verantwortung abgibt, der muss sich darüber im Klaren sein, dass derjenige, der sie übernimmt, nicht unbedingt gut damit umgehen wird.

Das war das Risiko im SM, das war auch das Risiko im Leben. Das war mein Risiko. Ich wusste davon. Theoretisch.

Praktisch hatte ich keine Ahnung gehabt, worauf ich mich da wirklich einließ, als ich den Zettel damals unterschrieb.

Es veränderte mein Leben grundlegend. Und auch meinen SM.

Dave schickte häufiger E-Mails. Kleine Meldungen, manchmal mit einem Bild aus den Bergen oder vom Meer. Manchmal war er auch darauf zu sehen, gut aussehend wie eh und je.

Ich wusste, dass er keine Antwort darauf erwartete. Aber er wusste, dass ich die E-Mails gesehen hatte. Es war seine Art, sich in meiner Erinnerung zu halten, dafür zu sorgen, dass er nicht in Vergessenheit geraten würde. Anfangs dachte ich, ich sei Teil eines Verteilers, und beantwortete die Mails mit dem Wort »unsubscribe«. Doch auch das ignorierte er und so nahm ich sie hin, ähnlich wie Spam-Mails.

Ich hatte in meine tiefsten Abgründe gesehen. Hatte eine Seite kennengelernt, von der ich niemals gedacht hatte, dass ich sie in mir trage. Ich war immer felsenfest davon überzeugt gewesen, dass mir eine derartige Hörigkeit und Abhängigkeit niemals passieren könnte und würde. Dafür wäre ich viel zu stark, hatte ich gedacht. Dafür wäre ich viel zu emanzipiert, hatte ich gesagt.

Und dennoch hatte ich freiwillig meine Rechte abgegeben.

Dave war mein Gegenpol. Dave war der Mensch, wahrscheinlich der Einzige, der es schaffte, mich mit nur einem Satz aus meinem sicheren Sattel zu heben und mich direkt durch meine persönlichen Abgründe zu führen.

Das war mir klar.

Er würde immer eine Gefahr für mich darstellen, egal wann und ob wir uns wieder treffen würden.

Engelchen und Teufelchen hatten wieder ihr ruhiges Leben aufgenommen. Die grauen Haare meines Heiligenscheinträgers wurden wieder blond und mein gehörnter Feuermann begnügte sich damit, mein Engelchen oder mich zu triezen.

Aber immer dann, wenn mein Teufelchen sich unbeobachtet fühlt, erinnert es mich an die schönen Zeiten mit Dave. Dann zaubert es mir sein Bild vor mein inneres Auge. Sein charmantes Lächeln. Seine braunen Augen. Und es setzt mir diese wunderschöne Stimme ins Ohr. Meistens wird es dann vom Engelchen erwischt und bekommt Ärger.

Doch hin und wieder, wenn mein Engelchen tief und fest schläft, dann setzt sich mein Teufelchen, stützt sein Kinn auf seine Hände und sieht sich mit mir die Erinnerungen an. Dann seufzt es laut und sagt: ›Das waren Zeiten, nicht wahr?‹

Ich muss dann lächeln und nicken.

›Du darfst ihn nie wiedersehen‹, höre ich dann mein Engelchen flüstern, während es sich im Bett umdreht. ›Nie mehr. Denn er ist dein Untergang.‹

Und ich weiß, dass es recht hat.

Denn der Abgrund, in den ich gesehen habe, das Stückchen Hölle, durch das ich gelaufen bin, ist noch lange nicht alles.

Ich weiß, dass Dave den Schlüssel dazu hat. Den Mastercode für mich, der mich dazu treibt, all diese Dinge zu tun.

Dave weiß das auch.

Es ist gut so, dass wir uns nicht mehr sehen.

»Nie mehr!«, sage ich und seufze und blicke auf meine Erinnerungen. Leise fange ich an zu weinen und realisiere, was das bedeutet: Für mich ein ganzes Leben lang.

NACHWORT

Ganz oft werde ich gefragt: »Nala, ist dieses Buch eigentlich autobiografisch?«

Die Tatsache, dass ich als Domina arbeite, lässt diesen Schluss durchaus zu, genauso wie die Tatsache, dass ich so die eine oder andere Eigenschaft habe, die auch meine Protagonistin sehr ansprechend wirken lässt (hoffe ich doch!). Und trotzdem muss ich mich vehement dagegen aussprechen. Das Buch enthält zwar tatsächlich Autobiografisches, dennoch gibt es auch viele Passagen, die reines Hirngespinst von mir sind. Seien es alltägliche Situationen oder erotische Fantasien.

Ich möchte diese letzten Seiten dazu nutzen, ein paar Worte an meine Leser zu richten. Doch zuallererst möchte ich nicht vergessen, mich bei einigen Menschen aus meinem Umfeld zu bedanken. Dazu gehört in erster Linie meine Familie, die mich darin bestärkte und unterstützte, dieses Buch zu schreiben.

Dann möchte ich mich natürlich bei meinen unermüdlichen »Betalesern«, bestehend aus Nicole, Iris, Kathi, Nico, Norbert, Andrea, Simone, Sven und Emma, herzlich bedanken, die sich immer wieder aufs Neue von mir mit Lesematerial foltern ließen, auf Fehlersuche gingen und bis zuletzt ihre Gedanken und Gefühle aufgeschrieben und mir geschickt haben.

Und dann möchte ich mich natürlich auch bei den Mädels vom Verlag, allen voran bei meiner Lektorin, bedanken, die sich immer wieder und kurzfristig um meine Nöte gekümmert haben und mir immer mit Rat und Tat und aufbauenden Worten zur Seite standen.

Ich bin seit 14 Jahren in der SM-Szene. Rückblickend kann ich sagen, dass ich naiv und unbedarft in SM-Beziehungen hineinschlitterte und dann gestärkt und geläutert wieder herausging. Ich habe meinen Weg gefunden.

Nein, nicht den SM-Weg, denn meiner Neigungen bin ich mir auch heute manchmal gar nicht sicher. Aber ich habe einen Weg gefunden, meine Grenzen nicht nur zu setzen, sondern sie auch zu überdenken und sie gegebenenfalls wieder zu verschieben. Egal in welchem Bereich meines Lebens.

Dieses Buch soll entführen. Entführen in eine Welt, in der womöglich die Grenzen meines Lesers überschritten werden. Entführen in eine Welt voller Erotik, voller Hingabe, voller Sex. Aber die Geschichte soll auch entführen in die Welt des Nachdenkens. In eine Welt, in der nicht klar ist, wer der »Böse« ist. In der aus einer Aktion eine Reaktion wird, aus einer Reaktion eine Aktion startet. In der aus Verfügbarkeit und Bedürfnis eine unheilige Allianz entstehen kann. Die Grenzen zwischen »gut« und »schlecht« verschwimmen oft, sodass man nicht genau feststellen kann, wo sie verlaufen.

Dieses Buch soll Sie, lieber Leser, zum Nachdenken bringen. Überlegen Sie sich ruhig, wie Sie reagiert hätten, in derartigen Situationen. Aber einen Rat möchte ich Ihnen geben: Machen Sie nie den Fehler zu sagen: »Mir könnte so etwas nie passieren!« Denn diesen Fehler habe ich auch gemacht.

Ich freue mich sehr, wenn Ihnen die Reise in die Abgründe der Menschen gefallen hat, und ich hoffe, dass ich Sie nun wieder sicher in Ihr Leben da draußen entlassen kann. Falls Sie Fragen haben, falls Sie das Gefühl haben, selbst in einer Situation zu sein, in der Sie nicht genau wissen, ob sie gut ist für Sie oder nicht, dann bitte zögern Sie nicht und holen sich Rat und auch Hilfe.

Und vielleicht »lesen wir uns wieder« in einem meiner – hoffentlich – folgenden Romane.

Nala Martin

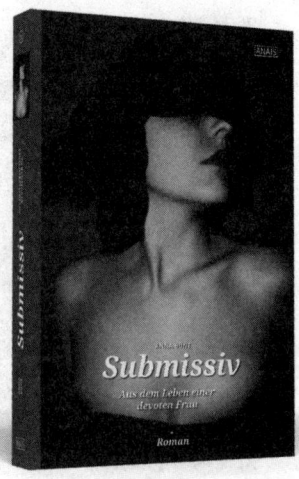

Die Autorin

Nala Martin wurde 1980 in Wien geboren und lebt heute mit ihrer Familie in der Nähe von Hamburg. Mit Leidenschaft arbeitet sie in zwei ganz unterschiedlichen Berufen: Sie ist studierte Informatikerin und professionelle Domina. Seit 2003 schreibt sie vor allem Kurzgeschichten und Kolumnen. »Safeword« ist ihr Debütroman.

Nala Martin
SAFEWORD
SM-Roman

ANAIS Band 31
ISBN 978-3-86265-153-5

ANAIS ist ein Label des Berliner Schwarzkopf & Schwarzkopf Verlages.
© Schwarzkopf & Schwarzkopf Verlag GmbH, Berlin, 2012.

Titelbild und Bilder im Innenteil: © Stefanie Heider

Katalog
Wir senden Ihnen gern kostenlos unseren Katalog
Schwarzkopf & Schwarzkopf Verlag GmbH | Leserservice ANAIS
Kastanienallee 32 | 10435 Berlin
Telefon: 030 – 44 33 63 00 | Fax: 030 – 44 33 63 044

Internet | E-Mail
www.anais.de | info@anais.de